U0144051

看不見的圖書館

❸

燃燒的書頁
The Burning Page

The Invisible Library

Genevieve Cogman

珍娜薇．考格曼——著 聞若婷——譯

看不見的圖書館■書評推薦

「考格曼充滿生氣與機智的文字爲這個類型帶來了新氣象……讓人聯想起黛安娜・韋恩・瓊斯和尼爾・蓋曼的作品。考格曼的小說是閱讀的一大樂趣。」

——《出版人週刊》（*Publishers Weekly*）

「愛書人一定會爲這本迷人的初試啼聲之作瘋狂，考格曼在這部作品裡成功滿足了有趣奇幻的條件。善於謀略的角色們與輕快的動作場面，都在這個引人入勝、架構迷人的世界裡。」

——《圖書館期刊》（*Library Journal*）

「令人滿意的綜合體……這本書讓人沉迷。」

——英國《衛報》（*The Guardian*）

「與黛博拉・哈克妮斯的《魔法覺醒三部曲》一樣……現代背景遇上童話故事！」

——《大誌》雜誌（*The Big Issue*）

「這部機智風趣的奇幻裡面有福爾摩斯式的偵探、奇妙的魔法列車、讓人著迷的妖精政治、逗趣的橋段，以及爲了在有限時間內營救凱，艾琳所經歷的驚險迷人冒險。」

——《軌跡》雜誌（*Locus*）

「這個系列的書迷會很興奮能更深入認識龍族及善變的妖精，並且將超級期待下一集。」

——《書單》雜誌（*Booklist*）

「……從頭到尾充滿了動作場面，無論是艾琳或各位讀者都難以獲得喘息的片刻。」

——The Book Plank 網站

「作者的行文充滿速度感及節奏感，讓你在這整場熱鬧非凡的冒險中都興奮不已……《燃燒的書頁》不只是本難以釋卷的書，你根本難以遠離它！」

——The Fantasy Book Review 網站

「如此機智，同時又讓人毛骨悚然，還有精心建構的世界觀與伶牙俐齒、聰明又性感的角色們！」

——雨果獎得主、「繼承三部曲」作者　潔米欣（N. K. Jemisin）

「耀眼的愛書人出道作。」

——雨果與軌跡獎得主　查爾斯・史卓斯（Charles Stross）

The Invisible Library

看不見的圖書館 3 燃燒的書頁

目次

Thank you for reading my book.
I hope you like the story.

Genevieve Cogman

感謝你們閱讀我的作品。
希望你們喜歡。

珍娜薇・考格曼

致謝
Acknowledgements

眞不敢相信我能達到這樣的成績，謝謝幫助我完成這本書，以及前作的所有人。

謝謝我的經紀人Lucienne Diver，願意在我身上賭一把，而且隨時準備好支持我、給我建議。謝謝我的英國編輯Bella Pagan，還有美國編輯Diana Gill和Rebecca Brewer，妳們讓這本書變得比原本好太多。我由衷感謝妳們幾位。

謝謝參與試讀的讀者和朋友——Beth、Jeanne、Anne、Unni、Phyllis、April、Nora等等。感謝分類工作團隊及所有工作夥伴，你們給了我鼓勵、友情和咖啡。謝謝網路上所有喜愛前作的讀者和朋友——希望你們也喜歡這一集。

謝謝我的家人——我的媽媽和爸爸、兄弟和姊妹、阿姨嬸嬸叔叔舅舅，還有所有親戚。有了你們的支持，以及你們書架上的藏書，我才能寫得出現在這本書。

還有感謝世界所有角落優秀的圖書館及圖書館員，我們需要你們，也感謝你們，永遠不變。

大圖書館旅行建議正式公告

當前狀態警告

在進一步公告公布前，下列連接大圖書館和其他世界的出入口或穿越口暫停使用。欲通行之圖書館員若取得資深圖書館員之書面許可，則不受此限。

A－215世界：狀態——戰爭

這個平行世界目前正籠罩在全球性熱核戰爭中，已數度核武交火。為維護個人安全，我們建議至少未來兩年內都不可有圖書館員進入這個世界。如需進一步資訊，請利用大圖書館電子郵件系統聯絡瓦西麗莎。

A－594世界：狀態——混沌侵襲

這個世界的混沌等級已升至高侵襲等級，目前呈假定狀態，即將凝聚成團。在此提醒基礎訓練不足者：這表示那整個世界都面臨徹底被混沌吞噬的危險。對任何想要進入該世界的圖書館員來說，這都是確切而迫在眉睫的危險。試圖透過穿越口進入該世界，會使大圖書館曝露在受感染的風險中。請勿鋌而走險試圖挽救這個世界的書籍，事後你將不再被允許進入大圖書館。（請注意：關於取得資深圖書館員書面許可之規定不適用於這個世界，因為不會發放該類許可。）

B—12世界：狀態——權力鬥爭

這個平行世界目前是龍族和妖精權力鬥爭的對象。事實如何並不明確，但雙方人馬都試圖取得鄂圖曼帝國的控制權，因為這個世界大多是鄂圖曼帝國的領土。為了維護中立立場，我們目前不涉入這場衝突，也不進入這個世界。若是有誰先前去過該世界，並且掌握政治局勢方面的資訊（已過時的資訊亦無妨），請利用大圖書館電子郵件系統聯絡羌迪達斯。

B—474世界：狀態——個人恩怨

我們要恭喜阿拉斯托，他成功取得瑪麗·雪萊未出版的《科學怪人》續集手稿。該手稿是在被稱為法官大人的妖精的私人圖書室內發現的。不幸的是，這導致法官大人發表一份聲明：未來五年內，他會殺死他遇到的任何圖書館員。由於這樁盜書案的地點在B—474，我們強烈要求所有圖書館員避免進入該世界，暫且等候新公告。未來五年阿拉斯托將待在大圖書館，因此目前若有見習生或旅行者有意聆聽「如何評估合理的目標及理性的威脅」主題講座，可向他洽詢。

G—133世界：狀態——警方關注

通往這個世界的穿越口在未來至少一個月內不可使用。這是因為法蘭西普魯士帝國的警方目前高度關注出入口所在位置。我們也在此聲明，圖書館員不可試圖利用大圖書館運送恐龍蛋。即使不論這項規定，在任何情況下，也不該因為這種行為引來該平行世界公權力的注意。事實上，我們希望提醒所有圖書館員，你們的任務是蒐集書籍，不是恐龍。對於分辨書籍和恐龍有障礙的圖書館員，請重修大圖書館基礎課程。

G—522世界：狀態——出入口故障

這道穿越口出現異常，在伊卡克正要使用時故障了。目前我們正在調查這件事，在有進一步公告前，不建議前往這個平行世界。伊卡克目前正在大圖書館接受醫療照護，待他恢復意識、能夠提供資訊時，我們會立即發布公告。

楔子

寄件者：派瑞格林・韋爾，貝克街二二一號B室
收件者：辛督察，倫敦警察廳

辛：

上帝慈悲，你不能給我更有挑戰性的案子嗎？倫敦像一池死水，這裡的罪犯都目光如豆、缺乏創意、毫無趣味。這幾個星期以來，我已經快被無聊逼瘋了。似乎沒有任何事值得花時間或心思。就連我的研究都像是白費力氣。我得要有件能投注心力的像樣案件，否則我相信我的大腦這台機器，將會失控。

關於你詢問的洛瑟罕謀殺案，以及泰晤士河幫浦設備附近的可疑行動，我的回答是：兩件事顯然有關。

顯而易見，受害者被引誘到泰晤士河幫浦設備的新超過濾膜那裡，然後遭到殺害。他的屍體被送入系統，以讓肺部充滿淡水，使得他溺死在海德公園九曲湖的說法更加可信——他的屍體就是在那裡被人發現的。去查一下洛瑟罕姪女的財務狀況，還有她的私人圖書室——我相信你會在那裡找到關於她的科學研究的證據。那個姪女的丈夫為她提供的不在場證明也很有問題，對他施壓大概就會招供。

目前溫特斯和石壯洛克離開倫敦了，去一個平行世界執行任務。根據石壯洛克向我透露的，溫特斯因為先前擅離職守去救他，而招惹官方不滿。真是典型的官僚主義廢話。她的上級或許沒有寬恕她使用的手段，但不論如何，她都達到了他們要的結果。我想，現況還不算太糟。

給我個案子吧，幸，工作可以讓我忙碌，天知道我多需要忙碌。邏輯思考和推理是治療我現在遲鈍狀態的最佳解藥，可以防止我落入更惡劣的狀況。

韋爾

第一章

晨曦閃爍地映在窗玻璃及中央廣場斷頭台的刀片上。鴿群聚在簷槽裡嘰嘰咕咕，因爲四周一片死寂，才得以聽見牠們在聒噪。只有嘎吱嘎吱的手推車車輪還有啪答啪答的輕柔腳步聲，擾亂了凝滯的空氣。

艾琳感覺她和凱的周圍，籠罩著更大範圍因恐懼而造成的寂靜。路人都避免與他們眼神接觸，一心只求別引起他們的注意。當然，這全是因爲他們「借」來的制服：每個人都生怕有一天國民兵會盯上自己，以進行反革命活動的罪名拖走他們。然後是監獄、審判，再來是斷頭台……因此他們這身裝束是讓他們不受注意、自由行動的最佳僞裝，沒人會多看國民兵一眼，以免國民兵回應他們的目光。

他們兩人俐落地原地轉身，在街角轉彎，踏著整齊畫一的步伐走向街道，斷頭台從視線範圍消失。艾琳很不理性地鬆了口氣。就算他們還沒脫離險境，至少她不必再看著那個可能把自己頭砍掉的東西。

「還有多遠？」凱掀動嘴角低聲問道。即使穿著毫無魅力的國民兵制服——厚重的黑色羊毛大衣和長褲，還有三色肩帶——她的助手仍然有本事看起來俊俏得幾乎超現實。陽光晶亮地映在他的黑髮上，並且讓他的臉龐煥發健康而充滿活力的光采。他走起路的步伐就像貴族，或是掠食動物，而不是像朝九晚五的平凡人那樣拖著腳步。不過他們沒什麼方法來掩飾這一點。在臉上抹點泥巴不合軍人身分，若是讓他扮成被帶去問話的平民又太冒險了。

「下一條街。」艾琳喃喃回應。站在凱身邊她相形失色——她偶爾會自怨自艾——因此她比他不起眼得多。她那平凡的棕髮和普通的五官，需要特地加工才會變得有特色，或者說才會比「整齊乾淨」來得更吸引人一點。不過由於大部分時間她都希望沒人注意自己，這對她的工作來說算是優點。

幸好國民兵裡是有女兵的，因此她不用纏住胸部之類的來混進去。在這個平行世界藉由法國大革命而崛起的歐洲共和國專制、暴虐、強硬、危險至極，不過至少容許女性把性命葬送在軍中。也許是因爲戰火不斷，他們人力吃緊吧，不過那是題外話了。

他們在下一個街角轉彎，艾琳迅速瞥了一眼那棟老舊的赭石建築，那就是目的地。它幾乎已經整個散了——衰敗的磚牆上布滿常春藤和裂縫，百葉窗板緊閉，上頭滿是塗鴉，屋頂的瓦片東缺一塊西缺一塊。他們彷彿有正當理由去那裡般，大步走到前門。凱拍了拍門，等待回應，然後一腳踹開門。兩人其勢洶洶地走進屋內。

凱往黑暗裡望去。一束束光線從百葉窗板邊緣滲入，足以讓他們看出這棟樓房的內部已經完全荒廢。通往二樓和三樓的樓梯看來幾乎不能走，而所有家具都不見了，牆上寫滿革命者信條。這裡或許曾是座圖書館，可是現在只是破敗的穀倉，而且可能連路過的牛都會嫌它太不舒適。

「我不懂這地方怎麼可能還與大圖書館有連結。」凱說。

「我們也不懂，不過如果它能帶我們回基地，我是沒什麼意見。」艾琳把身後的門踢上。少了從門外透進來的光線，這裡變得更暗了。「有時候要經過很多年，某個世界通往大圖書館的入口才會移動位置；有時候甚至要過好幾百年。不過本地所有圖書館和書店不是關了，就是有武力看守，這是我們最好的機會了。」

「以我的身分，是不是不該說我不喜歡這個平行世界？」凱問。他解開大衣鈕釦，伸手進去，拿出他們被派來找的書，交給艾琳。

她接過書，注意到書因爲他的體溫而熱熱的。「完全不會，我也不喜歡它。」

「所以還要多久妳才不會再接到……」

他在思索比較不傷人的說法，不過艾琳自己已經對這種狀況很生氣了，覺得沒必要再用糖衣包裝。「還要多久我才不會再接到各種屎缺？天知道，畢竟我現在在緩刑期，而緩刑期並沒有固定天數。」

凱迅速閃避她的眼神，臉頰也驀地發紅，讓她有了罪惡感。畢竟認眞追究起來，她會處於緩刑期可以算是他的錯。她爲了跑去救被人綁架、面臨奴隸命運的凱，在另一個世界拋下了駐地圖書館員的責任，只在行動前緊急通知上級；而在這個過程中，她也避免了一場戰爭發生。顯然她能保有職位已經很幸運了，不過代價就是要接下這類任務。提醒他這些並不公平，而她自己重新回想也沒有好處：每次她越想就越生氣，又或是她會幻想「他們會發現自己錯了並道歉」，兩者對她都沒有幫助。

「我們快走吧，」她說。「如果那些國民兵檢查紀錄，就會發現我們是冒牌貨，有可能會追到這裡。」

凱朝陰影裡張望。「我不確定這層樓有任何完整的門。我們需要完好的門加門框，才能進到大圖書館嗎？」

艾琳點點頭。他說的沒錯——這地方眞的被破壞得很徹底。她眞希望自己有機會看到仍然充滿藏書時的它，在被革命掏空內臟前的它。「對，眞是有點尷尬的狀況。我們最好去樓上試試。」

「我先走。」凱說，並且趁她反對前搶先跑到樓梯前。「我比妳重，所以我踩過的樓梯既然能承受我的體重，妳踩上去應該也很安全。」

此時此地並不適合又一次進行「你可不可以不要再保護我」的辯論。艾琳讓他先走，小心翼翼地隨著他爬上嘎吱作響的樓梯，只踩在他踩過的位置，同時攀住油漆斑駁的扶手，以防突然墜落。

到了二樓，這裡幾乎和一樓一樣滿目瘡痍，不過中央的大樓梯平台邊有一扇門，還鬆鬆地和鉸鏈相連。艾琳看到它的時候安心地嘆了一口氣。「這應該可以，等我一下。」

她集中精神在自己身為立誓圖書館員的身分上，挺直身體，深吸一口氣，上前一步用手貼著門，把它關上。「通往大圖書館。」她用語言說。語言重塑現實的力量，是圖書館員最大的資產。再過一下子，他們就能離開這裡，回到他們效命的介於次元之間的書籍蒐藏所，準備為它龐大的庫藏再增添一個品項。

接下來發生的事絕對不該發生。那扇門及門框一下子就燒了起來。艾琳不可置信地呆站在原地，她千鈞一髮把手抽離高溫，一股力量有如失控的汽車，在她腦袋裡衝撞。凱不得不抓住她的肩膀把她往後拖，讓她遠離火苗。那火燒得又熱又白，以超乎自然的速度點燃木頭，在整面牆上蔓延。

「**火，熄滅！**」艾琳命令道，但沒有用。通常語言會與她周圍的世界互動，就像齒輪相互嵌合、同步運作，但這次那比喻上的齒輪沒有卡住，語言也就抓不住現實。火焰升得更高了，她忙不迭地往後躲。

「發生什麼事？」凱大喊，他得提高音量才能壓過劈啪作響的火焰燃燒聲。「門上有陷阱嗎？」

艾琳在腦子裡抓住自己搖了搖，振作起來，一邊退離範圍越來越大的火勢。她原本預期自己會像平常一樣，感覺力量流失，但她剛才手上的觸感更像是通了電的電線——有股與她對立的力量流瀉而出，當她想用自己的力量去觸碰它時，就爆炸了。幸好那股力量似乎並沒有影響到她，只影響了他們本來要當作回大圖書館路徑的那道門。「我不知道，」她喊回去。「快，我們要找到另一個入口！在這整棟屋子都著火之前！」她死命握緊那本書把它壓在胸前——要是把它弄掉、付之一炬的話，天知道要花多少時間才能再找到一本。

他們跌跌撞撞來到樓梯邊，煙霧已經朝他們伸出魔爪，並開始透過百葉窗板飄出去。越來越響的火焰爆裂聲在後驅趕，這次艾琳率先爬上了樓梯。她聽到身後傳來清脆的碎裂聲，凱踏破了一道階梯，不過他粗聲粗氣地要她繼續爬，過了一會兒，他的腳步聲便跟上了。

艾琳踉蹌進入三樓，看了看四周。這裡和一樓一樣殘破不堪，舉目所及沒有門，只有空空的門框和破損的牆壁。這裡光線比較充足，不過那是因為屋頂破了幾個大洞，而雨水落進來處，地板上有大片水漬。

也許妳該更有效率地使用語言，成功把二樓的火撲滅才是。而不是光會叫「有火！」然後驚慌失措地逃走，她腦中自我批判的聲音冷冷地指出。如果妳再努力試一下，會不會就成功了？還有別踩在那些水漬上，那個聲音尖刻地表示。那裡可能泡爛了，很不安全。

凱大步走到一扇有百葉窗板的窗邊，透過窗板和牆壁間的縫隙窺視底下街道。他的身體定住了，即使光線昏暗，艾琳也看得出他的肩膀很緊繃。「艾琳，我有壞消息。」

儘管驚慌失措是很誘人的選項，但意謂浪費寶貴的時間和精力。而火讓這個選項變得更誘人百倍。「我猜猜看，」艾琳說。「國民兵追到這裡了。」

「對，」凱說。「我能看到十幾個人，他們正指著煙霧。」

「要期盼他們沒注意到未免太不切實際了。」艾琳試著想出替代方案。「如果我能滅火——」

「也許可以——除非它和大圖書館或混沌有關。」凱指出。「那種狀況曾讓妳沒辦法使用語言，妳知道這次是什麼引起的嗎？」

「不知道。」艾琳也來到窗板前。外面有一組二十人的士兵，有男有女，他們暫時還沒有進來的唯一原因，大概是房子著火了。她逼自己用很刻意的冷靜口氣說話，不去理會腹部那種揪緊的恐懼感。「天呀，我們一定把他們惹毛了。不過沒想到他們這麼快就追上來。」

「我好像認得那一個，」凱指著一個士兵。「妳用語言說服一個人相信我們是巴黎來的官員，是不是就是她？」

艾琳瞇眼細瞧，然後點點頭。「好像沒錯，看來語言的效力比平常還要快消退。好吧。」

比起她容許自己表現出來的樣子，其實她內心更爲不安。她擔心的不是外面那二十個人，那個她能應付。好吧，應該說她和凱合力就可以應付。她在意的是自己想要打通連接大圖書館的門被關閉了，而且是以沒見過也想不透的方式。目前她正處於緩刑期，代表她會接到一些苦差事和危險任務，譬如像這次要優雅地穿越一個極權主義共和國，進入私人地窖，去拿一本獨特的大仲馬著作《波托斯的女兒》。但是如果從這個世界前往大圖書館會有問題的話，她應該會事先收到警告。這是基本安全問題。如果有人故意不告訴她就派她來這裡……

之後有空再來研究這件事。就眼前來說，他們被困在燃燒的房子裡，外面還有憤怒的士兵。再正常不過了。「趁著二樓還能通行，我們走後門吧。」

他們後方傳來崩塌的巨響。

「樓梯垮了。」凱面無表情地說。

第二章

「很好。」眞不可思議，被節節進逼的大火截斷退路竟然能讓人頓時集中精神。而且不是早晨醒來第一杯咖啡讓人專心的那種程度而已，而是像用放大鏡把所有微小的恐懼都聚集起來，變成純粹恐慌形成的雷射光。艾琳一向不喜歡火。不僅如此，一把野火呑噬她的藏書更是她特別擔心的噩夢。受困火場在她的「不想面臨的十大死法」排行榜上名列前茅。「我們打破這層樓的窗板逃出去，投降，晩點再逃走。」

「就這樣？」

艾琳揚起一眉。「除非你有更好的主意？」

「其實我有。」凱的語氣半是自豪、半是叛逆，不過整體來說很堅定。「我們不用再回來這裡，所以讓他們看到什麼並不重要。我可以變身，載我們兩個離開這世界。」

這話讓艾琳猝不及防。她完全沒有朝這個方向思考。凱並沒有向她隱瞞他身爲龍族的事——至少在她察覺端倪之後沒有再隱瞞——但他鮮少提議做任何要用上這個特質的事。而且她也沒有看過他完整的龍態。「他們有來福槍。」她很實際地指出。

凱哼了一聲。或許是因爲煙，確實越來越濃了。感謝老天這裡沒有書等著被燒。畢竟她是圖書館員，痛恨任何破壞書的行爲。「在我完全變身之後，來福槍對我來說不成威脅。」

艾琳幾乎說出：「那我呢？」不過及時閉緊嘴巴。畢竟這是他們現在唯一的希望。「好吧，」過了一下子她說。「這裡的空間夠嗎？」

「外面會比較容易。」凱說。更多煙從地板縫隙間飄上來，火焰的劈啪聲也越來越響了。「不過這裡的空間剛好夠用，麻煩退到牆邊。」

艾琳把書塞進大衣裡，繼續待在窗邊的位置，背緊貼著牆，凱則走向地板中央。她在想變身成龍是不是會失去衣物，然後又在心裡斥責自己不該在危機關頭胡思亂想。不過她沒有移開視線。

凱停下腳步，高舉雙臂，然後踮起腳尖，背弓起來。他的動作並沒有就此停住。房間裡的空氣似乎變得濃密，變得越來越稠、越來越眞實，存在感勝過了煙。從屋頂破洞灑進來的光變強了，當他的形體轉變時，那光就在他周圍閃爍。眩目的光刺痛了艾琳的眼睛，無論她多麼努力緊盯眼前的一切，還是忍不住眨了一下眼睛。

等她又能看清楚時，凱已經不是人類了。

在艾琳看過的所有龍的圖片中，他看起來很像某些中國古畫裡的龍。深藍色的身軀像蛇一樣盤蜷著，雙翼收起貼在身側。他身上被光線直射的位置，鱗片就像白晝的深海一樣呈現清澈的幽深藍寶石色，而鱗片排列的紋路則像河面波紋。她研判當他完全伸展開時，可能至少有九公尺長，不過他現在蜷在房裡，四周又煙霧瀰漫，這很難說得準。他的眼睛和紅寶石一樣紅，還散發著不需要反射日光就能燃燒的光芒，當他張開嘴，她看到肉食性動物的森然利齒。

「艾琳？」他說。他的聲音很低沉，像管風琴一樣嗡鳴，不過還是聽得出是凱，她的骨頭彷彿被微微振動著。連地板似乎都在顫動著回應他。

她振作了一下。「嗯，」她說。「你——你還好吧？」她知道這是個蠢問題，不過很難判斷這時候該說什麼才對。關於助手變成龍形之後的禮儀——又是《大圖書館常規全書》中缺漏的一章。

「好得很。」他用隆隆的聲音說。「這地方與我的磁場滿合的。妳先保持距離，我要把屋頂掀了。」

嗯，這個世界比較偏向宇宙中有秩序的一端，而不是混沌的一端。壞處是這個世界的統治者實施專制政權，還會有衛兵和斷頭台。這能解釋凱為什麼可以毫無困難地變成完全的龍形。換作比較混沌的平行世界，例如他們先前非自願前往的那個世界，他連人形時都幾乎無法保持意識清醒，如果變成龍形只會更慘。

凱直立起身，張開雙翼直到它們抵到牆壁，然後用背去頂天花板。他底下的地板發出不祥的嘎吱聲，不過那聲音被他頂著天花板時天花板發出的哀鳴聲給蓋過去了。瓦片脫落，紛紛砸碎在地上，艾琳透過灰塵和越來越濃的煙看到殘餘的灰泥裂開來脫落，然後中央屋椽開始彎折。

「上面有人嗎？」樓下有人用法語叫道。

人類的自然反應會是大叫：「沒有！」由此可見人類是種什麼樣的生物。不過反正艾琳正忙著看凱，還有試著待在後方，因為正有越來越多的天花板和屋頂墜落。

隨著更深沉的崩塌聲，地板開始凹陷了。凱伸展了一下身體，換了個姿勢好撐在樓房的牆壁上，然後垂下他的巨頭。「艾琳，爬到我身上，待在我的肩膀中間——快！」

和指定駕駛爭辯太沒禮貌了，因此艾琳解下掛在身上的來福槍丟在地上，然後七手八腳地爬到凱的背上，再往前挪到他的肩膀中間。像這樣四肢並用地在龍族背上爬行，感覺實在大大不敬、大大失禮。他的皮膚像溫熱而可活動的鋼鐵，在她手心下起伏，他的身軀伸展以擺好姿勢，蓄勢待發。現在她坐在他身上，艾琳能聞到海的氣味，比灰塵、霉和火的臭味更強烈。

另一片地板墜落，火焰從底下冒上來，在驀然噴發的空氣裡跳躍，艾琳迅速在凱的背上趴平，兩手盡可能地攀住。他的身體太寬，她沒辦法跨騎，所以只能貼緊他，默默祈禱。「走走走！」她大喊。「走吧！」

凱一個扭身，往上騰飛，身體刮過屋頂上敞開的洞，升上天空的同時，尾巴在身後掃著。艾琳緊攀著他的背，臉貼在他的厚鱗上，感覺他的身體在她底下彎成S形，對一個正常飛行的自然生物來說，這動作應該是不可能的——應該說絕對不可能。

但凱是龍。他往上飛向空中，就像在畫軸上從A點移動到B點那樣簡單，雖然他張開了巨大的藍色飛翼，彷彿要藉助風力，事實上卻是逆風而飛。艾琳聽到下方傳來尖叫和吶喊聲，還有啪啪啪的槍聲，但凱的速度絲毫不受阻礙，往天上越飄越高，直到整個城市像張照片鋪在他們下方，而那棟失火的屋子只是遙遠的一小團橘色。

「艾琳？」他沒有回頭看她。他的飛行路徑改成弧狀的懸浮，在空中繞出一個大圓。「如果我現在保持平穩，妳能不能再往我的肩膀靠近一點？這樣等要穿過不同世界時，妳會比較安全。」

「等我一下。」艾琳咬牙說道。她讓目光停留在凱背上，而不是看向下方的地面。她在正常狀況下本來就不喜歡高處，而坐在龍背上置身幾百公尺的高空，讓她更難忽視自己離地面有多遠的事實。不過令她稍感安慰的是，吹在她身上的風並不像預期中那麼強。有什麼力量削弱了她周圍的風速和氣流強度——想必也包括凱的周圍。這一定與龍的飛行魔法有關。她把這點加到問題清單上，留著晚點再問，一邊沿著凱的背慢慢爬向他的雙翼之間。

「現在坐起來。」她聽得出他的聲音裡帶著笑意。

「殺了我吧。」艾琳說。地面在很遠很遠的地方。

「妳會很安全的。我們以前也載過人啊，艾琳。聖賢、訪客、人類親信……相信我，我不會把妳摔下去。」

*這不是我相不相信你的問題，而是我能不能逼自己放開你的問題。*艾琳一次一根手指地放開凱的厚鱗，讓自己坐直。凱的背寬到她不能跨坐，所以她彎起腿來跪坐。他的頭部周圍有絲絲縷縷的鬃毛往後飄揚，她試探地握住兩條。這做法不合邏輯，但她因為能握住某個東西而覺得好多了。「現在呢？」她問。

「現在我要回到韋爾的世界。」凱的飛翼抖了一下，完全伸展開。陽光映照在他的飛翼上，就像海浪表面的水光。「我知道它在一連串世界中的位置，如果我要的話，也可以直接飛向韋爾本人。不過他大概不會喜歡那樣。」他說，突然調皮了起來。「我們該去哪裡？」

「大英圖書館。」艾琳堅定地說。「你可以降落在屋頂上，在你變回人形時，我來應付警衛。然後我們可以用那裡的出入口回到大圖書館。」

「聽起來合情合理。」凱遲疑了一下，那動作由龍來做顯得有點不自然。「艾琳，剛才究竟發生了什麼事？」

「我不知道。」承認無知很容易，不過若是仔細探究起來，可就沒那麼容易釋懷。「如果那個世界的出入口有問題，我並沒有收到警告。如果這問題是最近才發生的，我得要警告別人。這很緊急。我沒聽說過這類事，所以其他圖書館員可能有危險。」她的手緊握。「帶我們回家吧，凱，趁這裡的人還沒發明火箭船從上面堵我們。」

凱發出轟隆隆的笑聲，她感覺身體底下他的身軀在振動。唔，幸好我們之中還有人覺得很愉快。然後他往下潛，降低高度，身體在空中彎曲，不過沒有干擾到她，她還是穩穩地坐著，就像坐在自己書房裡的椅子上。風勢很溫和，輕輕拂動她臉部周圍的頭髮，但現在速度加快了——快到他們切過空氣時可以聽見尖銳的氣流聲。

他們前方的空氣裂開一個口子，閃著粼粼的光，它是現實中的一個缺口。呼嘯的風聽起來像一群人在齊聲唸誦，聽不出來實際上在唸什麼，但語氣帶著不祥與警告。艾琳的胃因壓抑的焦慮而扭絞。負責掌控穿梭世界的人一向是她。她當然信任凱，當然相信既然他說他能處理，他就能處理，她當然不打算承認她很害怕，但對未知的恐懼就像投射在她心上的冰冷陰影。然而好奇心還是讓她睜著眼睛，畢竟這是她從沒做過的事……

凱直直往前飛進那道裂口。

第三章

他們栽入一種濃稠得像糖漿的大氣中。度過最初的驚嚇後，艾琳發現她還能呼吸，但他們周圍的空氣像水一樣流動，她的髮絲漂浮在臉旁邊，好像浸在水裡。這裡沒有太陽、月亮、星星或任何明顯的光源，但她在近似黎明時分的朦朧光線中依稀看得見自己和凱。

他們正滑行穿過一片氣體海洋，四周是上千種不同的藍色和綠色。這片氣體沒有明顯的起點或終點，除了他們倆，也沒有明確實在的物體或眞實的東西。艾琳唯一能看出的區別是空氣裡不斷經過的氣流的色調和溫度，就像正在匯入大海的滾滾煙霧或河流。也許凱看到的比她多。

「我們在哪裡？」她問。

「後面。」凱說。他沒有改變穩定的速度，繼續在流體般的空氣裡穿梭。「外面。路上。」

「你是不會解釋——還是不應該解釋？」艾琳問。兩者都很合理。

「前者的成分多一些。」他移動飛翼輕鬆轉了個大彎。「我在找通往韋爾世界的河。我不太能解釋，就像妳沒辦法向沒有大圖書館烙印的人解釋語言是怎麼回事一樣。」

「了解。」她安撫地拍拍他的背，接著希望龍族並不反對他們的乘客做出這種舉動。「你不會因爲這件事而在親戚之間惹上麻煩吧？」

「爲了保護妳嗎？怎麼會。他們仍在考慮要怎麼獎賞妳的英勇之舉呢。」

凱聽起來很得意，但艾琳對事情的看法並沒有那麼夢幻。沒錯，她是協助救出了凱，但追蹤綁架他的人，意謂離開她駐地圖書館員的職位，擅離職守不說，還惹毛了一大群妖精。這或許讓她博得了龍族的信任——或至少是凱的家人，而他們確實是龍族裡的王族——卻讓大圖書館判了她緩刑。她沒有被放逐已經很幸運了。這件事公不公平不值得爭論，如果她試著爭取，只會被貼上惹事者的標籤。艾琳並不想減損大圖書館對她的信任來提升龍族的信任。她是圖書館員，立誓效忠大圖書館，這一點必須列為優先。

「對了，這倒提醒了我，」凱有點太過若無其事地接著說。「妳有沒有考慮李明的提議？」

「凱。」艾琳先深吸一口氣，以免出言不遜。這三天以來，他已經第三次提起這件事。「我了解不是你要求你叔叔派李明到韋爾的世界，我也了解李明提出為你和你的同居人提供住處只是出於禮貌。但我不能——不是不想，是不能——搬進去接受他的保護。」

「妳不是接受他的保護，」凱抗議。「而是接受我的保護！」他似乎意識到自己說錯話了。「再說那也不算什麼保護，他只是會付房租，妳還是可以盡駐地圖書館員的職責。」

「不。」艾琳說。她望向無窮無盡奔流的色彩和圖案，任何人看了都會目眩神迷。不過龍族好像對此無動於衷，由此可見龍的本質，還有他們內心對什麼才算奇幻瑰麗的看法。「我不能住在由你叔叔的僕從付錢的房子裡，那有損大圖書館的立場。」

這是在打官腔。大圖書館立場中立，除非產生直接的利益衝突，否則他們不與龍族或妖精任何一方打交道——通常是為了爭奪同一本書的所有權，或是出現生死交關的局面。他們絕對不會正式和任何一方結盟。身爲圖書館員，在金錢方面依賴其中一位龍王可謂極不恰當。

艾琳的直接反應則比較屬於心靈層面。她對李明本人並沒有意見，他一向彬彬有禮、善於應對，儘管他來這裡是爲了看顧凱，辦事方式也非常低調，並不會阻止凱進行像現在這一類的任務。但艾琳確信，就長遠而言，李明希望凱遠離大圖書館，回去當龍族王子，而艾琳若不是成爲他的親信，就是從此再見不聯絡。這倒也合情合理。不過到頭來，決定的人應該是凱才對。

凱安靜了十分鐘，大概在回顧他的策略哪裡出了問題。「如果付錢的人是我呢？」他提議。

「而錢是李明給的？抱歉，門都沒有。」

「妳把這看得很嚴重。」凱彎身往下飛——這裡還有足夠的地心引力，讓她能判斷「下」和「上」有何不同，對此艾琳很感激，因爲她對現實的認知已經很有障礙了。「我只是想保護妳，李明也是，我叔叔也是。他認爲妳是益友。妳爲什麼就不能理解呢？」

「身爲你的朋友，我很感激。」這時候如果說「我不需要你的保護」或是「上次是我保護你」，未免太不厚道了。再加上剛剛，就在不到一小時之前，是凱救了她。「但是身爲圖書館員，我不能接受，不能用這種方式。」

凱咆哮一聲，艾琳感覺她身體下方的振動，振動傳遍他長長的身軀。「妳眞難說服！」

「的確。」艾琳說。「你有沒有問過韋爾的意見？」

隨之而來的死寂說明了一些事。韋爾身兼好幾種身分，他是他們住的那個平行世界的倫敦最偉大的偵探，也是凱的好朋友，而且——艾琳心想——和艾琳自己也有些瓜葛。他也很像某個虛構作品中的名偵探，但艾琳不想提起這件事。

「這表示『有問過而他說不』嗎？」艾琳問。「還是單純就是『沒問過』？」

「妳什麼時候這麼關心我的人際關係了？」凱隆隆地說，語氣中添加了一絲怒氣。

「他也是我的朋友。」艾琳說。

凱沉默了一會兒。艾琳正恭喜自己找到能讓他閉嘴的方式，這時他卻提議：「妳知道嗎，我並不介意妳和韋爾發展私人關係。」

「你真開明。」艾琳喃喃道。

「當然，那不會破壞我們的友誼。」凱開心地說下去。「如果妳要同時和我上床也沒關係。我知道以導師和學生的關係來說，妳會覺得那樣做很不恰當，但在我的族裔之間這很自然。如果妳需要一點接近韋爾的建議……」

「凱，」艾琳咬牙切齒地說。「請不要再繼續這個話題了。」

「反正我們也快到家了。」他們周圍的空氣呈現越來越深的藍綠色，艾琳肺裡的空氣也變得比較稠密，幾乎令她呼吸困難。「坐穩了。」

艾琳抓牢手裡的鬃毛。「我們會從哪裡出去？」她問。

「欸，我想從哪裡就從哪裡啊。」凱聽起來很意外她會問這種問題。「不過我會選高一點的地方，免得還要擔心飛船。」

「考慮得很周到。」艾琳無力地說。在他提到前，她根本沒想到這種可能性，她並不習慣以空中交通的角度來思考。她想的是目前妖精和龍族間的爭鬥。有能力選擇要在平行世界的什麼位置出現，表示龍族可以在任何地方冒出來——只要那些高度混沌世界不會與他們磁場不合。他們先前待在混沌程度極高的威尼斯時，凱大多處於半昏迷狀態，他還暗示如果他呈現龍形的話，狀況會更糟。也許力量強大的妖精若有野心侵入高度秩序世界，也會出現類似反應吧。這說明了為什麼大部分的戰鬥都發生在中間區域，而不是偏向任何一個極端。

凱把飛翼收起貼在身側，頭和肩膀扭來扭去，彷彿在對抗迎面而來的海潮。在艾琳還來不及太過驚慌時，他就發出一聲巨吼，吼聲在他們周圍的空間迴蕩，就像在回聲室裡。隨著聲音在空氣中震顫，他們前方裂開一道裂口，四面八方的光線都相形失色，凱一頭鑽了進去。

他們從雲層上方出來。地面在很遠的下方，而且這裡冷得要命。不知為何，艾琳對於從這種高度摔下去的恐懼，要比在世界之間的空間摔下去大得多，據她推測，後者的墜落過程可能永遠都不會結束。她緊緊貼在凱背上。*也許是因為我知道，在剛才那裡墜落的話他會接住我，而在這裡……我可能就會掉到地上了。*

凱往下飄移；和先前一樣，艾琳並不受速度或風力影響，風只是微微拂動她的頭髮，她還有閒情逸致欣賞迎面而來的雲朵和霧煙。對這個世界，或至少這個倫敦來說，這是典型的天氣。「你可以去任何世界嗎？」她好奇地問。

「我可以去我知道的任何世界，或去找我認識的任何人。」凱又顯得得意起來，這不令人意外：艾琳透過大圖書館的移動方式相較之下受限得多。「不管妳在哪裡，我都能找到妳。」

「連在大圖書館也不例外？」

他頓了一下。「嗯，不行，我沒辦法到大圖書館，我的族人全都不行，我們靠平常的旅行方式是會被拒於門外的。我能進到大圖書館的唯一方式，就是由圖書館員——例如妳——帶進去。」

*嗯，這倒解釋了龍族爲什麼沒有出於爲我們好而占領大圖書館。*艾琳發出附和的輕柔聲音，心裡納悶龍族究竟爲什麼不能進到大圖書館，還有她身爲一個龍族助手的導師，會不會有機會找出答案。她的上級有時候疑心病很重，找出答案或許能爭取她非常需要的好感。

凱像蛇一樣穿過空氣。「準備好下去了嗎？」他說。

如果能在雲層上方這裡坐久一點，討論形而上學、龍族和其他有趣的主題，那該多麼愜意啊，但她的行程表實在太滿了。「走吧。」艾琳說。

他們俯衝而下，切穿雲層，在身後留下飄帶般的霧氣，如果是正常飛行，這種速度會讓艾琳整個趴下去——嗯，如果說坐在巨大超自然類爬蟲生物背上飛行可以用正常來形容的話。她的心智有一部分被「我的天啊請你慢一點」占據，而剩下的部分意識到，凱一定是打算飛得越快越好，以降低被人看到的機率。即使在倫敦，一條龍也可能引來騷動，而且不太可能被誤認爲飛船。

能看到底下的大英圖書館，還有它頂端的玻璃金字塔了。屋頂上繫著一艘小型飛船，飄浮在半空，預備好隨時出發，凱必須調整飛行路徑避免撞上它。有兩名警衛看到他接近，他們衝過來攔截，手按在警棍上。

*盡忠職守加幾分，智力扣很多分，因爲他們衝向即將降落的龍，而不是往反方向逃。*艾琳等凱在

地上站穩，再滑下他的背。理想情況是她走向那兩個警衛，但不知爲何她的雙腿不聽使喚，於是她靠在凱身上。「午安。」她說，努力擺出親切態度。

兩個警衛上下打量她。不可諱言，她的國民兵制服、古板的辮子髮型，以及被微微煙熏過的事實，並不能給人值得信任的印象。該是祭出另一個選項的時候了。

她手扶著凱讓自己站直，然後深吸一口氣。她背後強光閃耀，一定是凱在變回人形。很好，那會讓她比較好形容。**「在你們的認知裡，我和我後面的人都是正常但不重要的人，我們有權來到屋頂上，但不值得你們花時間關注。」**

運用語言影響別人的認知一向很耗能量。她感覺自己的能量庫存銳減，身體隨之晃了晃。但是奏效了。兩名警衛微微露出困惑之情，好像努力回想究竟有什麼重要的事。其中一人揮揮手要她和凱走向一扇門進入大樓，還咕噥道：「祝你們在大英圖書館參觀愉快。」

當然，用這種方式使用語言有個問題，那就是效力隨時會消退。它能發揮的作用是有限的。凱和艾琳一樣清楚這一點，所以他們一進到大樓，他就在擺滿書架的庫房走廊上小步狂奔，一直到連續轉過幾次彎後才敢停下來。

「妳要直接在這裡的一個房間打開往大圖書館的出入口，還是要去樓下的固定入口？」他問。

艾琳用兩手拂過頭髮，在發現落下許多灰燼後做了個鬼臉。「我想用固定入口好了，」她說。「我知道去樓下的途中可能會遇上別人，不過那樣至少我們知道會從大圖書館的什麼地方出去。再說，上次我在出入口隔壁的房間放了兩件大衣，在我們回到住處之前，好歹可以掩飾一下。」

「我們在大圖書館換衣服就好啦。」凱滿懷期望地說。他在衣著方面的品味比艾琳講究多了，而且還時時表現出來。

「時間問題。」艾琳說。「我寧可盡快趕回來。我們可以在大圖書館接收電子郵件，除此之外……」她聳聳肩。「我們已經離開這裡幾乎兩週了，身為駐地圖書館員，我有責任確保不在時沒有發生什麼事。」

「李明和韋爾都會很高興我們回來了。」凱表示贊同。「那就照妳說的做吧。」

艾琳率先走下樓梯，快步經過走道，不理會別人投來的訝異、震驚和絕對驚恐的目光。這個世界的淑女不穿長褲。飛船飛行員和工程師是會穿，但她們一般而言不算淑女，而且也不會穿著長褲在大英圖書館裡逛。

通往大圖書館的永久入口所在的房間，用繩索和告示牌隔離起來，告示牌上寫著「整修中」。艾琳必須為此負起一部分責任，包括一場小火災和一群狼人的風波，不過往好處看，他們走進去一點都不奇怪，反正他們看起來像工人。

進了房間，門也安全關上後，艾琳心虛地打量四周。這裡曾是維護得宜的辦公室，玻璃展示櫃裡裝滿有趣，或至少是古老的物品，櫃子和書架也好好地擺滿了書。現在——經過蠹魚侵襲、她和妖伯瑞奇對決，還有火災之後——它已慘不忍睹。少許殘存的展示櫃都是空的，看起來很淒涼，地板有烤焦痕跡，牆壁光禿禿，整體毫無吸引力。

這不是她的錯，至少不能直接算在她頭上。但她還是有罪惡感。

她甩甩頭，走向前把手貼在較遠的那扇門上。實際來說，它只是單純的儲藏櫃。但以形而上學來說，是通往大圖書館的永久連結，就像被火燒掉的那道門一樣，只要有圖書館員使用語言就能啓動它。「**通往大圖書館**。」她說。緊張像條不安的蟲在她胃裡扭動，她不由自主地想到會不會在這裡也遇到同樣的障礙。

那扇門彷彿爲了解除她的憂慮，立刻就開了，沒有任何阻礙。她深吸一口氣，不想太明顯地發出安心的嘆息，她示意凱進去，然後自己也穿過門進去，並且把門帶上。

大圖書館的這個房間如今對他們而言已很熟悉了——這是使用固定穿越點從某個平行世界進入大圖書館的好處，若是強制開啓通道，他們可能會出現在大圖書館的任何地方。牆邊擺滿了書本，多到那些警示「中度混沌程度，入內請小心」的黑體字海報都得掛在書前面，因爲牆上已經沒有空間了。她掛念的大衣也是。有人在房間中央的桌子上安裝了一部電腦。

「那是新的。」凱指著電腦說。

「這倒挺方便的。」艾琳說。她坐到電腦前面，打開電源，然後從外套內取出那本書。「你可以到走廊那邊去一下嗎？那裡有個收信口，你可以趁我寄緊急通知說明出入口故障的事時，把這本書送出去，擺脫這個燙手山芋。考琵莉雅或其他長老可能會想親自和我們談談。」

凱點點頭，把書接過去。「當然好。艾琳——」

「嗯？」

「妳覺得那到底是什麼？」

「我不知道。」艾琳坦承。「那不是某種與混沌連結在一起的陷阱，至少我看不出來這種可能，就我看來，它沒有和任何東西連結——你有看到什麼嗎？」

凱搖搖頭。他深思踱步，艾琳懷疑這是他下意識從韋爾身上學來的。「我什麼也沒看到，也沒感覺到任何異常。如果我有感覺的話，就會向妳示警了。感覺不像那個世界正遭到一般混沌入侵——請原諒我的用詞，我只能用這種方式來形容。要我『猜』的話——」

「這是很不好的習慣，對邏輯思考來說極具殺傷力——好啦，我知道啦。」艾琳忍不住貧嘴。

凱的嘴角抽動了一下。他身上一條條的灰燼看起來像是刻意用藝術手法營造出的凌亂，像是模特兒在特別怪異的時尚秀上會有的打扮。而且國民兵制服穿在他身上，可能眞的會引領潮流。「好吧，要我假設的話，會說問題出在大圖書館這一端，或是介於兩端之間。但我不知道是不是眞的可能發生這種事。」

艾琳點點頭，登入帳號，開始寫電子郵件向她的導師考琵莉雅報告。「我們不是從那個出入口進去的，因爲那表示我們會落在不友善的領土中間，面臨未知狀況。所以波多里諾才要從西西里島接我們進去，我們再從那裡穿越歐陸。」波多里諾是那個世界的駐地圖書館員，是個七十好幾的孱弱老人，絕對禁不起躲避革命軍探子，還有應付警察的折騰。艾琳個人認爲他早就該退休回到大圖書館了，但直接說出來未免太冒失。「而波多里諾自己最近一定也沒檢查過那道門的狀況，否則他也會中了同樣的陷阱——如果我們可以稱它爲陷阱的話。所以……我也不知道耶。我還是先呈報上去，看看結果如何。還有送出那本書的事……」

「要去了，要去了，已經去了。」凱說，門在他身後關上。

艾琳修修改改了一番，才能潤飾她第一時間的反應。而她第一時間的反應差不多是——我們差點被烤熟，所以我要提出警告，如果有別人知道的話，究竟爲什麼沒人警告我們？這是要命的故障耶！她最後設法比較有技巧地說：我得要回報，當我們嘗試啓動出入口時，承受了高能量的副作用，我不確定那個出入口是否還存在。但她在結尾時提到……我們缺乏對那道出入口的資訊，很可能導致任務徹底失敗。如果源於某種溝通上的問題，凱和我沒有收到完整的簡報，那麼我必須提出，這件事對未來的任務效率和安全而言都是很嚴重的問題。圖書館員是有限的資源，如果這是新的問題，則必須盡快警告其他圖書館員。

她並不喜歡這麼打官腔，不過這樣應該可以把意思傳達出去。艾琳嘆口氣，用雙手托著下巴。她多疑的一面臆測，她被判了緩刑，又被派去執行危險的任務且得不到完整資訊，這兩者好像有直接的關聯。她理智的一面則反駁不該直接歸因於惡意，這完全可以用愚蠢來解釋，或至少是組織方面的瑕疵。她的未讀電子郵件或最新事件布告欄上都沒有提到其他出入口起火的事。所以到底是怎麼回事？會是破壞行動嗎？難道有人在攻擊大圖書館？這是很危險的提問角度，她並不想順著這個方向思考下去。

她提醒自己：疑心病很善於自圓其說。失誤或甚至是巧合的意外，在這個情況下都是更爲可信的解釋。但疑心病沒那麼容易被趕走。

門吱呀一聲開了。「都處理好了？」凱問道。

艾琳點點頭。「目前沒什麼緊急待辦事項了。書已經送出去了吧？」

「已經上路了。」凱打量了一下備用大衣，噘起嘴。「買最便宜的二手用品只是表面划算而已。」他終於說。

「我現在沒心思想那個，」艾琳堅定地說，一邊穿上大衣。「我一心只想回到住處，洗個熱水澡。」

「言之有理。」凱披上他的大衣。「如您所願，女士。」

他們回到韋爾的世界，並走出大英圖書館，一路上沒有引起任何人注意。這時候已經接近傍晚了，還在大英圖書館裡的人更關心他們的工作或研究，而不是觀察路人。艾琳開始有點期待這會是個平靜的夜晚，不會再有更多麻煩。首先，洗個熱水澡，再換上乾淨的衣裙。接著也許可以吃頓晚餐，或是去找韋爾看他有沒有空吃晚餐，然後——

凱一把抓住她的手臂，把她拉回現實。「那是誰？」他斷聲問。

他們剛走出大英圖書館。有個女人站在馬路對面，望著圖書館大門。她渾身上下的打扮非常不適合當下的時間和場所。深色的鬈髮往上挽成一個髻，再垂下來拂著她裸露的右肩。她披著一條厚厚的黑色皮草，從一邊的手腕連到另一邊手腕，層層疊疊地掛在背後。皮草內是件緊裹她身體的黑色絲質禮服，貼身到看起來像是縫在她身上。瀰漫著霧煙的夕陽餘暉把她的肌膚映照成比平常更深的金色，她的眼珠靈動得有如切割過的黑曜石。她的右手握著一條牽繩，繫著一隻黑色靈緹犬。當艾琳和凱停下腳步時，本來在嗅聞地面的牠抬起頭，發出短促的吠叫，好像在說：「原來你們在這——我找到他們了。」

「札雅娜。」艾琳說。如果她的聲音因爲詫異而顯得呆滯，她希望旁人會以爲那代表她對這局面胸有成竹。那個女人並不是眞的敵人。嗯，應該不是啦。她們上次見面時，她甚至算是某種戰友。她是個妖精，但那是另一種層面的問題。

女人張開雙臂表示喜悅。靈緹犬的脖子被牽繩勒住而哀叫一聲，她趕緊垂下右手。她匆匆穿過馬路來找他們，因爲穿著高跟鞋而邁著小步。「艾琳！親愛的！妳知道要找到妳有多難嗎？」

「我不知道妳在找我呢。」艾琳說，她的社交迴路自動通電。她不理會凱低聲嘶道：「那是個妖精嗎？」伸出手表示歡迎。「要是我知道——」

「噢，妳是不可能會知道的，親愛的。」札雅娜說。她像是沒看到艾琳的手，直接撲了過來，雙臂摟住艾琳，把頭依偎在她的肩膀上。「我必須向妳尋求庇護，親愛的。妳應該不介意吧？」

第四章

艾琳知道自己在札雅娜懷中變得像木板一樣僵硬，毫無反應。她的一條手臂自動抬起，拍拍那個女人的肩膀。「好了、好了。」她說。她意識到自己的語氣少了點什麼。「也許我們應該先離開大馬路再談？」

「也許不是。」凱惡狠狠地說。「女人，放開艾琳，別再試圖引誘她。」

札雅娜抬起頭看凱，她的狗發出低狺，顯然反映出女主人心情。「這才不是引誘，這只是——」

「在大街上把我撲倒。」艾琳接口，她注意到已經有一群人在行注目禮，還有更多人假裝沒在看，其實也在偷瞄。

「她眞是口齒伶俐。」札雅娜對凱表示。「而且她好受歡迎。你該把她關起來，甜心。其實……不，這不是好主意，因爲如果你把她關起來，她就不能冒險犯難了。不過你知道，想法比較重要。」

「我偶爾確實會閃過這個想法。」凱喃喃道。「艾琳，這女的是誰？還有妳希望我做什麼處理嗎？」弦外之音「例如把她從妳身上弄下來」再明白不過。

我們要私下談一談。儘管她在威尼斯沒有插手，而讓我欠了她人情，但我不會把她帶回家。當時凱被綁架，她需要所有援助。「茶。」艾琳很快地說。「餐廳。我是說，我們可以在附近找個地方喝茶，札雅娜可以告訴我們出了什麼問題。」

「妳還真是入境隨俗。」札雅娜嘆口氣說，一邊鬆開艾琳的脖子，真是謝天謝地。「這附近大概沒有店家供應梅斯卡爾酒喔？」

「我不知道。」艾琳說。韋爾會知道，他對倫敦瞭若指掌，可以憑記憶列舉倫敦的各個幫派，或是只看一眼就認出飛濺的泥巴痕跡有什麼玄機。「不如我們去找找看？」

隔著札雅娜的肩膀可以看到凱，他的表情說明，基於各種原因他們都不該這麼做，但艾琳現在沒心情和他爭辯。

十五分鐘後，他們坐在一間茶鋪的桌子邊，這間店的風格很難形容，後側牆邊擺了一排結滿蜘蛛網的錫盒，裡頭裝著異國茶葉，店內的燈光昏暗得讓人不安。外頭的濃霧緊緊包圍著茶鋪。札雅娜的狗趴在她的椅子邊，若有所思地抽著鼻子，用發著紅光的眼睛打量他們三人。

「妳說妳要尋求庇護。」艾琳直接切入重點。她的茶有股霉味，還藏著一股金屬味。她本來想挑一間高級一點的茶鋪，但以他們三人的打扮，很可能會吃閉門羹。「妳可以提供多一點細節嗎？」

札雅娜對著茶杯水面呼氣，揚起一小團水蒸氣。「親愛的，」她開口。「妳還記得上次在威尼斯的火車上，我沒有阻止妳救妳朋友嗎？」

「記得很清楚。」艾琳說。她原本一直覺得有什麼事不對勁，現在知道是什麼了。「妳怎麼知道我的名字是艾琳？」根據她的記憶，她和札雅娜相處時一直都用化名。想到這女人有可能用什麼方式查出她的名字，就令人不安。

「是史特靈頓說的。」札雅娜說。「妳離開火車以後，亞綽克斯菲洛克斯和我有機會和她說話。

關提斯大人和夫人告訴過她妳的眞名，畢竟在那整趟遠足途中，他們是妳的頭號仇敵嘛。他們還說了妳是圖書館員，在這個世界工作什麼的。親愛的，我眞的驚呆了！有個祕密特務一直和我在一起，我卻一點都沒發現！」

「我不是什麼祕密特務，」艾琳說，不過她知道說了也是白說。「我只是蒐集書本。」

「當然。」札雅娜嚴肅地點頭。「我會替妳保守祕密的，親愛的。」

「這整間茶鋪的人也會保守祕密，是吧。」凱說。他的姿態有點僵硬，讓艾琳頗感憂心。雖然她成功在那趟被札雅娜輕鬆稱爲「遠足」的旅程中把他救出來，對凱來說那卻是綁架、囚禁，以及差點被賣給龍族最惡劣敵人的生死關頭。爲此，他晚上睡不安穩，很積極地想以身犯險，而且完全不想談起那件事。這類談話對他就像往傷口上抹鹽。

「喔，他們啊。」札雅娜聳聳肩。「他們只是人類。」

艾琳一時有點迷惑，她想弄清楚這句話是源自立意高尚的不在意、眞心對平凡人類沒興趣，還是要讓她低估札雅娜而刻意爲之的計謀。不，整體評估，她認爲這單純就是札雅娜的本色，也是妖精的本色。對妖精來說，人類全體充其量只是和他們同台演出的演員而已。在非演出時間，就只是配角或後台負責換布景的人員。所有妖精都深信他們是自己故事中的主角。危險的是，在比較混沌的平行世界裡，宇宙會和他們狼狽爲奸。

「但妳是祕密特務嗎？」艾琳問。

「不算是，親愛的。」札雅娜啜著茶。「是這樣的，後來出了差錯。在威尼斯旅程之後，我得回去向我的恩主報告。他說就算關提斯大人和夫人自己搞砸了綁架那條龍的事，我也不該就那樣讓你們三人離開。他爲這件事眞的很嚴厲地罵了我一頓。」她很有技巧地微微顫抖。

妳倒也沒有太多機會可以阻止我們。艾琳不理會凱在她身邊製造極地氣候，伸出手去拍拍札雅娜的手。「很遺憾妳惹上麻煩了。」她說。

札雅娜端莊地垂下目光——如果「端莊」一詞可以用在露著乳溝的她身上。「我就知道妳會理解，」她喃喃道。「所以當我和我的恩主斷絕關係時，自然而然就想到妳。」

「我不知道該說什麼才好。」艾琳撒謊。其實她可以想到好幾種說法，儘管有可能讓對方心情好一點，但沒有一種能延續這個話題。「札雅娜，妳應該知道我沒有……」札雅娜說她替前任老闆做什麼來著？「……任何需要照顧的蛇。」

「我們可以弄些蛇來，親愛的。」札雅娜保證。「妳比較喜歡眼鏡蛇還是蝰蛇？或是曼巴蛇？」

「妳能蒐集書嗎？」艾琳反問。

「我從來沒試過，」札雅娜說。「但凡事都有第一次，不是嗎？」

艾琳頗爲確定大圖書館沒有針對「外包工作給妖精」這方面的規範，大概是因爲「一開始就別和妖精打交道」一節已經大致涵蓋了這部分。不過，她安撫自己的良心說，這只是權宜之計，她會再想出更好的解決之道。「席爾維知道妳在這裡嗎？」她問。

席爾維大人可說是全倫敦力量最強大的妖精。他是列支敦斯登大使（在這個平行世界，列支敦斯登是妖精的溫床），也是著名的花花公子和惡棍，經常登上專報醜聞的小報頭版。此外，在凱被綁架的事件中，他嚴格說起來是盟友，曾幫助艾琳進入凱被囚禁的世界，因此她才能救出他。不過那只是因爲席爾維把綁架凱的人視作威脅。他是艾琳希望大地把他吞掉的另一號人物。但要是他能接收札雅娜這個燙手山芋，她甚至願意送花給他。

札雅娜嘟起嘴。「我一直避免遇到席爾維大人，親愛的。我眞的不想欠他人情。我是考慮過向他打聽妳住在哪裡，但後來我想到更好的方法，那就是養這隻好棒的小狗狗來幫忙找妳！我帶牠去妳住的地方，然後一直追蹤妳的下落。我想要給牠取名叫豬腳。」她把茶水喝乾，放下茶杯時發出叮的一聲。「但我也有正經事要說，親愛的。外面有人想殺妳。」

說來挺悲哀的，艾琳的第一個反應不是震驚，而是無奈。然後她異想天開，覺得是不是有人在排隊，或甚至有人在賣票。畢竟在這不到一年裡，她已經成功惹毛了好些勢力——本地的狼人、幾個本地的祕密社團、策畫綁架凱的兩個首腦之一（另一個還被她殺了）、惡名昭彰的叛徒圖書館員妖伯瑞奇，可能還有一堆她根本不知道自己招惹上了的人。席爾維本人也並不怎麼喜歡她。「誰？」

「我不知道。」札雅娜在桌面上傾前，想要握住艾琳的手。凱伸出手擋在中間，結果她轉而握住凱的手。「親愛的——兩位親愛的——」凱的表情像咬了一口生大蒜。「你們一定要相信，我希望你們安全。要是沒有你們，我該怎麼辦才好。」

這是和妖精打交道的另一個常見問題。他們希望拉一些人來與他們一起演個人通俗劇，不管是朋友或敵人都要。艾琳得想個辦法擺脫札雅娜的糾纏——而且要快——否則她會被捲入新的離奇敘事裡。「我相信妳。」她說。大部分啦。「但如果妳沒辦法告訴我們對方是誰，或他們準備什麼時候下手……」

札雅娜嘆口氣，凱趁這個機會抽回他的手。「那只是街頭巷尾的流言，親愛的。我會想辦法查到更多細節。但時間已經不早了，你們應該想要去執行最高機密任務，開始你們的工作了，對吧？我可以一起去嗎？」

「不行，」艾琳堅決地說。「很抱歉，這是機密。我們明天要在什麼地方和妳碰面？」

札雅娜令人意外地安然接受被拒絕。「卡爾登飯店，親愛的。我會等你們。不過我現在要在這裡多待一會兒，這裡的氣氛眞迷人。」她比了比暗沉的置物架，還有掛著裸露乙太燈泡的屋梁，然後又往下指了指她的狗。「不用擔心我，豬腳會保護我。」

等到他們走到街上、遠離兩百公尺後，凱才說：「我們要不要殺了她？」

「札雅娜幫忙我救你耶。」艾琳喃喃道。她自己也考慮過那個選項，但那不會讓事情變得更簡單。不過區區不便並非充分的謀殺動機，雖然她眞的會帶來很大、很大的不便。

「是沒錯，但那個女的是妖精。」凱回答。他的目光冷峻，步伐也從從容的跨步變成更危險、更堅定的傲然踏步。

艾琳想要講一些聰明、合邏輯、有幫助的論點，來說服他保持冷靜。但她什麼也想不到。對於一條被妖精綁架、目的是引發戰爭的龍，她究竟能說什麼？本來就存在的個人偏見，遇上創傷後的刺激更有如火上加油，他絕對不會在大街上突然就醒悟了。「但我說你不准直接除掉她。」她斷聲說，訴諸自己身為他上級的權力，她也知道這回答只能暫時堵住他的口。「懂嗎？」

凱眨眨眼，他眼中非人類的光芒——那是不是只出現一瞬間？——便消退了。「懂了。」他說，他從喉中發出的聲音陰鬱而低沉。

*我晚點得再和他好好談這件事。如果我不能讓他理智思考……*艾琳有責任做好在這個世界的工作，也有責任要照顧好凱。她一想到也許自己能爲他做的最好的事，就是看他被指派給另一個圖書館員，她的胃就扭成一團。他甚至可以被送回他父親的王宮中，安全地和其他龍待在一起……

「我也不確定該不該信任她。」她說。「我們沒有證據能證明她說的是實話。但我想最好暫時盯著她，等我們搞清楚狀況再說。就像『親近你的朋友，更要親近你的敵人』之類的道理。再說，如果札雅娜說的是實話，我們或許可以從她那裡獲得有用的資訊。」

「等著看有誰想殺我們可能更簡單。」凱說。

艾琳望向前方街道。在這霧茫茫的黃昏時分，街角矗立著看來陰森的報紙看板，攤販用那些看板來宣傳晚報，依稀可見的大寫標題有如祕密訊息一樣吸引她的目光。背叛。謀殺。戰爭。「確實，」她贊同。「但他們有可能僥倖成功。」

「找人來假扮成我們，然後我們從遠處觀望？」凱提議。

「唔，不行，行不通。」艾琳腦中隱約浮現接受管理訓練時的記憶。「我不是要反駁你的所有點子，」她補充。「只是我不知道我們要怎麼辦到，要怎麼不在準備過程中被發現。而且這也涉及他們要殺我們已策畫了多久。我們離開倫敦兩週了，不過這麼說來……」

「怎樣？」看她沒講完，凱追問道。

「嗯，除非想殺我們的人是從大圖書館或韋爾那裡得到消息——兩者可能性都極低——那麼對方不可能知道我們這兩個星期都不在倫敦。他們可能坐在那裡啃指甲，傷透腦筋，不知道我們去哪了。」

他們一邊輕聲交談，一邊沿著霧氣瀰漫的街道走——看起來只是一般倫敦居民，穿著厚重大衣，用圍巾裹住臉來抵擋黃昏的霧氣和污染。他們已經低調到不能再低調了。艾琳望向街道，可以看見其他人三三兩兩一起走著，頭湊向對方低聲交談。密謀者？家人？朋友？策畫大災難的人？誰會知道？

「我們該向韋爾確認一下狀況。」凱說。

艾琳點點頭。「先回住處看看再說。當然要小心行事。不知道你有沒有想到，但札雅娜在另一方面也可能提供有用的情報。」

「哪一方面？」

「如果大圖書館裡，或龍族之間，有人在販售我們的資訊，我們要查出那人是誰。」顯然龍族是個緊密的整體，絕對不會出賣彼此給妖精。至少龍族是這麼聲稱的。這也可以表示他們對於剔除叛徒毫不留情。「如果札雅娜還和妖精的八卦網絡有連結，或者不管他們是怎麼分享消息和密謀的，也許她能查出什麼來。」

「也可能她自己就可以把我賣了。」凱冷冷地說。「或是把妳賣了。我相信外面有妖精想要有個圖書館員奴隸。」

「我同意。」艾琳淡淡地附和。她到現在還會在噩夢中重溫威尼斯之旅的某些片段。「但事實就是，在危急關頭，她確實幫了我。所以我們暫且別再兜圈子、玩『誰是嫌犯』的遊戲吧。回到住處、洗澡、換衣服，找韋爾，然後等待下一項任務。」

□

當他們抵達住處時，周圍的建築都已亮起了燈，而他們房間的窗口則不祥地漆黑一片。當然他們離開時本來就沒留燈，但很難不去想像在那拉起的窗簾後頭會不會躲著潛伏的凶手。

「我去檢查一下門。」凱說，一個箭步搶到艾琳前面。她知道他曾有過輕度犯罪生涯，那是他在更科技化平行世界的生活。因此她讓他去發揮長才。他比她更懂得檢查引線、隱藏的開關或門鎖上的刮痕。她往馬路兩端張望。沒有明顯的跟蹤者，沒有鬼鬼祟祟的爪牙，屋頂上也沒有可疑的影子。

凱跪著察看了幾分鐘的門、鎖、台階、腳踏墊和附近區域後，站起身。「看起來沒問題。」他說。「沒有電線，沒有連接裝置，沒有殘留的混沌。」

「很好。」艾琳說。「不過我本來就認爲他們不會用炸彈。你也了解妖精，炸彈少了點個人風格，而且一下子就結束了。」

凱退離門邊讓她開門。「但妳說過關提斯夫人是很講究效率的類型啊，而且妳殺了人家老公。」

「是啦，欸。」艾琳喃喃道。「我們就盼望她恨我恨到希望慢慢折磨我吧，而且要親自動手。」

鑰匙滑順地轉動，沒有什麼立即可見的壞事降臨。她等了一會兒，以免有任何潛藏的東西朝她撲過來，然後才快速推開門。

她和凱藉著街上的乙太燈光，可以看到門內是很正常的走廊。地毯上散落著一些郵件，是從收信口塞進來的，但看起來都不足以構成危險。

好吧，也許我疑心病太重了。

凱朝她點點頭，兩人都跨步進屋，艾琳抬起手找電燈開關。有個毛茸茸的東西碰到她的手指。

第五章

艾琳僵住了。這不是她謹慎評估狀況後刻意選擇的做法，而是出於本能反應，因爲她的手指碰到了某個軟軟、細細、毛毛——會動的東西，她想起童年時大人的提醒：不要猛然把手抽開，妳只會驚動牠。牠絕對是活生生的。

「凱，」她說，吞了吞口水來清喉嚨。「這裡有東西。」

「妳覺得牠對光線敏感嗎？」凱質問。

她哪會知道？「希望如此。」她回答。她還是不想移動手指。她現在隱約能看到那生物了，一大團黑漆漆的、直徑足有二十公分，整個身體趴在電燈開關上。不過她可以用其他方式開燈。「**走廊天花板的燈，打開！**」她用語言命令。

天花板的燈突然大放光明，凱砰地把門關上，艾琳恰好有時間看到那生物一眼，然後牠就飛速爬到掛大衣的架子後面去了，她的手指重獲自由，心臟則狂跳不止。

是隻蜘蛛。艾琳對蜘蛛沒有特別的厭惡感，以前在學校裡，她還好幾次負責把蜘蛛從房間帶到野外放生。但是面對身長超過二十公分、渾身都是毛的蜘蛛，她絕對會有很大的反應。她很不合邏輯地在褲子上用力擦手。

「是隻蜘蛛。」凱發表不必要的評論。

「看起來是沒錯。」艾琳發現自己退後，朝他靠近，兩人站在走廊中央，盡可能遠離大衣架、圖畫、書櫃或其他可能躲著蜘蛛的物體。

「妳覺得牠有毒嗎？」

艾琳哼了一聲。「你覺得有那麼一絲可能牠沒有毒嗎？」

「好吧，這是個蠢問題。妳覺得我們要不要用煙把整間房子熏一遍？」

「只要有一絲可能蜘蛛還在這裡，我就不要睡在這裡。」艾琳堅定地說。「這表示我們要清理這個地方，尤其是牠們有可能會繁殖，或是跑到別間屋子去。」

「我們要怎麼清理這裡？」凱問，一下子就抓到重點。

艾琳蹙眉思考。「我們手邊最大的密閉容器是什麼？」

「大概是行李箱吧。」凱提議。「它不算完全密閉，不過上面也沒有大到會讓蜘蛛跑出來的裂縫——如果牠們在裡面的話。」

「好。而且行李箱都在閣樓裡對不對？」

凱深吸一口氣。「待在這裡別動。」他說，然後趁她來得及阻止他之前就奔向樓梯。

嚴格來說，她頗為慶幸自己不必在屋子裡到處跑，畢竟角落裡躲著蜘蛛，有可能在受到些微刺激時就跳到她身上——還是掉到她頭上？但她還是對讓他去冒險有點罪惡感，也許她太保護他了。

她聽到他的腳步聲從樓上傳來，還有閣樓門從天花板上垂下來時發出的撞擊聲，接著是行李箱被挪來挪去的聲音。她很容易就想像出閣樓上有巨大、鼓動、結滿蜘蛛網的巨型蜘蛛巢穴。她強迫自己把注意力集中在周圍環境——看，那隻原本在電燈開關附近活動的蜘蛛，現在又出來了，正沿著牆壁爬。門廊最暗的角落裡，也隱約可見細微抽動。剛才這燈光還那麼明亮、那麼受歡迎，可是現在只是加倍凸顯了有哪些地方可能躲著蜘蛛。而且太多地方有這個可能性。艾琳突然對自己穿著靴子和長褲心懷感激。

「我幾乎想要回到那間失火，外面還有軍隊包圍的房子。」她喃喃自語。

「什麼？」凱發出重重的腳步聲下樓梯，因爲太心急而使得行李箱不斷撞到欄杆。艾琳看到另一團抽動的影子從樓梯扶手底下降下，匆匆爬開找掩護，不禁皺了一下臉。「有什麼問題嗎？」

「現在沒有了。」她鬆了一口氣說。她接過他手中的行李箱，打開來放在他們面前的地上。「準備好扶住我。」

凱點點頭。

艾琳深吸一口氣，充滿肺，然後用語言大喊，聲音大到能傳遍整間房屋：「**蜘蛛，過來進入地上的行李箱！**」

由於這個句子的指令結構很籠統，再加上她是把意願強加在生物——即使不是人類——上，因此她突然流失大量能量，身體晃了晃。凱很有警覺性，他一手摟住她的肩膀，讓她能靠著他站立，而同時他們住處的陰暗角落彷彿都活了過來。

和第一隻一樣大的蜘蛛從掛在帽架上的大衣縐褶處爬出來，從天花板上層角落掉出來，不然就是從掛在走廊的寒酸畫作後頭翻出來。二十幾隻蜘蛛一齊奔下階梯，彼此推擠碰撞，八腳步伐快到讓人看了頭皮發麻。艾琳看著牠們爬進她的行李箱，在行李箱內部形成一片毛茸茸、蠢動的墊子，牠們不斷爬過彼此身上，在空中晃動著腿。有幾隻正常蜘蛛也加入這波騷動，有點悲情地爬了進去，和大塊頭表親相比簡直小得可憐。

等到最後一隻蜘蛛爬進去後，她又等了十秒，然後用腳把蓋子關上，一屁股用力坐下去，把搭釦鎖緊。

「我們可以放把火把它燒了，」凱提議。「不，等等，牠們可能在皮箱著火以後跑出來。也許可以丟進泰晤士河？」

「凱，」艾琳堅定地說。「我很意外你會這麼說，這是調查的好線索，我們不該只顧著消滅牠們——首先應該盡可能查清楚牠們的來歷。不過在那之前，我要再拿另一個行李箱掃蕩這地方，我要用語言讓任何隱藏的卵都孵化，確保沒有漏網之魚。」

凱顯然沒有考慮到卵的可能。他打了個冷顫，惡狠狠地瞪著地上的皮箱。「好噁心的生物。妳覺得牠們是怎麼跑進來的？」

「要檢查才知道，」艾琳邊說邊拍了拍身上的灰。「也許是從破掉的窗戶或是屋頂上的洞進來的，也許是……」她看了看大門。「雖然這麼做很明目張膽，但如果牠們配合的話，也可能有人直接從收信口把牠們塞進來。」

「至少韋爾會感興趣。」凱無奈地說，他們去找另一個行李箱。

同一條街上的二十四小時寵物店是間高級商店，店面用最新的鋁合金裝潢得閃閃發亮，還有大功率照明燈，一排排水箱和籠子邊則裝設了小小的蒸汽動力氣候調節系統，正發出嘶嘶聲響。這家店當然也少不了純種幼犬、波斯貓幼貓、一缸缸五彩斑斕且大概不能和平共存的魚，以及一位不想招呼他們的老闆。她瘦得像竹節蟲，髮色是淺淺的稻草色，和她背後籠子裡正在把玩具分屍的淺金色雪貂很像，她穿著一身乾乾淨淨的深藍色衣服，前臂戴著厚重的皮革護套。

「不是我不想幫忙，」她冷冰冰地說。「但恐怕我不懂兩位來我這寒酸的小店做什麼，我們只招待高雅的客戶。」

「我們有兩個裝滿巨型蜘蛛的皮箱。」艾琳愉快地說。她花了十分鐘換了一身適合這個平行世界的衣著，也弄掉了大部分灰燼，因此她現在看起來哪怕不是渾身銅臭味的有錢人，至少也是個值得尊敬的女士。「我們需要專家意見。」

老闆揚起幾乎隱形的眉毛。「女士，我知道在妳看來很多蜘蛛都很大——」

「身長二十到三十公分。」凱上前一步，用最嚴肅且具說服力的眼神盯著那女人。艾琳通常不是「用好看的外表說服別人」這套思路的擁護者，主要是因爲她自己並沒有能實行這一招的先決條件，不過有人用這一招來幫她的忙時，她還是很感謝。

老闆遲疑了一下。也許是因爲凱相貌英俊、服裝體面、風度翩翩，也可能是因爲不管他再怎麼掩飾，都會散發貴族出身的氣質，好像手上有花不完的錢。「唔，我是可以看一下啦，也許要收個顧問費……」

「當然，」凱說，漫不經心地流露出他並不屑細問確切金額。「妳有沒有玻璃箱之類的容器，可以讓我們把蜘蛛放出來？」

老闆示意助手拿來一個大玻璃箱。凱把較小的行李箱放進玻璃箱。這個行李箱裝著他們找到的幾隻脫隊蜘蛛，再加上艾琳稍早時強迫孵化的一些小蜘蛛，雖然個頭很小，她還是懷疑地打量牠們。凱扳開搭釦，不過沒有揭起蓋子。「我打開時，」他說。「請準備好蓋上玻璃箱，以免有東西逃出來。」

老闆專業地點點頭，艾琳鬆了一口氣。「咱們來瞧一瞧。」她說。

凱翻開行李箱蓋子，順勢把手和手臂都抽離玻璃箱。蜘蛛湧了出來，一條條腿在空中揮舞，網球大小的氣球般身軀一鼓一鼓的。助手發出驚嚇的咒罵，又很快把話吞下去，將玻璃箱蓋子牢牢扣下來，並鎖緊閂子。

老闆抿起嘴唇。「嗯，我認爲──眞的是嗎？」她傾身湊近玻璃箱，細細的鼻子幾乎整個壓平在玻璃上。

蜘蛛在玻璃箱裡湧動，在鋪了沙子的底部衝來衝去，又爬上玻璃箱壁內側。艾琳感覺有個軟軟的東西碰到她的腿，幾乎出於自動反應而跳開，然後才發現那只是有人湊過來看熱鬧。

「多漂亮啊，」老闆讚嘆道。「*Pelinobius muticus*！皇帝巴布蜘蛛！這麼多隻──等於一整個繁殖群體！」艾琳不必懂讀心術，也能看到那女人腦袋裡出現了「獨家供應」和「巨額利潤」等想法。

「先生，您打算親自把牠們帶到市場上嗎？」

凱瞥向艾琳，艾琳上前一步。「不完全是，女士──」

「切斯特小姐。」女人抿著嘴微笑，她想表現得友善一點，可惜沒成功。

「切斯特小姐，」艾琳說。「我們最近收到一箱香蕉，是巴西的朋友寄來的禮物。」巴西有人種香蕉嗎？她已經把學校教的基礎地理和各國農產品忘光了，更別說在這個平行世界的特定地理資訊。

「我們真的沒有想到會發現這些，呃……」

「*Pelinobius muticus*。」切斯特小姐說，她唸得非常清楚，以確保艾琳學到正確發音。

艾琳喜歡被人低估，這樣別人比較不會懷疑她在說謊。「我們實在沒有能夠照顧牠們的資源。」她說。她試著裝出喜歡蜘蛛的樣子，而不是寧可「把牠們浸在酸液裡淹死」的那種人。「如果妳覺得妳可以給牠們一個舒適的家，那麼或許……」

「我相信我們可以談出一個雙方都滿意的結果。」切斯特小姐說，笑到露出了牙齒。

□

「如果我們不討價還價，看起來會很可疑耶。」艾琳稍後說道。他們在計程車上，總算要前往韋爾家了。

「妳不覺得我們無論如何都很可疑嗎？」凱挖苦地問。「兩個人帶著行李箱冒出來，裡頭裝滿巨大的殺人蜘蛛——」

「是*Pelinobius muticus*，」艾琳說。「我把細節寫下來了，我們可以問問韋爾。」

凱靠向椅背、扠起手臂，陷入沉思。「艾琳……」

「嗯？」

「我很擔心。」

「這我可以理解，也許真的有人想殺我們。」更別說還有著火的出入口了。不過這兩件事有關聯嗎？

「不過我們活下來了……」

龍族再次證明他們是說廢話的佼佼者。艾琳點點頭，等他接著說下去。

凱似乎在思考該怎麼把句子講完，最後他說：「我們該重新考慮在這裡的任務嗎？」

「哪一方面？」

「嗯，我們可以搬去受到更多保護的環境。」

噢，又是想說服她接受龍族的庇護。不過他提到有人想暗算他們的事，確實是個有力的切入點。一天內兩度在鬼門關前走一遭，這樣打算已經不能說是疑神疑鬼了，而是單純的謹慎。「我承認證據顯示他們——不管是誰——知道我們住在哪裡。」艾琳說。「我承認這也讓我有點憂心。不過呢，我覺得他們不是很有效率的殺手。」

「妳想要很有效率的殺手？」

「天啊，不是。」艾琳說。「我隨時歡迎沒效率的殺手。我寧可有人把蜘蛛塞進我的收信口來謀害我，也不希望有人雇了狙擊手，用裝了雷射瞄準器的來福槍對付我，或是直接放火燒我們的屋子。」把這些想法實際說出口，讓她的心情好了一些。但她的內心絕對不像嘴上說的聽起來那樣滿不在乎。死了就是死了，不管那個殺手是外國人、專家還是業餘玩家。被殺死是超級簡單的事，任何人都做得到。保持安全並活著才是高難度。

凱的嘴角抽動了一下，他開始微笑，總算放鬆一點了。「說得有理，我倒是沒想到。」

「並不是我希望有人想殺我。」艾琳連忙補充。「但你知道，兩害相權……」

計程車停了下來，司機從他高高的座位朝下喊道：「女士、先生，我們到了。要我在這裡等嗎？」

「不用了，謝謝。」凱說。他付了車資，艾琳則爬出車廂，她已經開始懊惱回到穿長裙的世界了。當你不再穿著長褲時，才能眞正體會它的好。

兩人抬頭望著韋爾的窗戶，計程車則喀答喀答地駛入霧中，兩個乙太燈像發亮的眼睛消失在黑暗裡。韋爾的窗簾外緣微微透著光。

「至少他在家。」艾琳說。她偶爾會懊惱這個世界缺乏便利的大眾通訊設備。「要是他出去查案子就麻煩了。」

凱敲門後無人回應，但艾琳不需要動用語言來開門，因爲凱本來就有鑰匙。他率先爬上樓梯，艾琳跟在後頭。她安撫自己微微騷動的緊張──爲什麼沒人應門？出了什麼事嗎？──提醒自己現在已經快要晚上八點了，韋爾的管家很可能不在。韋爾本人會認得他們的腳步聲，但他很可能正沉浸在實驗或研究之中。

「韋爾——」凱喊了一聲，推開位於樓梯頂端的門。然後他驀然停下來。

「什麼？」艾琳質問道，從凱的手臂底下鑽過去，看看現在是什麼狀況。

韋爾的房間和平常一樣亂中有序。他的剪貼簿和檔案夾都整理得很好，謹愼地按照字母排列並保持乾淨，不過除此之外，這地方充滿雜物。大書桌上散落著各種實驗設備，試管旁還疊了好幾個有麵包屑的盤子。房間角落塞滿紙箱，一個疊一個，盡可能利用有限的空間。伴隨過去或現在的案件而來的紀念品沿著壁爐台一路擺放，甚至還在書架上爭搶地盤。室內的乙太燈調到半暗，讓屋子閃爍著幽暗燈光，爐火則已經燒到只剩餘火。椅子和地板上到處都是報紙，彷彿有人快速翻閱過又一頁一頁隨手亂扔。

韋爾本人躺在沙發上。他個子很高——不過像這樣四仰八叉地躺著，他失去了平素的優雅，只像一堆凌亂而細長的肢體。他的一條手臂半掩著臉，衣衫不整，襯衫和長褲外頭披著一件睡袍，顯然並不打算外出。

他對他們的話沒有反應。他根本動也不動。

令人訝異的是，純粹的噩夢眞的就像往你的血管裡注入冰塊。*有人攻擊我們，現在韋爾也被攻擊了……*她和凱二話不說，同時朝房間另一端移動。凱之所以能搶先趕到韋爾面前，單純是因爲他先進入房間。

凱抓住韋爾的手腕，手指緊扣住他，然後安心地舒了一口氣。「還有脈搏，」他回報。「不過很慢。」

如釋重負排山倒海而來，艾琳幾乎能嚐到它的滋味。「感謝老天，」她說。「可是爲什麼……」她腦中突然浮現一個答案，那並不是很令人滿意的答案。她從凱的手中接過韋爾的手腕，把他的袖子往上撩，檢查他的前臂。她並不訝異於眼前所看到的景象。畢竟在這個故事會成眞、生活經常配合敘事走的世界裡，這種狀況很符合全倫敦最偉大偵探的身分。「你看。」她指著針孔說。

凱忍住咒罵。「可是他說——」他脫口而出，又猛然打住。

「他說什麼？」艾琳輕聲問道。她自己也測了一下韋爾的脈搏，雖然很慢卻很穩定。

凱轉身走去把燈開亮。「他說他已經不再用藥了。」他沒有看艾琳。

「他是什麼時候說的？」

「兩、三個月前，我們三個認識後不久。是這樣的，我……」凱急於解釋，幾乎結巴起來，艾琳還沒聽過他這樣講話。「我發現注射器和藥——」

「哪種藥？」

「嗎啡。」凱轉回身面向她。「艾琳，我發誓，他說他只是偶爾用一下，而且後來他的工作變得更有趣了，所以他完全沒在用。我不知道他現在爲什麼要用。」他的臉有如慌亂的孩子，剛發現構成他世界的支柱變得不再穩固。「有可能是別人強迫他的嗎？」

當然不能排除這個可能性，只是很低。「我想只能問他才會知道答案了。」艾琳把韋爾的手臂放回他身上，並拂開落在他臉上的黑髮。她的指尖觸摸到他的皮膚很熱。好人性化，好脆弱。如果有人要殺她，是不是代表他也是目標？

她得想個辦法保護他們——所有人。她也需要和上級談一談，越快越好。現在已經顧不上什麼專業的疏離態度了。

她腦中那個令人不愉快的聲音冷冷指出：這可能是個完美的圈套。先放倒韋爾，再安排個炸彈之類的裝置，然後坐等艾琳和凱看到躺在那裡的韋爾，直衝進危險區域。不管幕後的凶手或凶手們是誰，幸好他們並沒有艾琳這麼豐富的想像力。

她得對凱說點什麼。「我們今晚要留在這裡。」

「帶他去我們的住處會不會比較安全？」凱問道。「或是去比較容易防守的地方？」

她在心裡給他加了幾分，因爲他沒有貿然說出「例如李明的住處」。「我在這裡可以製造防護網，」她說。「大圖書館的保護力。而且我們可以一起守夜，提防蜘蛛入侵。」她也需要查出韋爾受到什麼原因驅使而重新開始用藥。以現在的狀況來說，資訊是她能掌握的最有力武器。

凱懷疑地打量房間，顯然在想像有多少地方可以供蜘蛛躲藏。「這樣可能比較好吧。」他無力地說。「我扶他上床睡覺，總比留在沙發上好，他也許會著涼。」

當然，和濫用嗎啡相比，著涼還眞是嚴重的問題。不過艾琳還是點點頭。「先檢查一下床鋪，我們要小心一點。」

「我們不能再這樣下去！」凱爆發了。

「是啊。」艾琳把腹部湧現的怒氣硬壓下去。一次是偶然，兩次是巧合，三次是敵人在出招……「對，我們不能再這樣下去了。我們不該像是坐以待斃的鴨子，等著給人練槍。凱，我們並不會輕鬆看待這件事——我們要建立防護網，並查明究竟怎麼回事。我們也需要更多資訊……」她不確定她對下列哪個感到更生氣：神祕的殺手、吸毒的韋爾，還是這幾乎由一連串失敗組成的一整天。「而我們不知道這裡的這個，」她指著昏迷的韋爾。「該不該算在我們頭上。」

「如果不該算在我們頭上，那還眞是湊巧。」凱說。但他的火氣稍微冷卻了一點。他彎下腰，把韋爾攔腰抱起，似乎非常輕鬆。韋爾動也沒動一下，看起來就像個娃娃一樣關節鬆散，意識沉睡在深層且雙眼緊閉。

眞希望我對嗎啡的效果了解得更多一點，艾琳心想。好吧，韋爾自己的某本參考書裡應該就有，她在等的時候可以查一查。

現在沒有韋爾令她分心，她發現房間裡很冷。凱是對的。她跪到壁爐邊去生火。由於她心不在焉，差點沒注意到那張揉成一團的筆記紙。它被護柵卡住，落在離餘火幾公分遠的位置。

這可能是一封私人信件，打開來看等同窺探了韋爾的私生活。他是她的朋友，她似乎不該用這種病態的好奇心來對待他。

不過換個方式想，他們剛才進門時，發現他用嗎啡讓自己靈魂出竅了。

她撿起紙團攤開，把紙壓平好讀上面的字。

即使不具備像韋爾那樣對紙張、製造商和浮水印的專業知識，她至少看得出來這是很昂貴的筆記紙。而紙上是韋爾的筆跡，亂得漫不經心，草草塗寫到了極點，寫字的人根本不在乎對方是否看得懂：

辛：

不要再用這些簡單到可悲的案子來浪費我的時間，我對這些雞毛蒜皮的事沒有興趣。即使把這些案子交給你在警察廳最弱智的同事來負責，我也絲毫不會擔心。

我以為你了解。我的心智是一台機器，由於沒有任何難題來鍛鍊它，現在已經壓力大到幾乎崩潰了。如果你不能幫我，那麼——

文字到這裡戛然而止，只留下一團墨漬。

艾琳遲疑了一下，把信揉成一團，塞進餘火。她的手做著生火的動作，心思卻飄到別處。謀殺未遂。札雅娜。現在又是韋爾。該做的事太多了，該監控的狀況太多了。萬一大圖書館命令她明天就去執行別的任務，又該怎麼辦呢？

她小心讓自己遠離那個念頭。因爲如果眞的發生這種情況，無論如何，她都會背叛某個人。

第六章

現在凱也窩在先前韋爾睡的沙發上，睡著了。他們說好要輪流守夜。這一天下來風波不斷，他們兩人誰也沒有安全感，即使艾琳已經設了防護網也是一樣。韋爾的書夠多，能讓她把這座公寓和大圖書館暫時連線，進而將任何妖精的直接攻擊屏除在外。

艾琳腿上放著一本書坐在爐火邊，燈光調暗讓凱能睡得安穩些；她倒有點希望他們目前有某種直接攻擊能應付。那或許能給他們多一點資訊。目前他們知道的很有限，基本上處於被動而非先發制人，彷彿一直在苦苦追趕。

韋爾的房間傳來微弱的咕噥聲。她放下那本關於毒品的書，走過去察看。

韋爾躺在床上，床罩拉開一半，他本人閉著眼睛，卻喃喃自語。這比起他先前用藥過量而昏死過去的狀態要好一點，但還是沒有清醒。敞開的房門外透進的燈光呈現細細的一束，把他的臉照得清楚到令人不忍直視——他眼窩深陷，顴骨線條銳利地凸出。艾琳心想：他們兩週前最後一次見到他的時候，他絕對沒有這麼憔悴、這麼絕望。否則她絕對會注意到的……不是嗎？

她悄悄把房門帶上，以免吵到凱，然後她打開燈，走到韋爾床邊。她坐到他身邊，手按著他肩膀輕輕搖晃。「韋爾？」她低聲喚道。

他的眼睛張開了。他是那種會突然徹底恢復意識的人，不像艾琳自己總是漸進且可悲、緩慢地由睡夢中掙扎清醒。他迅速瞥一眼周遭，然後眼神聚焦在她身上。「溫特斯。」

「我對你很不以為然。」她已經在腦中排練過十幾種開始對話的版本，沒有一種會有愉快的結尾。至少他是用比較親切的「溫特斯」來叫她，而不是一板一眼地叫她「溫特斯小姐」。

韋爾別開視線。「不是每個人都像妳一樣堅強。」

「我不懂。」

他嘆口氣。「就只放縱一晚，結果妳和石壯洛克便占領了我的房子，教訓我應該禁欲。感覺眞不公平。」

道德層面先不提，他這句話有很嚴重的邏輯謬誤。「只放縱一晚不會留下一週分量的針孔。」艾琳指出。她已經趁他失去意識時檢查過他的手臂了。

韋爾哼了一聲。「溫特斯，現在換妳在我面前扮演偵探角色了？這場遊戲妳贏不了的。」

「我才沒在玩什麼遊戲，」艾琳說。「我只是……很意外。」

「非也。」韋爾說。他翻個身仔細打量她，用手肘把上半身撐起來。「妳是不高興，但卻不意外。不曉得這是為什麼？」

儘管這是個難纏的問題，艾琳還是把它視為一種進步。但他說話時無精打采，不像平常一樣咄咄逼人，她看得出他的瞳孔還是太大、焦點太渙散了。

「是有人強迫你的嗎？」她問。

韋爾盯著她。「妳眞的這麼認為？」

「不，」她承認。「但凱覺得有可能。」

「石壯洛克是好人，他不願意接受有些事是眞的。他不明白人爲什麼需要靠藥物才能入睡。」

「爲什麼呢？」

韋爾倒回枕頭上。「得了，溫特斯。就算我選擇打嗎啡，那也是我的事，與妳無關。妳現在咬著牙、繃緊下巴，眞令人不快啊，這表示妳要把整件事當作妳個人的事了。」

你該死地說對了。「你很清楚嗎啡是會上癮的。」

「當然。」韋爾說。「我是說，我自然知道這件事。妳的重點是？」

「我只是很確定倫敦的犯罪階層，如果得知——不，應該說看到你染上毒癮、走向自我毀滅時，會多麼歡天喜地。」她壓低音量，卻沒設法讓語氣委婉一些。「更別說你的朋友會是什麼心情。」

「妳比我多了一項優勢，溫特斯。」韋爾的聲音聽起來不只因爲藥物的後續反應而呆滯遲鈍，而是眞的很疲憊。

「什麼優勢？」

「承認自己失敗的能力。」他盯著天花板。「當然，女性本來就比男性更願意討論情緒。不過即使如此，每當妳犯錯，或當下狀況並非擅長的領域時，妳總是很願意承認。幾乎太願意了。妳對自己能力的評價經常低於實際。難道是妳念念不忘的寄宿學校，把謙卑這種美德灌輸到妳的骨子裡了？」

艾琳整個人神經繃緊，想弄清楚這場小小演說是在羞辱她，還是實話實說。「如果你是想惹毛我，好讓我離開房間，我要告訴你這招行不通。」

韋爾嘆氣。「眞可惜。但我的重點不變，承認犯錯對妳來說似乎很容易。」

「不見得。」艾琳坦言。「我和任何人一樣不喜歡犯錯，我只是不能容許自尊心妨礙我身爲圖書館員的職責。我有工作要做，韋爾。如果那表示要讓更有能力的人接手，那麼……」

一輛計程車喀答喀答地經過黑暗的屋外，車輪輾壓著馬路。「如果妳眞心這麼想，」韋爾說。「就會讓妳的同事布菈達曼緹負責妳先前接到的任務——尋找格林著作。根據石壯洛克告訴我的，妳當時頗爲堅決地拒絕讓她幫忙。」

艾琳臉紅了，提起那個圖書館員還是讓她感到不太自在。雖然上一次見面時，她們都同意某種程度的休戰協定——至少艾琳提議這麼做，而布菈達曼緹並沒有反對——但之後她們就沒再見過面。而且她們得克服的是累積多年的齟齬。這時她突然意識到韋爾說這些話的目的。「你想分散我的注意力。你越快從實招來，我就越快放你回去睡覺。」

「啊，妳說到重點了。自從我們去威尼斯玩了一趟之後，我就有了睡眠障礙。」

如果韋爾會承認他遇上任何問題，那個問題本身大概已經嚴重到他應付不來。「所以要打嗎啡？」艾琳問。

「正如妳所言，所以要打嗎啡。不過……我得要承認，最近這兩、三天我增加了劑量。」韋爾望著天花板。「妳現在是不是要告訴我，妳用妳的語言把我體內的藥都弄出來了？」

「老實說，我不敢。」艾琳說。「我可以試著命令你體內的藥出來，但天知道它會怎麼出來，或是過程中會對你的身體組織造成什麼傷害。這種做法我只會留在緊急狀況使用，請你千萬不要逼得我走到那一步。」

「眞希望我能向妳保證，溫特斯。」韋爾慢吞吞地說。「但我要維持正常機能，就需要睡眠。我若要睡著，就得打嗎啡。」

「你爲什麼睡不著？」艾琳直白地問。

韋爾沉默許久。最後他說：「我會作夢。」

符合邏輯的下一個問題應該是：你都夢到什麼？艾琳從未受過心理諮商師方面的訓練，或是精神科醫師。其實她不確定這兩者差別在哪，也不知道何者頭銜比較長。她最接近這方面的經驗，是在工作中受過說服別人與她談話的訓練。通常目的是要他們告訴她書在哪裡。她不是治療師。如果韋爾因爲去過黑暗版威尼斯而受到創傷，就像凱合情合理地有被綁架後的創傷後壓力症候群，那她該如何回應他？

沉默似乎是正確的做法。終於韋爾再度開口。「我夢到在一個面具組成的世界裡走動，我們都是演員，溫特斯，我們都被力量更強大的操偶師用絲線控制著。我夢到一千個世界，每個世界都在旋轉，互不協調，每個世界都逐漸迷失在完全不合邏輯與隨機的海洋中，就像漩渦中的船難殘骸。我夢到一切都不合理。」

「夢境本來就是天馬行空——」艾琳開口。

「那是當然。」韋爾捺著性子疲憊地說。「但我的夢並不只是將日常生活中的事物混雜在一起，像普通的夢那樣。我的夢是在讚揚無序和非邏輯啊，溫特斯。夢中沒有任何符合常理之事。唯一能緩和這種影響的方式，就是讓我忙於工作，但就連這都不可得——根本沒有夠嚴重的問題足以挑戰我，沒有夠複雜的謎團來吸引我。」他坐起身體，抓著她的手腕，力道大得會痛。「妳一定要理解我，溫特斯。我無法承受那些夢。」

艾琳意有所指地低頭看著她的手腕。韋爾順著她的目光望去，然後小心地鬆開手指，放開她的手。「請原諒，」他說。「我不該弄痛妳的。」

「是我要問你的。」艾琳說。他的回答完全合情合理。他們先前造訪了一個高度混沌世界。韋爾已被警告過不要去那個版本的威尼斯——即使並沒有說清楚是什麼風險，但席爾維大人已清楚聲明會有風險。現在威脅來了——問題不是出在韋爾身體上，以韋爾自己的評估來看，那相對來說是小問題；而是出在心智上……

「就算不是偉大的邏輯學家，也能把這狀況和最近發生的事聯想在一起。」韋爾呼應她的想法說道。「但我寧死也不想去找席爾維大人幫忙。如果我能忍受這些夢，撐到那個世界的影響力減弱，之後就可以減少嗎啡的用量了。」

他這個說法實在有太多邏輯上的漏洞，艾琳都能拿它來當濾茶器了。但她從韋爾的表情看得出來他自己也很清楚，如果提不出更好的辦法，只是單純指出謬誤，無異於落井下石。最後她說：「我可以帶你去大圖書館。」

韋爾眨眼，就眨了那麼一下。他的眼皮翕動，目光卻定在她臉上。「之前妳從來沒表示過要帶我去那裡。」

「你也沒表示過你想去啊。」也許是因爲你知道我會拒絕，那裡可不是什麼觀光景點。

「妳眞的認爲會有幫助？」他沒問：妳的上級會說什麼？幸好，因爲艾琳正努力不去想那件事。

「我不知道。」她承認。「但我們確實知道妖精進不了大圖書館。如果我帶你進去，它可能會淨化你的系統——我想我們現在該採取的解釋是，你是因爲過度曝露在高等級混沌中而受到了影響？」

韋爾的表情很明顯地在說「妳和我都不是白痴，所以請別問白痴問題」。「那似乎是最顯而易見的解釋。不過我記得妳之前受到混沌感染時，根本不能進入大圖書館。妳認爲我進得去嗎？」

艾琳噘起嘴。「嗯，如果我們試了以後發現你進不去，那至少離釐清問題又近了一步。」

「離找到解決方法呢？」

「我們一步一步來吧。」她堅定地說。

「妳能不能用妳的語言逼出我身體裡的混沌？」韋爾提議。「我記得當妳曝露在混沌中時，妳對自己用過這個方法。」

「呃，那是會有連帶後果的。」艾琳能想到好幾種不明確但隱然令人不愉快的可能，亦即這件事會出差錯。這麼做後果可能比起流嗎啡汗還更糟——對靈魂和肉體都是，而流嗎啡汗還只是她能想像到的第一件事。天知道還可能發生什麼類似那樣的錯誤。「官方說法是我們的身體遲早會自然滌清混沌侵襲，而且據知，當一個世界從混沌轉變爲秩序或情況反過來，該世界的人也會有一樣的變化。所以如果我們可以讓你維持穩定狀態夠久，讓你的自然平衡調整過來……」她知道自己的說法並不怎麼具體，連一點安撫作用也沒有，甚至也不精確。她自己絕對不吃這一套。「我們可以把它當作最後手段。」她說。

「告訴我，溫特斯，妳是否覺得……」韋爾欲言又止。「妳是否覺得我對這種感染源特別缺乏抵抗力？」

艾琳猶豫了一下，她希望韋爾會認爲她是在謹愼考慮。混沌會把人變成活的典型人物，變成想要爭取戲分的主要角色。你是個偉大的偵探，你已經滿足某位虛構大偵探的所有標準。她很容易就能想像韋爾被更深地拖向刻板印象，淪爲混沌的犧牲者。但把這些說出來有幫助嗎？他徹底憎惡妖精，包括個人和群體。拿他和他們比較無助於讓他情緒好轉，或是讓他比較好入睡。

韋爾顯然把她的沉默當成默認。「好吧，」他輕聲說。「我不提那件事，溫特斯，但妳我都知道我的家族是……不可靠的。我和他們斷絕關係，是因爲他們有些値得非議的作爲。黑魔法、下毒，但還有更糟的，溫特斯，我的家族……」他呑了呑口水。「我的家族有遺傳性瘋病。我以爲我躲掉了，可是現在……」

「胡說！」艾琳很訝異自己語氣之堅決。「任何一個沒有保護措施的人類去了那裡，都可能出現這個狀況。你也看到當地人的反應了。」他們是牽線木偶，隨著威尼斯的妖精主人一念一想起舞的玩具，是不斷搬演的戲劇的後台道具和歌舞團。「凱和我是運氣好才受到保護，就這麼單純。」

「啊，沒錯，來自妳的保護。」韋爾看起來沒有感到安慰，不過比起剛才稍微沒那麼絕望了。「妳是怎麼取得那種保護的？」

「我向大圖書館立誓效忠，」艾琳簡短地說。「我身上被設置了記號。」

「細節，溫特斯。」韋爾催促。「細節。」

「我們不談這個的。」她防衛地聳起肩膀，現在輪到她避開他的視線了。關於她向大圖書館立誓那天晚上的情況，她還記得零碎片段。一群較年長的圖書館員問了她許多問題。她的神經備受折磨、腸胃絞成一團，焦慮他們會認為她不夠格。然後是黑暗的房間，位於大圖書館深處，後來她再也不曾找到它。當時她獨自待在寂靜的房裡，突然一陣強光打下來，逼得她跪在地上，然後那光在她的肩胛骨之間刻出一個圖案……

「這能幫我轉移注意力。」韋爾說。外頭有另一輛計程車嘎吱嘎吱地經過。

「如果你想要，我可以給你看。」說出這話比她想像中還難。她不算是對露出身體有心理障礙，但總是自動把大圖書館記號隱藏得很好，視為私密之物。不過比起講述那一晚的事，直接露給他看還是比較簡單。

她用眼角餘光瞄到韋爾臉上閃現興味。「如果不會不方便的話。」他鼓勵地說。

艾琳轉身背對他，伸手到背後解開連衣裙鈕釦。她的思緒很複雜。有一部分心思在尖叫，說她和韋爾現在單獨在臥房裡，而她正準備朝他露出背部，這真的是好主意嗎？這會對他們精心維持的友誼造成什麼變數？另一部分心思則對這主意拍手叫好，還輕聲低語著他們兩人下一步可以怎麼發展。她剩下的心思則試著說服自己，這真的只是要轉移韋爾的注意力，讓他不要一直想著噩夢，還有如果她別理會其他的雜思綺念，它們就會自動消失。

她解開頸後的釦子，慶幸自己穿的是釦子在後而非在前的連衣裙。因此不必為了讓韋爾看她的肩膀，就把腰部以上的衣物都脫掉。那樣可能會讓事情進展得太快。

她可以很清楚地意識到他的存在，在這安靜而昏暗的房間裡，他就躺在她身後的床上，眼睛盯著她的身體。她年輕一點的時候很崇拜大偵探，且懷抱著幻夢。她之所以選擇現在這個名字，那是部分原因。她知道——接受——她身後的這個男人有自己的人格，不是某個冒牌福爾摩斯。而那無損於她對他的關心，關心他這個人。如果她得帶他去大圖書館，她就會帶他去。反正她已經惹了夠多麻煩，多違背一條規定又何妨？

如果一切都不順利，她獲命要離開這世界，那要怎麼辦？

她把連衣裙從肩頭滑下，小心地拉著遮住胸部，露出肩膀和背。她知道她的胸罩肩帶擋到背上記號的一部分，不過應該看得見大部分記號。「你看見了嗎？」她問。

「嗯。」韋爾在她身後坐起來。艾琳沒有回頭看，但她聽到床架的嘎吱聲，還有床罩被推到一邊的沙沙聲。「這看起來像是頗爲正常的刺青，由渦紋圖案或中國字組成……爲什麼我看不懂呢？我以爲石壯洛克說用語言寫的所有文字，看起來都會像想要讀它的人的母語。」

「大圖書館印記是這條規則的例外。」艾琳說。她試著放鬆，讓呼吸保持平穩，別去想他現在離自己有多近，轉過身去吻他有多麼容易。

「摸了會有危險嗎？」

「我想沒有，沒人因此而死。」她意識到這麼說好像她是個隨便的人，便趕緊補充：「我聽說是這樣。」

「我能不能……？」

她喉頭一緊。「當然。」她說。

她感覺他的手指輕輕拂過她的皮膚，沿著刺青線條滑動。他的手指熱得發燙——還是發熱的人是她？——當他湊得更近一點，她能聽到他的呼吸變得急促。

「摸起來像普通的皮膚和疤痕。」他說。這是他所能作出最乏味的評論了，完全不符合他的手指滑過她背部的動作。也許凱建議她主動接近韋爾是有道理的。她一直以爲受到吸引完全是她單方面的感覺，而她可能想錯了。這表示……

艾琳深吸一口氣。就是現在，錯過不再。她猛然轉身，用左手扶住連衣裙。韋爾就在她背後幾公分外，他的手仍舉在半空。他臉頰泛紅，而且並不是她憑空幻想——他的眼裡、他準備說話而張開嘴巴的樣子，都燃燒著欲望之火。

她不讓他有機會叫她再轉回去。她用空著的手臂勾住他的脖子，把他拉向自己，然後迎上去吻他。她有一部分心思在拿自己的動作和札雅娜先前的技巧作比較，不過她迅速消滅這念頭，以免它礙事。她衣衫不整地在韋爾的臥房裡，此時此地，這不是什麼純潔的場面，兩人都清楚得很。

而韋爾也回應了她。他的嘴唇爲她開啓，兩條手臂繞過去抱住她，力道和她一樣大。他的喉嚨深處發出一個細微的聲響，更深地沉浸在那個吻中，充滿經驗豐富的男人會有的自信，他對她的渴望和她一樣強烈，也同樣疲憊、同樣心急……

接吻的動作慢慢緩和下來，他的手移到前面捧住她的臉。「溫特斯，」他說。「艾琳，我——」

「什麼都別說，」艾琳急忙說。「拜託，我也想這麼做。」

「妳不知道自己在說什麼。」男人的這種反應，是不是表示他們總認為女人能力差他們一截，對自己的欲望也沒那麼了解？艾琳還以爲他和一般男人不一樣。「我不該……」

「是我吻你的。」她試著將眞誠的情感灌注在語氣中，而不是退回平常冷靜的嘲諷與疏遠的保護殼中。「韋爾——我該叫你派瑞格林嗎？」

「天啊，不要！」他說。「艾琳，我不能讓妳這麼做，妳對我的憐憫不該動搖妳的心，讓妳委屈自己——」

「我不是在委屈自己。」艾琳咬牙切齒地說。這種猶豫不定和自我鄙夷的態度像盆冷水突然澆下來，讓剛才那一吻的熱力迅速消退。「我這幾個月一直很尊敬你、崇拜你，我覺得你很英俊。我選擇追求你，你完全可以拒絕，但請不要暗示我好像是爲了做善事而把自己捐給你，事情完全不是那樣。」

「妳太有吸引力了，値得更好的，不該把自己浪費在我這種男人身上。」韋爾的用字開始變得簡短，也許這表示他對於她不肯乾脆退開、讓他好好自怨自艾，感覺越來越不高興。

「我是一個以偷書爲業、沒有原則的冒險家。」艾琳不甘示弱地回嗆。

「妳還不到二十五歲。」

「我已經快四十了。」

韋爾把手往下移到她肩膀緊緊握住，好像想狠狠搖醒她。「艾琳，妳失去理智了嗎？我快發瘋了，我不適合當任何女人的床伴。」

「我剛才不是說過我不會讓那種事發生嗎！」艾琳壓低音量嘶聲說道，以免把凱引來，然後把他們逮個正著。不過要是能放聲大叫一定很舒暢。「如果你覺得我的判斷能力這麼一文不值，那你儘管把我趕出你的臥室吧，不過你要容許我聲明，我可是很想留下來的！我要怎麼做才能說服你，我是成年人，我知道自己想要什麼。」

韋爾顫抖著深吸一口氣，然後把她推開一些，放開她的肩膀。「出去吧，溫特斯。我不怪妳，我實在不能怪妳。這是我自己的錯，是我蠢，帶妳……」

艾琳不敢放任自己立刻開口說話。她挪開身體，背過身去，用憤怒的動作迅速把連衣裙扣好。「我當然不打算勉強你，」她說。「畢竟我們都是成熟的大人了。如果你想要沉溺在自憐之中，我也沒資格阻止你。」

韋爾沒回應。床鋪嘎吱響，他又躺了回去。

艾琳站起身。「睡一下吧。」她冷冷地說。她仍然想要他，就連她大發脾氣也沒有動搖她的心意。在這一刻，她知道韋爾也想要她。憤怒的淚水刺痛她的眼睛。這個愚蠢、討厭、自卑、高尚過頭的白痴……「我們晚點再談，等你沒那麼累的時候。」

「我的決定不會變的，溫特斯。」韋爾冷淡地說。他翻身背對她，拉起床罩蓋住蜷起的身軀。

艾琳出去後把門帶上，留他一個人在臥房裡，因為沒有甩門而大大嘉許自己。

第七章

隔天早晨霧散了，天空呈現這個平行世界的倫敦所能呈現最晴朗的狀態。經過的飛船在清晨的天空留下細細尾流、化作羽狀雲絲，報販則在街角扯著嗓子叫賣。在行色匆匆的人潮中，那些報販成了暫時不動的小島。就算天氣如此宜人，整個倫敦都像是得要趕往某個目的地，沒人有時間閒晃。

艾琳也在趕時間。她該確認一下針對穿越口故障一事的報告有沒有任何回音，她也想補充關於蜘蛛和更多謀殺未遂事件的細節，或許全用大寫字母來強調。假設她和凱必須回到大圖書館的保護中，她希望越快越好。她不想讓他們兩人處在有生命危險的情況。

她用這趟回大圖書館之行不須兩人都去爲理由，把凱留在韋爾身邊，這也是爲了韋爾的安全著想，以防放蜘蛛在他們家的人把韋爾當成目標。不過老實說，她其實是想爭取一些獨處時間。她設法睡了一下，但睡得並不好，因此她對那兩個男人都沒什麼好臉色——儘管凱並沒有做錯什麼。反正他們可以保護彼此。

她現在正前往大英圖書館——又要去了，雖然她擔心對於任何不友善的目光來說，這都是太明顯的目的地。這是權衡之下的結果：她可以從某個有很多書的地方強行打通連到大圖書館的入口，不過那樣一來她就不能控制會從大圖書館的什麼地方出來，而且只能讓開口維持很短的時間。她有太多急事要辦，不能冒險跑到大圖書館的某個偏遠角落。最好還是使用固定入口，冒著被別人發現它位置的危險。希望沒人這麼一大早就在計畫要殺她。

「讀一讀來龍去脈吧！」離她最近的報販喊道。艾琳瞥向他的展示看板。根西飛船基地爆發巫術醜聞，標題寫道。嗯，和她目前的煩惱應該沒有關聯。世界不是繞著她轉的。

這時衝擊波來襲，強大的力量湧向她，一開始感覺像大圖書館的力量，但卻不是——天啊，差得可遠了。那感覺像是親切得讓人安心，卻有一股混沌的餘韻，讓她的腸胃翻攪、氣塞喉堵。嚐在嘴裡是甜的，進到胃裡是苦的，她的腦中自動浮現從某處看來、她隱約記得的經文，她拚命掙扎想保持平衡。它在獵捕艾琳，或是任何圖書館員，就像蝙蝠朝黑暗中尖聲送出聲納波，然後等待回應。艾琳背上的大圖書館烙印燒了起來，她能感覺每個字的線條，烙印的重量壓得她腳步一晃。

她周遭沒人有反應。爲什麼要有反應？他們又不是圖書館員。她腳步歪歪倒倒之時，有兩個人瞄她一眼，不過沒人停下來，頂多只是調整了一下路線，以免她倒下來時會踩到她。

然後，就像海浪一樣，那股力量在她周圍往下一湧，在充滿可塑性的現實沙灘上留下印記，然後便洩去，退回它的出發點。她以前有過這種感覺，當時大圖書館（更精確地說，是某個資深圖書館員）傳了緊急訊息給她，只不過當時並沒有現在這種混沌的感覺。大圖書館的訊息是典型的亂槍打鳥，目標是附近任何一個圖書館員，然後把要傳送的內容印在距離最近的書寫材料上。她反射性地再度望向那個報紙展示看板。

「可怕的醜聞——」報販喊到一半便噎住了，他看著他的報紙，發現上頭印的字改變了。艾琳知道他看見的一定和現在展示看板上的文字相同，還有她周遭幾公尺內的任何印刷媒材也都一樣。那是用語言寫的文字，雖然內容對他們來說並沒有意義，但任何讀到的人都會看到自己的慣用語言。

大圖書館將被摧毀，它寫道，你也會隨它一起毀滅。妖伯瑞奇要來了。

艾琳內心有個驚慌失措的聲音想要縮到角落去開始哀鳴，她硬是壓下它。現在沒時間驚慌了。她的腳自動帶她往前走，遠離所有報紙上白紙黑字的訊息。她剛才看到的事，讓她去大圖書館回報變得更刻不容緩。

那訊息是用語言寫的。在大圖書館之外，只有一個人渾身沾滿了混沌，又能夠使用語言。留下訊息的人是妖伯瑞奇，他是寫給她看的。

他知道她在這個世界，他還記得她。而且他要來了。

□

艾琳成功抵達大英圖書館，沒有再被札雅娜搭訕，不禁鬆了一口氣。她是很想知道那個女人葫蘆裡在賣什麼藥，或許很重要。但大圖書館和它的利益得列爲優先事項，而她必須回報妖伯瑞奇的威脅。畢竟這不光是針對她個人的威脅，它揚言要對付整個大圖書館。如果這件事和昨天那個大圖書館出入口有關……

她低調地溜進大英圖書館，裝作一心向學的學生，就這麼走到了通往大圖書館的門。她把門帶上以後，感覺自己整個人都放鬆了。她在這裡很安全，不受蜘蛛和槍的實質威脅，也不必掛心身邊所有她在乎的人，更重要的是，她可以遠離大圖書館頭號叛徒的陰影。全宇宙就只有在這個地方，妖伯瑞奇動不了她一根寒毛。

可是今天就連這個聖所都似乎變得陰暗了。燈光好像比較微弱，角落彷彿比較黑暗。空氣本身都有如在遠處低語——像是鬼魂在呼吸，或是隱約的秒針滴答聲。

電腦已經開機了，最近一定有人用過，沒有關機。艾琳把緊張推到一邊，坐下來開啓電子郵件，心中已在草擬該怎麼報告妖伯瑞奇的警告。

螢幕上方有個閃爍的訊息吸引了她的注意：立刻讀這個。不可能是垃圾信，沒人能用大圖書館的網路寄垃圾信。她點進去。

目前正在進行緊急會議，全體圖書館員都必須參加。大圖書館內所有交叉點都有速移待命，以便於出席。密語是「必需品」。請立即前往。

「嗯，這倒新鮮。」艾琳大聲說出來。她的聲音在寂靜的室內迴蕩。她已經登出帳號、推開椅子，無心再去看其餘的電子郵件。不管這是什麼事，都是緊急狀況，她斥責自己分了心，因爲韋爾、報紙和整個混亂的局面而耽誤了時間。

她記憶中不曾像這樣接受召集參加緊急會議，她根本不記得曾聽說過有這種緊急會議。

在大圖書館的語彙中，「交叉點」指的是數條通道匯集之處，在交叉點會有通往中央分送區域的送信管。整座大圖書館有許多送信管，這是爲了方便圖書館員把剛得手的書送出去，再回到自己被指派的世界去。速移就比較少見了。那是爲資深圖書館員安排的臨時裝置，幾乎能瞬間把目標由大圖書館內某個位置移送到另一個位置。搭乘速移是很不舒適的體驗。如果整個大圖書館裡配置了許多通往中央地點的速移，那表示背後耗費了龐大的能量。

離她最近的交叉點在幾條走廊之外。鑲著菱形玻璃的窗戶外透進狀甚不祥的幽光，外頭的天空滿是雲朵，底下是一整片又高又尖的屋頂。這一區的大圖書館地板是黑色大理石，踩起來很光滑，隱約映照出塞得滿滿的書架、位在高處的窗戶和匆匆趕路的艾琳。

交叉點那裡有一座速移櫥櫃在等待運送乘客。它看起來就像普通的陳舊櫥櫃，大約一百八十公分高，內部空間恰好夠容納兩個人——或者通常是一個人加一疊書。櫥櫃正面刻著渡鴉和寫字桌的圖案，當艾琳摸著木材時，它發出低調的能量嗡鳴。

她跨進去，關上櫥櫃門。「**必需品**。」她在黑暗中說。

櫥櫃橫向猛移，艾琳還來不及站穩腳步，已經被甩在牆上。她曾搭過幾次速移，但這次比往常還不舒服。壓力把她釘在牆上，像是飛機乘客正經歷角度特別陡的起飛。看不見的風拉扯她的頭髮，空氣裡有臭氧和灰塵的氣味。

咚的一聲，速移停了。

艾琳花了一點時間找回平衡感，然後打開櫥櫃門走出去。

她置身的這個房間，全是光滑的塑膠和金屬欄杆。看起來不像是真正的高科技風格，倒比較像是基於不充分資訊而打造出的虛構未來世界，而且包含了太多的斜坡和陽台。天花板距她的頭頂幾層樓高，屋頂是呈同心圓排列的玻璃板，外頭是她先前看到的同一片陰鬱天空。類似她剛走出來的那種木櫃，在牆邊一字排開，和此處的偽未來感顯得很格格不入。

遠端的牆邊有扇很大的金屬門，一小群人聚在門前。那扇門關著，聚集的人則在爭論什麼。他們顯然是圖書館員。（倒不是說這裡還可能有閒雜人等，但他們的爭論讓她更加肯定。）

艾琳朝那群人走去。他們的服裝千奇百怪，就和他們的年齡、人種及性別一樣多樣。唯有當你審視一群圖書館員並加以比較時，才能看出他們唯一真正的共通點。那是他們眼神中蘊含的某種歲月感和歷練，超越了生理上的限制，因此艾琳照鏡子時從不會太仔細地看著自己的眼睛。

「請問這就是緊急會議嗎？」她問離她最近的人，那是一個中年女子，身穿高腰薄紗裙裝，戴著從手指一路包到腋下的長手套。「還是我們只是在等會議開始？」

「只是在等。」女人說。她的口音隱約像德國人。「顯然他們連續召開每場半小時的會議，下一場五分鐘後開始。」

「妳知道是怎麼回事嗎？」

女人搖搖頭。「不知道，這裡沒人知道，不過那邊那位奎迪恩──」她指著一個面黃肌瘦、頭髮花白、身穿黑袍的男人。「他說他去某個世界時，發現大圖書館的永久出入口出了問題。」

艾琳感覺胃裡像有什麼東西凝結成團。「對，」她保持若無其事的口吻說。「我昨天也遇到一個出問題的穿越口。」

其他圖書館員都轉頭看她。「說來聽聽。」某個看起來很年輕的女人說，她有一頭粉紅色短髮，身穿突顯身材的螢光色皮衣。「妳知道什麼內情嗎？」

「當時我正準備通過一個出入口回到大圖書館，」艾琳說。「當我用正常方式打開通道，卻出現某種混沌干擾，結果整扇門就燒起來了。我用語言滅不了火，最後只好用別的方式離開。」

奎迪恩晃了過來，他在點頭。「吾的故事和妳相差無幾，只不過吾到場時入口已經點燃，吾不知火自何來，或如何附於門上。施加其上的混沌何其黑暗，其攀附在大圖書館的本質又何其可憎。若有言語能釐清此事，但願長老開示。」

「嗯，我的出入口好得很，」粉紅頭女人說。「不過那是個傾向秩序端的世界。你們兩位——那兩個世界是混沌取向嗎？你們覺得這是不是某種新的混沌侵襲？」

奎迪恩慢吞吞地點頭，但艾琳必須搖頭。「不，我去的那個世界比較偏向秩序。不過我平常駐守的那個世界的出入口運作正常，而那裡倒是比較偏向混沌。」

「所以還沒有什麼確切的論證。」粉紅頭女人說。

「可供判斷的證據還不夠多。」另一個男人說。他緊張地撫平身上藍色絲質長袍的袖子。「如果我們的上級有更多——」

「不好意思，」他在說話時有個女人輕聲呼喚艾琳。「請問妳是不是叫艾琳？B－395的駐地圖書館員？我聽說過妳的事。」

「希望不是什麼壞事。」艾琳回答。她不認得這個女人，也不認得站在她旁邊的男人。「我們好像沒有見過？」

「我是佩妮穆。」女人自我介紹。她乍看之下像中年人，已有白絲的稻草色頭髮飄逸，身上的藍色繡花襯衫和寬褲更是飄逸。她朝身邊的男人點點頭，他正一邊調整眼鏡，一邊打量整個房間。「這是我朋友卡利馬科斯。我聽說前一段時間，妳在妳的世界成功擊退妖伯瑞奇的攻擊？」

「這樣講太誇大了，」艾琳說。「妖伯瑞奇想要一本書，而我比較算是勉強避開他，而不是真的擊退他的攻擊。那是幾個月前的事。我可以問一下是誰告訴妳的嗎？」

佩妮穆聳聳肩。「小道消息。我這陣子一直想要聯絡上妳，等我們開完神祕的會議之後，能不能一起喝杯咖啡？」

除了有可能的潛在性問題之外，她的要求聽起來無害而合理。艾琳知道自己之所以能把妖伯瑞奇隔絕在韋爾的世界之外，完全是因爲凱使用他身爲龍族的能力幫了忙。但大圖書館裡幾乎沒人知道凱是條龍──至少，「應該」沒什麼人知道他是一條龍。艾琳一貫的謹愼令她字斟句酌。「當然，不過我不能待太久，我應該很快就會回去才對，而我不想害我的助手緊張。」

佩妮穆點點頭。「別擔心，我只是想建立一些聯絡管道。我在組織像我們這類從事實務工作的夥伴，我希望妳也能加入。我聽說過很多妳的事，人家都說妳是業界數一數二的探員。」她伸出手要和艾琳握手。「我相信我們會合作愉快。」

聽起來很可疑，像是要做出確切的承諾，而艾琳不喜歡還沒搞清楚狀況就沒頭沒腦地給出承諾。

「我們都是圖書館員。」她擠出微笑說，握了握佩妮穆的手。她眞希望能稍微了解這個女人到底是誰，有什麼樣的紀錄。每逢這種時候，她都很後悔自己沒有在追大圖書館的八卦消息。

「他們要讓我們進去了！」巨門那裡有人喊道。對話中斷，所有人都急著往裡走。

這間會議室是大學梯形教室的升級版。一排排很深的座位從地板一路延伸到天花板，足以容納幾百個人，而在門口等著進入的只有幾十人而已。桌子是沉重的鐵桌，嵌有翠綠琺瑯材質藤蔓和樹葉裝飾，高聳的玻璃天花板裝有聚光燈，光束打在房間中央的桌上。人群沿著斜坡往下，搶占前排座位，踩在金屬地板上的腳步聲很響亮。

布菈達曼緹坐在前排座位的遠端。她不在剛進來的那一群人中，而是本來就在房裡。她和艾琳上回見面已經是好幾個月前的事了，但她的髮型仍然是俐落短髮，剪裁優雅的絲質禮服是深色的玉石綠。她面前擺著一台筆電，正劈里啪啦地快速作筆記，不時抬起眼皮瞥一眼剛進來的人。她與艾琳眼神交會了一下，然後她小心地別開視線，沒有快到讓人覺得受辱，不過恰恰好足以表示她沒有興趣和艾琳互動。艾琳好奇布菈達曼緹為什麼沒有隨著上一場的與會者一起離開。

「來這裡。」佩妮穆說，招呼艾琳過去和她，還有卡利馬科斯坐在一起。「希望他們快點結束。既然妳在這裡，我想問，妳和妖伯瑞奇之間到底發生了什麼事？」

「與其說我阻止了他，不如說我很有計畫地逃走了。」艾琳邊說邊打量四周。

大廳中央有一群顯然都很資深的圖書館員，坐在一張橡木長桌後頭，在這由玻璃和金屬打造的空間裡，那張桌子看起來格格不入。艾琳在那群人中看到她的導師考琵莉雅，她正用左手的發條手指輕敲桌面，等著一眾圖書館員安靜坐好。至於其他人，她只認得出另一人——也是資深圖書館員的科西切。她和他沒有實際打過交道，但她曾在一個研討會上被引見給他，而他因冷酷幹練的作風享有盛名——或該說惡名。他坐在長桌中央，面前擺著紙筆。他的頭禿了，眉毛也幾乎沒了，但他濃密的鬍鬚編成一條辮子，長到碰到了桌面。他臉上有很深的皺紋，尤其是嘴角附近，看起來很暴躁易怒。其他圖書館員她都很陌生，不過全都一看就很老——除了其中一人，那是個中年女子，坐在桌子末端一張很大的輪椅中。那張輪椅可以說明她爲什麼提早退休回到大圖書館，而不是在外執行實務工作。

「請各位注意。」科西切開口，室內安靜下來。他傾向前，兩手交疊擱在面前。艾琳不由自主地注意到他的指節因爲關節炎而腫脹。「我們將針對目前的危機進行簡短說明，請各位全程保持安靜。簡報結束後各位可以發問。」

他等了一下，但沒人笨到發言，他終於點點頭。

「在世界當地時間昨天早晨，我們收到叛徒妖伯瑞奇的訊息。要求大圖書館向他投降，接受他爲大圖書館領導人，並允許他進入大圖書館。如果拒絕，他揚言將毀滅我們。不消說，我們拒絕了。」

他停頓了一下。

「自那之後，我們接到一些報告，表示數個通往大圖書館的永久出入口都被摧毀了。我們也接到報告說駐守在那些世界的圖書館員遭到襲擊，此外別的世界也有同樣情況發生。有數人死亡，我是指確定死亡的已有數人，我們還沒能確認所有已有一段時間沒和大圖書館聯絡的圖書館員狀況。」

有一位圖書館員舉手想提問，科西切只是默默地瞪著她，直到她把手放下。

在靜默中，艾琳在腦中重新整理整件事。這不光是針對她和凱的攻擊；整個大圖書館都受到威脅。她的感覺就像凱被她質問起韋爾用藥的事時一樣——面臨一件不可能發生的事，好像她的整個宇宙觀都受到了挑戰。她根本沒想過大圖書館是可能受到威脅的。她一向認爲自己可能無法存活，圖書館員可能會死，但大圖書館會永垂不朽……

但考琵莉雅就坐在底下，旁邊還有其他資深圖書館員，在在證實這一切都是眞的。

現在艾琳不確定蜘蛛和妖伯瑞奇有沒有關聯了。如果沒有關聯，算好事還是壞事？如果牠們眞的是他幹的好事，那表示他有某種辦法能干涉韋爾的世界，也許是透過代理人之手。如果牠們不是他放的，那表示還有另一個人想殺她或凱，或是他們兩個。

她想起當凱被綁架時，她和凱的叔叔敖順的那段對話。敖順當時用鐵一般的語氣說：「我不能容忍，我不會容忍。」

憤怒在艾琳的腹部成形。的確，她拒絕容忍這個。

科西切又等了五秒才繼續。「我們還沒有查明出入口故障是由於有人試圖使用出入口而觸發的，還是出入口本來就被破壞了，而當我們試圖使用時才會發現。大圖書館安全部門未曾針對這件事回報任何問題，因此我們不認爲出入口故障是內部因素。」換言之，大圖書館大門內沒有任何叛徒。所以問題在門外。「我們透過各種來源多方探詢，龍族似乎與此事無關。我們不確定妖精是否涉入。無論如何，我們都不會接受妖伯瑞奇的條件。你們可以發問了。」

一隻隻手舉向空中。粉紅頭女人獲得科西切的第一個點頭回應，她連珠炮般丟出問題。「目前有多少出入口被攻擊？那些出入口位在偏向秩序或是偏向混沌的世界？」

「會議桌准許阿南刻發言。目前爲止，據知已有二十五個出入口受到影響。混沌世界與秩序世界的占比大致相等，就理論上來說，並沒有任何一端的世界有明顯的證據顯示發生更多故障情形。」

下一個是穿藍色絲質長袍的男人。「以前有沒有發生過類似情形？會不會是某種週期性現象？」

「想得美。」佩妮穆喃喃道，但卡利馬科斯把手指抵在唇上要她安靜。

「會議桌准許索圖德發言。」科西切捋著鬍鬚說。他的鬍鬚看起來硬到可以拿來當武器。「雖然根據大圖書館紀錄，某個世界裡的出入口可能移動位置，但我們不曾聽說過有任何出入口起火燃燒的報告。我們知道這一點本身並不能證明那些出入口不會每隔幾千年就自燃，但會將你的想法列爲考慮。下一位！」

「妖伯瑞奇有沒有提供聯絡他的方式？」提問者是個中年女子，她穿著精緻的灰色亞麻和服和木屐，臉上的粉厚到彷彿五官都不會動了。她的手腕和前臂戴著金屬環，上頭嵌著電路裝飾。

「會議桌准許紫姬發言。」艾琳眨眨眼。就是這個女人招募凱進來當實習圖書館員的，但她沒有注意到他是一條龍。晚點如果有機會的話，能和她聊一聊一定很有意思。「妖伯瑞奇說如果我們要投降，我們要在某幾個特定的平行世界向媒體公開宣布，然後派幾名長老離開大圖書館並等他聯繫。我們派了探員去調查那幾個世界，不過他們還沒有任何發現。」

有意思，他幾乎不提妖伯瑞奇是在何地、何時或如何聲明這些訊息的，艾琳心想。科西切會不會是想確保沒人能實際遵照指令去做？他們擔心要是讓人知道該怎麼做，就會有人試著投降嗎？

「關於資訊來源的情況只有簡短提及。」奎迪恩沒有等科西切示意他可以發言，就抓了對話間的空檔插話。他皺著眉頭。「儘管吾等與敵人並不會不合宜地廝混在一起，難道吾等不該爲了服事大圖書館而張大耳朵？倘若能得知任何資訊，吾等必當竭盡所能探聽。」

科西切正想說話，又因爲坐輪椅的女人舉手而停頓了一下。「會議桌准許奎迪恩發言。我將發言權交給美露莘。」

美露莘的頭髮是看起來髒髒的金色，修剪得很貼頭皮，她穿著普通的格紋襯衫和牛仔褲，而不是某些圖書館員長老穿著的戲劇化長袍或禮服。她的嗓音輕盈而冷淡，艾琳聽不出任何口音。「我就不咬文嚼字了，對，我們在龍族和妖精中都有聯絡人。對，我們和他們談過了。不，和我們談的人都不知道這件事。然而我們能取得的資訊還有很多發展空間。如果各位在外頭有什麼見不得光的朋友，請不要害羞，設法讓他們分享資訊吧。只是行事務必小心。謠傳妖伯瑞奇有妖精人脈……」

不是謠傳，是事實。艾琳曾遇過一兩個誇口和他很熟的妖精。

「……因此要當心對方是不是想欺騙你。」

奎迪恩點點頭，垂下手，看起來鬆了一口氣。沒有人眞的表現出贊同美露莘的建議，不過在場的圖書館員有幾位看起來若有所思，彷彿在腦中瀏覽聯絡人名單。

「上個星期我在工作時一直受到妖精干擾。」一個穿著絲絨西裝外套和馬褲的男人有點怯生生地說。他的金色鬈髮噴了定型液，綴有羽毛的帽子放在腿上。「沒有造成生命危險，但他們擾亂了我正在進行的任務。這會有關聯嗎？」

「會議桌准許傑維斯發言。我們在這個階段不能排除任何可能。請把相關資訊告知我的助手布菈達曼緹，她會送你出去。」啊，這下知道布菈達曼緹在這裡做什麼了，艾琳心想。「我們會把所有資訊彙整起來比對，看看有沒有某種模式。」

佩妮穆舉手。「這個做法有實際諮詢過外勤圖書館員意見，還是資深管理階層直接主導了呢？」

「這是資深管理階層的工作。」考琵莉雅說，她的語氣就像濾下的沙一樣乾。

「我覺得我們需要對現況有更全面的了解，才能進行任何確切的下一步。」佩妮穆說。「我們需要更多資訊，我想這是在場所有人的心聲，這樣我們才能回應得當。而那想必包括我們受到的威脅的完整細節吧？」

「我很樂意這麼做，」科西切粗著嗓子低吼。「我要補充一下他提出的威脅。妖伯瑞奇說他要徹底毀滅大圖書館，但沒有提供他要如何辦到的有用資訊。還有別的問題嗎？」

「有。」卡利馬科斯說，他巧妙地接續佩妮穆的話，好像排練過似地。也許他們眞的排練過。「我們可能反應過度了。妖伯瑞奇顯然已經活了好幾百年，他是用來嚇唬新進圖書館員的話題。但我們知道他不是無敵的，不是刀槍不入。甚至在場就有人和他交手過。」他指著艾琳。「他眞的有那麼危險嗎？我們是否要採取比較低調的反應？」

艾琳恨不得自己能憑空消失，或至少躲到桌子底下。每個人都看著她。更糟的是，現在他們都會以爲她和那兩個人是一掛的。艾琳並不反對低階圖書館員能對大圖書館的運作能多點發言權這種理論，但強烈反對在隱喻上的跨車道大車禍中間，試圖搶著去抓方向盤。尤其當他們想把她拖下水一起玩這場權力遊戲時。

「妖伯瑞奇顯然是個瘋子，」科西切說。「還是個自大狂。」

「自大狂不也是瘋狂的一種嗎？」艾琳背後的座位有人在嘀咕，然而當科西切往他的方向一瞪，對方立刻就安靜了。

「他認爲大圖書館應該更積極地去影響和控制其他世界。」科西切繼續說。「你們都知道那不是我們扮演的角色。我們的存在不是要對妖精、龍族或兩者之間的任何種族做出道德批判。我們是爲了求取平衡、讓兩者之間的世界保持自由而存在的。妖伯瑞奇想要的完全和我們的原則相反。」他壓低嗓音低吼，然後他拉了拉鬍子，好像它是絞刑的繩子。「我們的存在意義是保存，不是統治，我們是圖書館員。」

「對，但我們應該可以用更平衡的方式處理這件事吧。」佩妮穆堅定地說。她的發言流暢，顯然有備而來。「這又是一個缺乏溝通的案例，而這種情況最近越來越多了。應該負責大圖書館運作的那群人，卻忽視實際執行工作的一大群人的意見，這可不是服務大圖書館的方式。先前已有很多類似案例了，我知道我不是這裡唯一——」

艾琳再次渴望她是坐在房間另一邊，她不想與這個派系看似有瓜葛。毫無疑問，這正是佩妮穆安排他們坐在一起的心機。她痛恨內部政治。聽眾間開始出現壓低音量的交談聲。科西切低著頭，像是準備衝刺的公牛。整個場面即將淪爲一連串抱怨——以及資深圖書館員和認爲佩妮穆言之有理的人之間的爭執。現在沒時間搞這個，這是緊急狀況。

艾琳情急之下舉起手。

「會議桌准許艾琳發言。」考琵莉雅說。

第八章

「我有新資訊，還沒機會告訴任何人。」艾琳說。「今天早上我收到一封世界內的緊急訊息，模式就和大圖書館傳這類訊息時一樣，但它卻沾滿混沌。訊息內容——是用語言寫的——說大圖書館將被摧毀，而我也會隨之一起毀滅。還有妖伯瑞奇要來了。我猜這是妖伯瑞奇本人發出的訊息。」

此起彼落的吸氣聲和模糊的驚呼聲一定能讓札雅娜樂得很。艾琳咬緊牙關，專心展現專業態度。「我正準備報告這件事時，就看到要我們出席這場會議的訊息。」

科西切又揪起了鬍子。「會議桌准許艾琳發言，她是B—395平行世界的駐地圖書館員，目前正處於緩刑期。妳確定這封訊息是用語言寫的？」

「是的。」艾琳說。「不過帶有混沌的餘韻。」她感覺到「緩刑期」三個字對在場的其他人造成了影響。她現在正式被判定爲「不可靠」。

「它有直接指出妳的名字嗎？」

艾琳搖搖頭。「它只說『你』。」

「那麼它發言的對象可能是那一區的任何圖書館員？」

「的確。」艾琳贊同。她試著揣測科西切想暗示什麼。他想表示任何圖書館員都受到妖伯瑞奇的威脅嗎？她讓視線往旁邊滑向考琵莉雅，發現對方緊緊抿著嘴唇，還皺著眉頭。我應該將這視爲某種暗示。「我也確實有理由相信妖伯瑞奇和妖精有往來，」她補充。「我在先前的報告中提到過，那是某個妖精所聲稱的。幾個月前的報告。」

科西切點點頭。他臉上的表情很難猜透，像是戴了有鬍子和眉毛的石頭面具。「這似乎是妖伯瑞奇的又一項威脅。如果其他圖書館員還有收到類似這樣的直接訊息，我們會檢驗它們，試著用三角定位法找出妖伯瑞奇位置。在這場會議結束後，請找妳的上級談一談。」他曾向考琵莉雅，她點點頭。

「還有，昨天晚上有人想殺我。」艾琳補充，察覺這個結尾聽起來有點弱。「不過那可能只是巧合。」

科西切看著她，他的眼睛像液態冰，艾琳發現自己囁囁嚅嚅地停嘴，閉起嘴巴。他的那個眼神帶來的力量，還勝過某些和她交手過的妖精領主。這並不是某些人所形容的超自然力量，只是偉大導師加上冰冷視線和公開羞辱所造成的強大效果。

沒人再提問。佩妮穆的衝勁似乎已經被剛才的干擾給澆熄了，她現在很刻意地不看艾琳。*我猜現在發現我沒什麼用處之後，原本會議後的咖啡之約也取消了吧。*

科西切用目光掃過一眾圖書館員。「目前的方針是強化大圖書館與各平行世界的聯繫。一如往常，要達到這個目的，必須蒐集對那些世界而言很重要的書籍，並且帶回這裡。這表示你們都將接到緊急任務命令，不管是現在或不久之後。完成工作，取得書籍，盡快帶回來。」

「那吾等之長期任務該當如何？」奎迪恩問。「吾已尋尋覓覓若干書籍多年，不可置該等工作於不顧，平白浪費吾之精力。」

艾琳忍著不捂住眼睛嘆氣。她有像他那麼蠢過嗎？也許有，但她寧可認定即使在自己更年輕的時候，也懂得不要問這種蠢問題。

科西切怒瞪奎迪恩。「搞清楚輕重緩急，小子，」他咆哮。「這不是什麼無足輕重的小插曲，這是緊急事件。大圖書館有危險了，忘了該死的長期計畫，我們此時此刻要做的是架起防禦網，確保我們的出入口和連結都穩固不毀。」

艾琳用眼角餘光瞄其他圖書館員。沒有人舉手問那個最重要的問題：這不是很短視的做法嗎？這只是治標不治本吧？我們難道不該擬定長期戰略，或是主動出擊，而不光是防禦？萬一這一招沒用怎麼辦？

科西切深吸一口氣，顯然在讓自己鎮定下來。「若有任何進一步發展或資訊，都應該立刻呈報上來。行事務必謹慎。請謹記你們都是珍貴的資源，大圖書館希望你們好好活著。出去工作吧。」他用指節敲敲桌面。「散會。」

艾琳必須從幾個圖書館員身邊擠過，才能下去找考琵莉雅。其中兩人對她算是友善地點點頭或是投以同情的目光，而奎迪恩和阿南刻則喃喃地說大家保持聯絡。艾琳在心中記下一筆：之後她該主動一點，前提是大家都活了下來。佩妮穆和卡利馬科斯的眼神都直接穿透她，那種刻意忽略她的做法，在某些時代的某些地方被稱為「切割式的無視」。嗯，好吧，她心想。感謝你們如此清楚地表達了你們原本為什麼對我有興趣，以及現在為什麼沒興趣了。這樣很省時間。她後方傳來模糊的辯論聲，聽起來比起會前的閒聊要緊繃得多。

她讓考琵莉雅帶領她走進一間講堂附屬的小辦公室。考琵莉雅像平常一樣穿著深藍色衣服，肩部披著白色蕾絲披巾，她的木手最近剛抛光過，看起來幾乎會發亮。但她本人一臉倦容。她眼眶凹陷，身體動作有種緊繃感。艾琳想起資深圖書館員都是這樣，因爲他們一直在外執勤到很老，才終於退休回到大圖書館——在這裡沒人會變老、生理時間也停止了——因此他們可說是古人。在這一瞬間，考琵莉雅看起來也像是古人，而且很疲憊。

辦公室裡沒幾樣家具，考琵莉雅坐進看起來很脆弱的玻璃椅中，嘆了口氣，示意艾琳坐到另一張玻璃椅。「長話短說：誰想殺妳？爲什麼？」

艾琳簡略說明這兩天以來發生的事，一邊試著不去想像屁股下椅子垮掉的景象。「我不知道幕後主使者是誰，」她最後說。「但關提斯夫人有明顯的動機。妖伯瑞奇也是，但我不認爲他能把魔掌伸到我現在駐守的地點。因爲他先前已經被驅逐出去了。」光是想像他可能做到，就讓她感覺嘴巴裡有股酸味。「就算他做得到，也不會只在我臥室裡放幾隻有毒的蜘蛛。」

「有毒腺的蜘蛛，」考琵莉雅漫不經心地糾正她。「蜘蛛是有毒腺的動物，牠分泌毒液，再經由咬的動作把毒液送出去。不正確用語，扣一分。」

「有必要在這種時候——」艾琳憤憤地說。

「對，」考琵莉雅嚴厲地說。「沒錯，任何時候都有必要。妳要使用語言，孩子，妳必須追求精確，否則妳會受傷。我在妳身上投資了這麼多時間和工夫，不是爲了在這個節骨眼失去妳。」

艾琳深吸一口氣。「眞高興我對妳來說這麼重要。」

「別說蠢話了，艾琳，我沒時間應付妳耍幼稚。妳能不能表現得像個成年人？還是我要讓妳先在外面等，我們先進行下一場簡報？」

這是她在半小時內第二次像個青少年一樣被訓斥。她本來就因為被人暗殺和收到妖伯瑞奇的威脅而精神衰弱，現在她的精神更是受到重創。「有人想殺我，」她費力地控制住自己說道。「大圖書館被妖伯瑞奇威脅，許多出入口被摧毀，妖伯瑞奇傳了個人訊息給我。我沒時間讓妳把我當小孩子，現在眞的是玩權力遊戲的時候嗎？」

考琵莉雅在桌上敲著木頭手指。「妳以前能夠置身大圖書館權力遊戲的漩渦之外，不表示以後永遠都能如此。妳有什麼重要的問題想問嗎？」

「有。如果妖伯瑞奇試著再聯絡我，我該怎麼做？」

考琵莉雅遲疑了一下。「我很想告訴妳說不要回應他，但我們迫切需要更多資訊。如果妳覺得可以套他的話，就做吧。」

「回應他？」艾琳沒想過她可以回應那種訊息。這又是低階圖書館員「不用知道」的事。這個念頭讓她怨恨，像是在越升越高的怒氣上火上加油。想想看，要是她在之前就接到別的緊急訊息，且能夠回應的話……「怎麼做？」

考琵莉雅噘起嘴，好像在考慮該不該責備艾琳口氣不佳，不過她回答時語氣溫和。「妳得要使用語言，在書寫材料上用妳自己的訊息覆蓋對方的訊息。最初傳訊息給妳的人應該與妳所在的區域有連結，因此看得到。連結並不會維持很久，所以妳和對方只能交談短短幾句話。」

「這樣夠安全嗎？」艾琳問。

「沒有什麼事是徹底安全的。妳想要的是怎樣的擔保？」

艾琳兩手一攤。「嗯，妳說的不安全是指我被他有催眠力的訊息迷惑而叛變，還是妖伯瑞奇能用這理論上的連結往我頭頂降下一片火雨？」

「唔，大圖書館並不能透過那種連結往妳頭頂降下一片火雨，」考琵莉雅說。「所以妖伯瑞奇大概也不能。光是他能夠建立起這種連結，都讓我覺得很值得玩味了。」

「有鑑於我們之前在大英圖書館交手的經驗，我很訝異他還肯費心傳訊給我。」艾琳說。考琵莉雅那「大概」二字讓她不太放心。「以前一定也有別的圖書館員從他手中逃過，我不可能是第一個。」

考琵莉雅伸手越過桌面，用手指敲了一下艾琳的腦門——幸好是用肉做的手指。「用用腦子，孩子。妳讀了他在找的那本書，他知道妳一定讀了——那只是幾個月前的事，他不會忘記的。」

艾琳皺起眉頭。「但我只知道他妹妹生了個孩子，在大圖書館養大。那並沒有……噢。」她突然醒悟考琵莉雅想說什麼。「不過也許他不知道這件事，或至少他不知道我知道多少，或是書裡寫了什麼。」

「我很想命令妳待在這裡，」考琵莉雅說出她的想法。「對妳來說這可能是最安全的。」

艾琳眨眨眼。「妳是在開玩笑吧？」

「我很認眞。正如科西切所說，我們不想失去你們。」她嘆口氣。「那個男人一向不喜歡擔任會議主席，你可以看到他的耐性像是遭遇暴風雪的溫度計一樣直線下滑。」

「嗯，我也是認眞的。還有工作待完成，我是不會只坐在這裡枯等的。」她傾向前，想要用決心和專注來向考琵莉雅表明心志，結果她聽到屁股下的椅子發出啷的一聲，身體便僵住了。眞是破壞效果。「說到底，我們爲什麼要不停開會？你們爲什麼不盡快向全體圖書館員廣播最新消息？」

「那要耗費太大能量。」考琵莉雅聳聳肩。「大圖書館的資源並非無限，我們會先告知最初到場的幾批人，再廣播警告給二十四小時內沒有出現也沒有聯絡過的人員。至於待完成的工作嘛，我有任務要交給妳。地點在妳駐守地外的另一個世界——既然妖伯瑞奇不會知道要去那裡找妳，妳在那裡應該就和在這裡時一樣安全。至少在妖伯瑞奇那方面是安全的。」她修正說法。

「哪一類工作？」單純的偷書這概念讓討論注入令人愉快的正常氛圍，艾琳放鬆了心情。

「老樣子。」考琵莉雅說。「不過就當下局勢來看，我們必須盡快拿到那本書。妳沒有時間像往常那樣慢慢準備。我們知道妳可以在哪裡找到那本書，不過要拿到手可能有點難度。」

這表示這個任務大概非常困難和危險。不過至少艾琳可以做些什麼來幫忙。

考琵莉雅吃力地彎下腰，翻開放在她椅子邊的眞皮公事包。她抽出薄薄一疊裝在資料夾裡的文件，交給艾琳。「我們要的書是《薩拉戈薩的手稿》，作者是楊・波托斯基。他是波蘭人，但手稿是用法文寫的。在許多平行世界裡，這本書都順利出版，沒有遇到什麼問題，不過妳要去的這個B－1165世界則屬於不同情況。這本書大多被銷毀了。有少數幾本出現在私人蒐藏品中，我們掌握了其中一本的線索，由於時間緊迫，妳最好就以那一本爲目標。別以爲我是給妳一份簡單的工作讓妳有事可忙，這本要到手可是很困難的。我們早就想要拿到這本書，只是判定難度太高而沒有指派任務。可是以目前情況而言……」

艾琳接過文件。「既然那是貝塔型世界，表示它是由魔法支配的囉？」

考琵莉雅點點頭。「主要政權是沙皇俄國。那本書放在聖彼得堡隱士廬博物館的禁區。那個世界沒有駐地圖書館員，所以妳行動時不會有後援。」

艾琳放鬆的心情正在迅速消退。「那凱要怎麼辦？」她問。「我回來報告而把他一個人留在韋爾的世界，已經讓我夠緊張了，那我去拿波托斯基的手稿時該把他留在大圖書館嗎？」

考琵莉雅顯然在考慮，不過她的嘴唇抿著，艾琳看得出那表示這位年長的圖書館員其實已經有了結論。「妳最好帶他一起去。那個世界是有爭議的地方，既不屬於高度混沌世界，也不屬於高度秩序世界──不過偏向秩序多一些，所以對他來說風險應該不算太高。他對妳來說可能有用處。」

艾琳點點頭。「好吧，這樣做他肯定比較開心。不過請妳誠實告訴我一件事，考琵莉雅。剛才在外面的會議中我沒有問，但我想知道，如果這個穩固連結的方法沒有奏效，我們要怎麼辦？」

「另想一個辦法。」考琵莉雅說。她扳了一下木頭指節。「各平行世界的圖書館員正不斷傳回報告，美露莘正在把那些報告彙整起來比對分析。等我們一掌握妖伯瑞奇躲藏地點的線索，就能組織突擊隊了。」

「眞令人訝異，妖伯瑞奇一威脅要摧毀大圖書館，每個人就突然很熱中找到他、追捕他了。」艾琳說。她不禁在語氣中透出酸溜溜的嘲諷意味。「比起只是殺死某些圖書館員要嚴重多了。」

「私下講講偏見無傷大雅，」考琵莉雅溫和地說。「但在公開場合妳要謹慎發言。」

「噢，別擔心，我會盡本分。」艾琳意識到她的口氣很像科西切，因而聯想起另一個問題。「科西切是不是故意貶低我的報告的重要性？」

「他給了它他覺得適當的重視程度。」考琵莉雅聳了聳瘦削的肩膀。「他之後可能會再看一下，但目前我們認爲大圖書館出入口被破壞，還有圖書館員死亡，比妳受到的單一生命威脅來得重要。」

艾琳並不想問這個，但她無法趕走這個念頭。「這事有沒有波及我認識的人？我的父母——」

「妳的父母沒事。」考琵莉雅迎向艾琳的目光。「妳認識的人都沒事。有的圖書館員只是還沒聯絡，我們正在設法找到他們。至少兩個人確定已經死亡，目前死者都在出入口被毀滅的世界裡。我們認爲至少其中一人是被困在著火的出入口中而死。」

艾琳想著自己也差一點發生那種事。「我知道你們不想引起恐慌，」她說。「但我覺得或許應該讓這個消息引起一點恐慌。」

「我們最承受不起的就是恐慌。」考琵莉雅說。「恐慌會使得每個人都衝向不同的方向，試圖『拯救大圖書館』。恐慌是良好組織的對立面，恐慌是混亂。我基於原則反對恐慌。」她看了一下錶。「妳還有別的問題嗎？再過幾分鐘下一場簡報就要開始了，下一場輪到我當主席。」

艾琳一直都謹慎地把另一個煩惱擱在一邊，用她的專業責任及對大圖書館的義務來與之抗衡。但那並沒有使煩惱消失。而考琵莉雅身爲大圖書館長老，或許會有答案。「妳會建議怎麼清除人類體內的混沌感染？」她問。

「老天。」考琵莉雅皺眉深思。「我猜是韋爾吧？嗯，我確實想過他要怎麼應付那個版本的威尼斯……別那樣看我，艾琳；受到混沌感染並不一定會發生，而且再怎麼說，他又不是圖書館員。首先，妳沒辦法帶他進來這裡。」

艾琳在心裡罵了一句髒話。「為什麼？」她問。

「原因很明顯啊——如果他本身的混沌程度太高的話，出入口根本不會放他通行，就像妳自己被感染時也進不來一樣。但這妳早就知道了，又何必問我？」

「我希望我的認知是錯的。」艾琳承認。「那帶他去高度秩序世界呢？」

「我想妳是指藉由別的交通方式吧。」考琵莉雅用手指在空中做出扭動的手勢，可能是在模仿龍的飛行。「嗯，長期來說那應該有用，前提是他能活下來。如果混沌已經在他體內鑽得太深，他可能會直接鈣化，就像力量強大的妖精到了那種世界會發生的狀況一樣。妳需要找個中度秩序世界，而且要做好長期抗戰的打算。或者妳也可以帶他去另一個高度混沌世界。」

「那樣為什麼有幫助？」

「那會設定他的本質，」考琵莉雅聳聳肩。「還是老話一句，前提是他能活下來。他會適應當地環境，達到和那個世界其他居民同等程度的混沌。當然他的人格可能會有所改變，而且對妖精的影響會更沒有抵抗力，不過他能活下來。妳現在最好的做法就是好好照顧他，希望他能熬過這段期間。最後他的身體會重新安定下來，成為對他的世界來說比較正常的狀態。」

艾琳的大圖書館烙印保護了她，但韋爾沒有這項條件。他不顧各種警告，為了救凱而自願去了那個高度混沌的威尼斯。儘管他知道自己會有生命危險，儘管那可能危及他的心智。艾琳發現自己一想到可能會失去他，整顆心都變冷了。韋爾不單純是個傷亡數字，他是她關心的人，是在她人生中占有一席之地的人。

一定有什麼辦法能救他，她不接受別的說法。

艾琳點點頭，站起身。「謝謝妳的資訊，」她說。「我會盡快帶那本書回來。」

「艾琳……」考琵莉雅思索該如何措詞，然後又攤開雙手。「妳要小心，ㄚ頭。」

「妳也是。」艾琳說。「畢竟如果沒有哪裡是安全的……」她比了比牆壁，指的是周圍廣大的大圖書館。「那麼這裡也不安全。」

考琵莉雅露出微笑。她點點頭，艾琳離去，穿過新的一群等待聽簡報的圖書館員。

她揣著憂慮一路搭乘速移回到通往韋爾世界的出入口，試著規畫出處理眼前事務的最佳方式。假使這個出入口能保持穩定——她該不該設置某種預警系統，以防它著火？——她得向她認識的妖精打聽一下妖伯瑞奇。札雅娜、席爾維，或是她能找到的任何人。也許韋爾可以提供幾個人名，哪怕是出自他製作的當地「危險妖精惡人」名單。她還要留心妖伯瑞奇傳的任何新訊息。她也得和凱談一談韋爾的事，討論要帶他去哪裡，還有他願不願意去。噢，還要查出是誰把蜘蛛放進她家的。雖說和其他事相比，有人試圖用這麼沒有效率的方法殺她只是小問題。

她還得要去偷一本書。

她跟著一群打打鬧鬧的年輕學生一起走出大英圖書館，在心裡盤算要怎麼說服席爾維。他必須相信和她合作對他自己有好處。但有根針刺進她手裡的劇痛打斷了她的專注。她愕然抬頭，看到一個男人把注射器收回外套，另一人則摟住她的腰，讓她靠在他身上，而她開始腿軟了。她張開嘴想說話，但眼神無法聚焦，眼前越來越暗。汗味、毛髮味和狗味讓她快要喘不過氣。

噢，對了，我還要在穿過我敵人知道的入口時格外當心，不是嗎？失算。

她往前一倒，昏死過去。

第九章

艾琳醒來的時候，置身黑暗中。

她動也不動地躺著，眼睛緊閉，等著任何動靜，想要掌握自己是在什麼樣的地方。她躺在堅硬的地面上，是磚塊或石頭地板。但地面溫暖而乾燥，不是會吸走她體溫的那種冰冷地面。她沒有被綁住或限制行動，但考琵莉雅給她的資料夾被拿走了。

她沒聽到其他人呼吸的聲音。她小心地微微睜開一眼。

近乎完全黑暗，但遠處有微弱的光。艾琳坐起來，感覺天旋地轉。她的手因爲被針刺而發痛，但沒有痛到不能用。她身在一條磚造長隧道牆上挖出的拱形壁龕裡。隧道兩端遠處都有燈光。走廊布滿了灰塵——她不用看也知道，因爲手摸到地板時就摸得出來，她得努力克制不咳嗽。

這到底是怎麼回事？如果有人要綁架她，爲什麼只把她像一袋馬鈴薯般留在這裡，連綁都不綁住她，也沒拿走她靴子裡的刀子？

她的疑心病在她耳邊輕聲提醒著妖伯瑞奇及失蹤的圖書館員，不過更迫切且實際的顧慮卻是凱。艾琳被弄暈之後丟在這裡，可能只是爲了防止她礙事，但凱卻有可能遇上什麼危險的事。

她撐著地站起身，抖掉裙子上的塵土。現在她的眼睛慢慢適應了半明半暗的環境，看出通道中央有一道隱約的行走痕跡，那裡的塵土比邊緣來得薄一點。她看到幾個腳印——有的像是厚重的靴子，但其他的是赤腳。韋爾一定能認出那是什麼鞋子；或者就赤腳的部分而言，他能評論腳的主人的身高、體重和姿態。而艾琳只能推論出不管誰會到這底下來，這條路都是他慣用的路。

下一個重要問題是：對方是誰？

隧道震動起來。有陣低沉、令人顫慄、讓人不禁起雞皮疙瘩的吼聲透過牆壁傳了過來，艾琳嚇得跳起來，又穩住自己。她在一瞬間只想拔腿逃走，往哪個方向都好，只要是那個聲音的反方向。

她控制住自己，驚慌是沒有用的。現在那隆隆聲漸漸消逝了，伴隨著長長的喀答喀答聲，這聲音似乎比較耳熟。她開始往右手邊走，這只是隨便選的方向；她盡可能走得悄無聲息，一邊傾聽有沒有追兵。

正當四周恢復寂靜、塵埃開始落定時，一聲狼嗥沿著通道傳過來。若是在月光下的沼澤區聽到這聲音，就夠嚇人了。而在這狹窄的空間，在近乎黑暗中，再加上艾琳完全不知道自己身在何方，這聲狼嗥令她的脊椎爲之凝結，雙腿抽搐著想要拚命狂奔。那甚至不是普通的狼嗥——不知道這樣形容是否貼切。那吼聲挾帶著雄壯的重量和衝擊力，來自異常大的肺活量。

有個狼人和她一起待在這下面。不，應該說至少有一個狼人。她最好還是先往最壞的方向想。綁架她的人可能也躲在附近，又或許綁架她的就是狼人。這情況就像表示集合的那種文氏圖，各種可能的「壞事」互有交集，中央就出現了「最壞的可能」。不過他們綁架她時她聞到的氣味，似乎已經揭露了答案。

艾琳加快腳步跑向光亮處。儘管不能算是驚恐狂奔，也絕對比她剛才鬼鬼祟祟的潛行快上許多。

牆上有一顆不太亮的乙太燈泡，裝在她搆不到的高度。當她朝燈泡走去，它的光線足以讓她看到燈泡下方的牆上寫了什麼字。

倫敦地鐵安全隧道N－112。

令人顫慄的吼聲再度透牆而來，但這次艾琳知道那是什麼聲音了。那是一列地鐵列車，從她看不見也摸不著的地方經過，而她被困在這些隧道裡，和在這裡築巢的狼人待在一起。

她聽說過倫敦這個區域。韋爾曾警告她和凱如果不是萬不得已，千萬不要跑到這底下亂逛。八卦小報常見「無辜流浪兒遭嗜血野獸襲擊」一類的標題──不，等等，那是在講進口巨鼠，不是狼人。

她意識到自己的大腦又在做驚慌失措時會做的事，那就是盡量胡思亂想不相干的事，好讓自己不再專注於立即的危險。她得實際一點，她必須找一樣武器，比靴子裡的刀更大、更有效的武器。

艾琳對於他們上方倫敦的相對位置毫無概念。往前走下去應該可以讓她找到一扇門或一道扶梯，或是某種可以離開隧道的方法。這裡一定會有某種維修出口，不是嗎？按常理來說也該有出路才對。既然她能出現在這裡，就表示有路能進來。

她很想使用語言弄掉一塊天花板或牆壁來堵住隧道，甚至砸扁幾隻狼人。不過對於上方的倫敦某區來說，這可能都不是好事。而且一旦天花板開始崩塌，有可能很難──甚至無法──讓它停下來。她從個人經驗知道是這樣。

待在原地沒有好處。她繼續沿著走廊走，燈光讓她的影子待在她前方。前面一片漆黑，但她覺得遠處好像有一絲微弱光線，大概是另一盞乙太燈。

另一聲狼嗥從她後方傳過來；聽起來變近了，而且想像力讓她覺得那聲音有種洋洋得意的意味。看這可憐逃命的小獵物，它似乎這樣說著。拎起裙襬到處找掩護。但這些隧道無處可逃，小兔子，小老鼠——沒有出路……

艾琳發現自己露出苦笑。她不覺得有趣，希望不久後，就能向那些狼人解釋她一點都不覺得好笑。

現在通道已完全陷入黑暗，艾琳遇到了十字路口，停下腳步。她看到每一條路的遠處都有幽暗的光點，因此那不足以作爲判斷依據。

她嗅了嗅空氣，發現右邊那條路有非常淡的下水道臭味。倫敦地鐵應該不會與任何下水道相連才對，即使是維修隧道也是。這表示那裡有某種整修工程或是牆壁毀損，也就表示……有機會。

她加快腳步往右邊走去，因爲下水道的氣味變濃了而皺起鼻子。下一盞燈還隔得老遠，在暗影中顯得幽微。想必負責維修的工人——如果他們眞的會下來這裡——都會自己帶照明設備。

她上方的隧道震動起來，塵土從天花板落下，堆積在她已經不忍卒睹的大衣肩部。那一定是另一列地鐵，方向和先前那一列垂直。她試著在腦中想像倫敦地鐵路線圖，想猜一下自己現在在什麼位置，但有太多種可能了。

又是兩聲狼嗥，後一聲在回應前一聲，兩個人都在她後方不遠處。下水道的臭味極具穿透力，從鼻腔一路鑽進她的肺，但這似乎不會拖慢那些狼人的速度。

在幾近徹底的黑暗中，艾琳沒看到牆邊堆了一疊磚塊。她被一塊散落的磚塊絆倒，踢到大拇趾不說，還整個人撲倒在地。艾琳在灰塵飛落時罵髒話。她翻過身來，瞇眼細瞧那一疊磚塊。有幾十個零散的磚塊，還有幾塊只有一半的磚塊，顯然是要塡補她現在才看到的牆上的洞，那個洞一直往上延伸到天花板。太好了。

她沒有爬起來，而是誇張地握住她的腳踝。如果他們離得近一點會比較好辦事。「不！」她嗚咽地說，試著表現出眞的很痛。「我的腳踝！」

另一聲嗥叫轉變爲喉音很重的低沉笑聲。艾琳剛剛經過的交叉路口那裡有窸窸窣窣的動靜。她張大眼睛看過去，但看不出清晰的輪廓。

審問實務第一課：如果別人認爲你很無助，會得意忘形地告訴你一些事。「誰在那裡？」艾琳哀懇地說。「你們爲什麼要這樣對我？」

幾個黑漆漆的影子從後方更大片的黑暗中現身，乙太光線下照出發紅的眼睛。對方有四個人：兩個已經完全變成狼，以野生動物的流暢動作朝艾琳潛行，而另兩人半人半狼。他們弓著背、伸出爪子，巨大的腳掌刮著磚製地面，下頦張開來喘氣。

沒人回答她。

他們現在離她不到二十公尺了，而狼人可以移動得很快。

審問實務第二課：要懂得何時該斷尾求生。

「**零散的磚塊**，」艾琳用語言命令。「**去打那些狼人**。」

磚塊發出嗡嗡聲，有如快速投出的板球越過空中，砸在往這裡奔來的生物身上，發出清晰可聞的碎裂聲。雖然艾琳知道那些狼人可能馬上就會殺了她，但聽到他們的慘叫和哀號聲，她還是忍不住皺起臉。至少磚塊應該不會害死他們。要殺死狼人，要動用銀、火、砍頭或剁碎等手段才能達到目的。

但他們受傷是在所難免的。

她爬起身，走向那四個已被打倒在地的狼人，途中順手撿起半塊零散的磚塊。他們現在倒在地上，身下積著一灘灘血泊。其中一個狼形狼人顯然已昏了過去，另一個蜷成一團，拚命舔著受傷的腳掌，在艾琳走近時忙不迭地躲開。半人半狼的那兩個都意識清醒——其中一個癱在地上，肋骨明顯被砸凹了，另一個則捧著血肉模糊的右臂和肩膀。

「和我說話，」艾琳保持平靜和務實的語氣。「告訴我這是怎麼一回事，爲什麼要綁架我。」

手臂受傷的狼人試著咆哮。磚塊碎片在他一側臉頰畫出一道溝，但傷口已經在癒合了，只有他的毛髮和牙齒還沾著血塊。「妳最好開始逃命了，女人，趁妳還有機會——」

「很會虛張聲勢嘛。」艾琳說，然後她醒悟到自己說話怎麼這麼像考琵莉雅，不禁皺起眉頭。「聽著，你希望我殺了你嗎？你我都知道只要我用足量的磚塊攻擊你——」

那個半人半狼的狼人撲向她。艾琳對此早有準備，她退後一步，閃過他用左手利爪畫向她的攻勢。「好吧，」她說。「狼人，恢復人形。」

在生物身上使用語言一向很弔詭。他們傾向於抗拒，必須使用極爲精確的用語，給的命令必須是物理限制範圍內可行的，而且要小心別無意間把你自己也牽扯進去了。低階圖書館員被建議避免這樣做，除非他們眞的知道自己在做什麼——當然，另一個例外是那個經典的原因：不這麼做我就會死。

在現在的情況下，艾琳相當確定自己不是狼人，所以她不會受到影響。這讓人生比較單純，至少對她而言。

剛才攻擊她的狼人扭開身子，爪子縮回手掌，手也變成普通人類的長度。他露出森森利齒的口鼻部位轉化成未刮鬍子的人臉，赤裸的皮膚在黑暗中顯得蒼白。他的肩膀和手臂的傷口流出新鮮的血。其他三個也受到語言影響，身體痛苦地變形，被艾琳的話強迫變回人形。意識清醒的三人都慘叫；失去意識的那個只是躺在地上，身體在地面彈跳扭動，慢慢變成年輕人的形體。

即使四周近乎全黑，他們還是有明顯的共通點。他們都很年輕，不超過學生的年紀，儘管他們可說是肌肉結實、體格健壯，卻不像她之前看過的成年狼人一樣肌肉發達又充滿靈活的爆發力。現在艾琳認出他們的臉了，她記得在大英圖書館遇到他們時，以爲他們是學生。

也許現在該是召喚她內心的考琵莉雅，甚至是科西切的時候了。「你們到底在玩什麼把戲？」她上前一步質問道。

那個狼人畏縮著，他的眼睛還是比正常人類更容易反光，不過現在他的眼睛瞪得很大，倉皇失措。「妳做了什麼？」他質問，驚慌使他聲音變尖。「妳對我們做了什麼？」

「別擔心，」艾琳輕快地說。「那不是永久的。不過我要你花一點點時間思考，如果你在這種狀態下被更多磚塊打中的話，到底會有多痛。用你不太靈光的腦袋想像一下，若是磚塊敲破你的頭殼、把你的大腦變成灰色的漿糊，會是什麼感覺。」她再往前一步。「現在你要乖一點，還是我得再次強調我的話？」

他往後縮回，把頭轉向一側，露出脖子。「我投降！」

艾琳很想把那半塊磚塊在手裡拋上拋下，不過她的常識指出那磚塊很重，這麼做有可能弄傷她自己的手，或是把磚塊弄掉，那會大大破壞威嚇效果。「那就來點答案吧。誰雇用你們的？你能講出關於他們的資訊嗎？還有我原本帶著的資料夾到哪去了？」

她的受害者拖著腳步退到其他意識清醒的狼人身邊，他們聚在一起，用手不停撫摸同伴的身體，好像光靠意志力就可以讓自己恢復成毛茸茸狀態。我不知道語言能讓他們維持這狀態多久，所以還是別給他們太多時間思考吧……

「是女的。」第一隻狼人結巴地說。

「喔？」艾琳引導地說。「然後呢？」

「嗯，她是女人。」他說，很精確地描述了世界上大約一半的人口。「穿得很漂亮。」

「我對算不上回答的回答沒興趣，」艾琳凶悍地說。「她的口音如何？上流階級還是鄉土口音？她穿的是哪一種漂亮衣服？」她腦中閃過狼人可能會注意到的點。「她有什麼氣味？」

「她戴了很厚重的面紗，品味不怎麼樣。」另一個狼人疲憊地說。他把骨折的手捧在胸前。少了狼形口鼻和毛髮，他現在是個鬍子剃得很乾淨、瘦巴巴的小夥子，講起話來帶有倫敦中產階級口音。「味道很好聞，辣辣的。她顯然不想被認出來，用面紗包住臉和頭髮，昂貴的外套，手套……」

「手套？」艾琳說。空氣中似乎滲進一絲寒意。

最近，在凱被綁架那段期間，她殺了一個妖精，而他的妻子很確切地保證將會復仇。他們夫妻兩人都以手套當作象徵性的配件。當然這可能純屬巧合——倫敦任何一個女人都可能戴著手套。

也可能不是巧合。

「她有沒有明確地指示你們要怎麼處置我？」艾琳問。

他們全都搖頭。「她只說：等她從大英圖書館出來時抓住她，我形容一下她的外表，用這根針刺她一下，她就會昏過去。然後帶她到地底隧道，追她一番，然後你們，呃……」第一個狼人停頓了一下。「嚇夠她之後就放她走。」他希望艾琳能相信這個說詞。

艾琳嘆氣。「麻煩不要把我當白痴，今天真的很漫長，而且還有得耗，所以我心情不太好。那根毒針在哪裡？」韋爾應該可以分析一下。

「在戴維那裡。」三號狼人開口了。

「而戴維他人……？」艾琳詢問。

「不在這裡。」三號狼人說，顯然他希望自己也不在這裡。看艾琳更用力地瞪他，他趕緊補充：「戴維去王座室了，他也拿走了妳的資料夾。」

艾琳考慮了一下眼前的選項。她被弄昏之後留在這底下，等著被追殺、虐待至死，強烈顯示主使者不是關提斯夫人。那女人不是力量強大的妖精，但很務實。（這兩者是有關聯的。）她這類敵人會雇用狙擊手帶著火力強大的來福槍守在你工作地點門外，而你根本不會察覺有子彈朝你飛來。就算她想讓艾琳被狼人綁架和殺害，她也會警告他們別讓艾琳有機會說話。所以假如這事真是關提斯夫人策畫的，她的目的並不是謀殺。

但萬一用意是引開她的注意力呢？把她留在地底，趁機對凱或韋爾做什麼？這個想法像一團凝結的陰影罩住艾琳，暗示著上百種更糟的可能。她必須離開這裡，確認他們是否安全。

但她也得拿回資料夾。

「好吧，」她說，音量降低為溫和平靜的口吻。不知為何，狼人們反而畏縮得更厲害。「我們都要去王座室。你們帶路。」

「我們不能帶路——」第一個狼人表示，艾琳舉起手裡的半個磚塊，他的聲音噎住了。「湯姆昏迷不醒啊！我們不能就這樣把他丟下。」

「你們可以扛著他走，」艾琳捺著性子說。「你們有三個人，他只有一個，你們死不了的。」但我可能會宰了你們，這句話不言自明。

「我們不該帶外人去那裡。」第二個狼人不怎麼有說服力地說。

「那等我們到了以後你們只好道個歉囉。」艾琳說。也許該改用利誘而非威逼戰術了。「聽著，各位男士。顯然有人大大誤導了你們對我的看法。我並不特別生你們的氣，我氣的是雇用你們的人。」大致上是實話。應該說她更氣雇用他們的人，和受雇打手生氣只是白白浪費時間和精力。「帶我去王座室，讓我拿走資料夾和那根針，你們從此就不用再擔心我了。這對我們所有人來說不都是最好的結果嗎？」有一列地鐵隆隆駛過當作背景音，為她的話提供了適切的磅礴音效。

她很努力讓自己有耐心，營造出不慌不忙又高高在上的氛圍，但心裡其實焦急得很。像這樣深入狼人地盤，但同時韋爾和凱可能遭遇各種不測，這樣做真的保險嗎？的確，最近凱變得比較謹慎了，儘管還達不到艾琳那種程度的合理疑心病。此外，韋爾和他在一起，他們兩人加起來應該比較安全……但任何事都可能出差錯。

她用目光鎖定第一個受害者，他再度畏縮。「好啦，小姐——女士。我們爲妳帶路，然後妳就離開，好嗎？」

「我求之不得。」艾琳陰沉地說。

□

半小時後，艾琳陷入掙扎，強力克制自己不要每跨出一步都在想，萬一凱或韋爾出事了該怎麼辦？她考慮過派她的一個小跟班去提醒他們鎖好門窗、提高警覺，但她不確定能信任這些狼人，讓他們離開視線。不過他們倒是沒有試圖逃跑，這說明他們有多怕她。

她發現自己並沒有因爲當下的處境而感到很驚恐。也許這幾個月下來，她已經厭倦了吧。和其他事比起來，尤其和妖伯瑞奇相比，遇上一群狼人簡直就像在公園裡散步一樣愉快。她心裡有一部分知道這種態度很不聰明，某種危險不到能毀天滅地的程度，並不表示就不能要她的命。另一部分的她則充滿煩躁——對這些愚蠢的打手感到煩躁；對雇用他們的人感到煩躁；對這悶熱、黑暗、乾燥和灰塵感到煩躁；對浪費時間感到煩躁；對一切感到煩躁。

有那麼一會兒，她以爲自己出現幻覺，揉揉眼睛，卻發現他們前方眞的變亮了。「到了沒？」她問離她最近的狼人。

在漸亮的光線中，她看出他的表情猶豫不決。「我不太確定要這麼做……」他嘟囔道。「也許妳應該讓我們進去幫妳找那個什麼資料夾？」

「不行，」艾琳斬釘截鐵地說。「我不這麼認爲。試試其他做法。」

「也許我應該進去告訴他們說妳來了——請他們聽妳說話？」他大膽提出。

「這才像話。」艾琳讚許道。「別擔心，我不會叨擾太久。」

他吞了吞口水，向前騰躍。從幾分鐘前開始，他的步態就明顯變得更像動物了。語言的效力可能正在消退，也有可能早就消退了，只是他才剛剛察覺。

「妳可以直接離開，女士。」剩下的其中一個狼人說。他和他朋友仍把失去意識的同胞夾在中間攙扶著。「如果妳想直接從這裡離開，北邊有一道扶梯——」

艾琳調整了一下帽子。它經過擠壓，還沾滿塵土，和她的大衣差不多，大概算是毀了，任何一位專業清潔人員都會在第一眼看到時就放把火燒了它們。「各位男士，你們好像以爲我是走時尚路線的淑女，」她說。「我不是。我是專家，而且我是剛痛扁你們四個一頓的那種專家。我讓你們活命是因爲你們對我不構成威脅，我和你們也沒有任何過節。」

她這一生大多在扮演背景中隱形的龍套角色，在影子裡鬼鬼祟祟移動，避免引人注意。然而從幾個月前開始，她意識到採取主動、表現得像值得尊敬的人，也可能是很有用的策略。她可不是會走進去爲自己擅闖而道歉的那種人。她是專家，是圖書館員，極度危險。她要要求對方爲綁架和竊盜而道歉。如果這招無效，她會見鬼地把天花板砸在他們頭上。

他們得聽她的話，否則走著瞧。

前方的光線更亮了。其實那是幽暗的橘紅色光芒，不過和隧道內的黑暗相比，簡直有如正午的陽光。嗯，應該說是某個雲層很厚的十月陰天正午，不過仍然比原本好多了。隨著光線而來的是越來越濃的動物氣味，艾琳小心地呼吸，避免皺起鼻子。

他們來到一道拱門前，拱門兩側各有一疊衣物，衣物頂端各窩著一頭大狼。牠們抬起頭、張嘴咆哮，不過當艾琳走向前時，牠們並沒有試圖阻擋。

拱門內的空間類似階梯式劇場，很大的圓形空間，底部是斜的。滿地都是肢體交纏的狼人，有些呈現人形，有的裸體、有的穿著衣服，其他則是動物形態或半動物形態。狼人之間趴著許多大狼，看起來就像狗窩裡的幼犬。整個空間都迴盪著他們的呼吸和喘氣聲，這聲音哽住了艾琳的喉嚨，令她的脈搏變得卡卡的。天花板上用螺絲固定一個鉤子，鉤子上掛著一盞破舊的枝形吊燈，吊燈上有許多點燃的油燈，散發紅色和橘色的火光。這裡充滿動物的體溫和危險的氣息，就連艾琳——在場最純的人類——都感覺得到。

梯形劇場的中央坐著一個服裝體面的男人，他打扮得像倫敦的紳士，連圓禮帽和條紋背心都一應俱全。他斜靠在一張王座裡，王座是用破爛的地鐵標示牌組成，用鐵絲和廢金屬固定在一起，上頭披著看起來很單薄脆弱的絨布和細麻布。另幾個狼人聚集在他腳邊或斜靠在他身邊，離他最近的狼人不是呈現狼形，就是呈現衣著完整的人形——有男有女，都穿著相對來說很正常的衣服。

其中一人站起身，他是個半動物形態的壯漢，站姿很像人類，卻有狼的口鼻和腳掌。他的毛髮很淺，在油燈的光芒下呈現血橙般的顏色。他清了清喉嚨，彷彿在模仿男管家一本正經的態度。

「妳可以拜見道金斯先生了。」他宣布。

一陣低吼在房間周圍迴蕩，就像湧上沙灘的浪潮，在場者全都轉頭看著艾琳，動物的眼睛和人類的眼睛都映照出油燈的光芒。這些不是溫馴的狼人，甚至不是浪漫的狼人。呼之欲出的暴戾之氣懸浮在空氣裡，濃郁得就像瀰漫全場的動物氣味。

艾琳用力踩扁她心中迫切想要退出房間、朝自由狂奔的衝動。逃離一群掠食者正是保證她會被殺死的舉動。*而且我不是獵物，我是圖書館員。*

她走進房間。

第十章

艾琳邁步向前，維持冷靜並自然的步伐。要走到中央，她必須先迂迴穿過堆疊的或沉睡或警醒的身軀，裙襬從懶得挪動的狼人身上拖過去。她那群不甘願的護衛留在入口處，卻沒有趁機開溜。

道金斯先生癱在椅子上看著她走過去。當艾琳走近一些後，看出他臉上有許多爪子留下的印記——他或許能說服人相信他是倫敦的紳士，不過肯定是歷經滄桑的紳士，也許曾當過馴獸師。他和她目前為止在這個世界遇到的大多數狼人有一點不同——他身上沒有東一撮西一撮冒出來的雜毛。

艾琳走到離他大約兩公尺處停下來——再遠顯得失禮，再近又會讓她太容易成為他突襲的目標。她不知道拜訪狼人的適當禮儀為何。她應付過吸血鬼、妖精、龍，甚至大學生，不過從沒和狼人打過交道。

「唔。」道金斯的嗓音是低沉渾厚的男低音，也許隱藏在聲音後頭的低吼聲只是自然現象。「現在韋爾先生開始派他的間諜進到我們的隧道了嗎？」

「沒有。」艾琳說。「我是來這裡取回遭竊的物品。你的族人說東西在王座室。」她頭一動，指向在門邊逗留的狼狽四人組。「希望沒有對你造成不便。」

「再提醒我一下她叫什麼名字。」道金斯對他身後的一個女人說。

那女人瞟了艾琳一眼，眼神銳利如玻璃片。她深色的皮膚在油燈光芒下顯得微紅，頭髮梳成辮子盤在頭上，有如鸚鵡螺貝殼。她的服裝很拘謹，看起來像商店助理或老師的二手衣。「她叫艾琳・溫特斯，道金斯先生。她已經來本地好幾個月了。加拿大人。」

「妳瞧，」道金斯傾向前說道。「有意思的地方就在這裡。我一直聽到妳的名字和韋爾先生連在一起，也和我族人牽扯進的麻煩脫不了關係。對一個才來幾個月的女人而言，妳結交的對象還眞是了不起。這引起了我對妳的好奇。妳要了解，我對妳的看法不見得是負面的，那樣未免太不講理了。」他原本就夠低的嗓音竟然還能壓得更低。「但假如妳有意與我爲敵，妳是自討苦吃。」

艾琳聳聳肩。「你的族人確實似乎替妖精辦了不少事，」她說。「席爾維大人、關提斯夫人。我很遺憾你的狼被牽扯進風波。」

「嗯。」道金斯考慮了一下，兩手按在王座扶手上。「那韋爾先生呢？」

「他是我朋友。」艾琳說。就這一次，她不在乎誠實作答會帶來什麼後果。「但不是我來的原因。」

她的周圍揚起一連串咆哮。艾琳腦中閃過一些「我馬上就要被碎屍萬段」的血腥畫面，動用了全部的自制力才沒有轉身。

道金斯舉起右手，全場安靜下來。「我們確實不是每次都能挑選朋友，就像我們無法挑選家人。」他說。「我們還是不要爲此責備她。但妳他媽的最好有合理的解釋說明妳爲什麼在我們的隧道裡。」

他突然爆粗口，音量隨之上揚，語氣撕裂炙熱的空氣。狼群又開始嗥叫，所有人都起身咆哮，像是颶風來襲時撲上岸的浪濤，或是豪雨猛打森林的樹葉。

他是個理智的人，艾琳心想。她四周騰湧的怒氣別有一種令人安心的感覺，它是受道金斯引導的，道金斯能控制局面。如果她能應付好道金斯，整個場面就不會失控。

「要怪就怪你的族人。」她說。「我從大英圖書館走出來的時候，被人偷襲、下藥、帶到這下頭來，東西還被偷了。」她指向後方她的手下敗將，眼神則仍與他相接，「我不是來與你爲敵的，也不是要爲他們的行爲找你算帳。但我要拿回我的東西。」

「東西在這裡的某個人手上？」道金斯質問。

「戴維，至少他們是這麼說的。如果你不介意的話，我也想拿走他們用來迷昏我的毒針。」

道金斯靠向椅背，露出深思的表情。他臉上的疤變得像另一種缺陷。「妳不打算要我的人爲了綁架妳而付出什麼代價？」

「何必呢？」艾琳容許自己微笑。「我已經討回公道了。」

緊繃的氣氛舒緩了幾分。道金斯點點頭。「好吧，現在我有幾個問題想得到答案，如果妳能給我答案，我也許能幫助妳。西莉雅！」盤辮子頭的女人歪了歪頭。「去把戴維找來。」

西莉雅點點頭，退後一步進入人群。

「你要問我什麼？」艾琳問。

「前一陣子，我的幾個族人接了一份工作，替妳剛才提到的女妖精辦事。關提斯夫人，從列支敦斯登來的。就是她雇用他們。他們跟著她搭火車走了，從此我再也沒見到他們。」道金斯的嗓音像是低沉而震耳的嘶吼，低到幾乎像是經過的地鐵所發出的轟鳴。「我想知道——他們出了什麼事？」

噢，這可不是容易回答的問題。「你爲什麼認爲我會知道？」艾琳避重就輕地說。

「她是針對妳而來的，」道金斯說。「我在想妳和席爾維大人是我最可能問到答案的兩個人，而我並不想付席爾維會開出的價錢。」

艾琳考慮說實話。他們被留在一個高度混沌世界裡一個黑暗又充滿猜疑的威尼斯，你大概永遠不會再見到他們了。也許有技巧的誠實效果會更好一點。「那列火車去了一個妖精世界。」她說。「很抱歉，但如果席爾維大人或關提斯夫人沒帶他們回來，我想他們是回不來了。」

「妳不能去接他們嗎？」

「就算我能去我也不想去——但事實是我去不了，」艾琳承認。「如果我試著去，大概會送命。所以我確實幫不了你。」她希望這對未來而言不是壞兆頭。說她在任何情況下都不會做某件事，感覺就像在大船和冰山附近講什麼「永遠不會沉」。根本就是在向厄運挑釁。

道金斯提出問題時，聚集的狼人們因爲感興趣而騷動起來，而聽到艾琳的回應，騷動又平息了。有趣的是，當艾琳暗示有另一個平行世界時，道金斯似乎並不意外。也許與妖精密切合作讓他們對這類概念更習以爲常吧。

「好吧。」道金斯在椅子上稍微換了個姿勢。他周圍的狼人回應他的動作，而且是集體行動，就像管弦樂團的樂手們聽從指揮。「妳的回答很合理，我不會阻止妳和戴維談話。」

這不像「我會叫戴維把偷來的東西還妳」一樣有幫助，不過至少是好的開始。艾琳點點頭道謝。

這時挾帶著混沌的力量再次襲擊她，它在靜默中炸開，兜頭罩在這個空間，讓她身體晃了一下。她穩穩地站定膝蓋、咬著嘴唇，她知道自己身體在搖擺，但也明白如果自己表現出脆弱的話，將失去對眼前局面的掌控權。那股力量沒有觸及狼人，他們連一點感覺都沒有，但卻化作一團惡臭和熱氣掠過艾琳的神經，然後像一道弧形水流跳向距離最近的印刷物品。

「這是什麼鬼？」道金斯從王座上站起來，困惑地審視它。艾琳踮起腳，越過聚在周圍的狼人頭頂仔細看過去，於是她的心沉得更深了。所有精心連綴起來的地鐵標示牌都布滿塗鴉，或是完全改變了原本的文字，新的文字全是以語言寫成。

我知道妳在那裡，它說。

寫點什麼回應它，這是她接收到的吩咐。在被能量襲擊之後要振作起來，比她原本想得還要難。而且當著大批狼人面表現出自己與這件事有關聯，可能也不是好主意。但她需要答案。「不好意思，」她說，然後在混亂的嘈雜聲中提高音量道：「不好意思！有誰有筆和墨水嗎？」

「我有。」靠近王座的一個狼人說。他年紀比較大，臉上長長的鬢角是灰色的毛，再配上一把長長的鬍鬚，穿著很整齊。他在胸前的口袋裡撈著。「我是說，鉛筆成不成？」

「太好了。」艾琳說，趁他來得及反對前從他手裡抽走鉛筆。「道金斯先生，請給我一點時間，我會想辦法查出這是誰弄的。」

「妳知道這是怎麼回事？」他質問。

「大概知道。」艾琳說。她從兩個狼人之間擠過去，來到王座前，為了找到立足地還踩到某個人赤腳的大拇趾，然後她用語言在離她最近的標示牌上匆匆寫下：妖伯瑞奇？

這次她對回應帶來的衝擊比較有心理準備。感覺並沒有比較容易承受，但她確實可以為了抵抗它而挺住。王座上的字變了，就像隱形的潮汐帶動沙粒形成新的圖案。我的小陽光蕾，妳對未來的計畫改變心意了嗎？

艾琳咬緊牙關。至少這證實對方確實是妖伯瑞奇。只有極少數人知道她的本名叫蕾，而不幸的是，他正是其中之一。從什麼改變成什麼？她寫道。

道金斯越過她的肩膀往前傾，他的動作極具爆發力，幾乎撐破了他那件倫敦紳士西裝的縫線。「也許妳願意解釋一下。」他說。他的建議有種不容選擇的語氣。

「我的報紙上都是！」附近一個狼人抱怨，一邊舉起一張報紙，艾琳因為常和韋爾相處而認出那是《泰晤士報》的讀者問答專欄。「和那裡一樣的字！」

艾琳花了點時間默禱戴維——和她的資料夾——不在受影響的範圍內。「這是一個叫妖伯瑞奇的人傳的，」她說。「他曾想殺我。」

「為什麼？」道金斯提問的語氣認同人要互相殺害一定有合理的理由。不過他這麼問無非是想滿足自己對他人動機的好奇，而不是基於道德責任想要阻止凶殺案發生。

艾琳聳聳肩。「我偷了一本書，他又把它偷回去，他背叛了我們，這種事常有——」新的一波力量襲來，她說到一半便停住了，王座上的文字再度改變。加入我，告訴我書上寫了什麼，妳就安全無虞。否則就隨著大圖書館一起毀滅吧。

「噢，妳不用對我們找藉口，」道金斯說。狼人群響起一陣零星的掌聲和咆哮。「那妳要告訴他他想知道的事嗎？」

「不。」艾琳說。她突然感到劇烈頭痛，達到讓她眼前一黑的強度。**我有興趣**，她寫著，**我想活命，多告訴我一點**。這些話拆開來看都是實話。用語言是不能說謊的。她只希望合在一起，這些話能營造出純然虛假的投降印象。

對方頓了一下，然後文字重組。**妳大概在說謊，不過我們晚點可以再談談。如果妳還活著。**

嗡鳴而沉重的力量越來越強，在艾琳周圍膨脹。她有種揮之不去的感覺，好像自己身在大到不可思議的槍的十字瞄準器裡。一面面金屬地鐵標示牌開始在王座的框架上顫動，喀答喀答地拉扯著固定住它們的零件，金屬摩擦聲越來越尖銳。

她的下一個結論不是由邏輯推導而來的。她的想像力突然躍進一步，腦海中出現一個生動畫面，當底下能量累積到太高時，會發生什麼事的畫面。「大家退後，趴下！」艾琳大喊，自己也實際執行這個建議。

王座炸開來，破碎的地鐵標示牌像鐮刀一樣畫向四面八方，在空中發出嗡嗡聲，砍進遇上的任何東西。艾琳緊貼地面，雙臂抱頭，聽到慘叫聲和撞擊聲，但直到騷動全都停止後，她才敢抬起頭來。

至少能量的迸發也停止了。她的頭痛漸漸消退，開始能夠清晰地思考。而她的第一個念頭是：道金斯一定很不悅。

她抬起頭。道金斯站在她上方，他的外套衣袖撕裂了，手臂的肌肉鼓動著。他的額頭到下巴有一道正在癒合的割傷，正不停地滲出血來，儘管他的臉還是人類的臉，但嘴裡已出現很多牙齒，而他的眼睛則完全變成了紅色。

說「對不起」會暗示這一切都是她的錯。「我很慶幸你沒有受太嚴重的傷。」艾琳邊說邊站起來。

「我不喜歡別人把他們的恩怨帶進我的地盤。」道金斯的話引起熱烈迴響，周圍的狼人紛紛嗥叫起來。金屬碎片嵌進了地板、牆壁和狼人，現在的王座連一隻貴賓狗都坐不下。枝形吊燈完整無缺，但那是因爲沒有任何金屬碎片直接往上飛。

艾琳迎向他憤怒的目光。「我也不喜歡在被你的族人攻擊之後，被迫下來拿回我的東西。」這地方現在瀰漫著血腥味，還有灰塵、狼人和熱氣味。如果她示弱，他們會把她打倒，因此她承受不起任何退讓。她不單單是個置身狼人群的人類，她是個圖書館員。

道金斯思考了一下，眼中怒火消退了一點。「說得有理。所以大圖書館是什麼，妖伯瑞奇又是誰？」

艾琳把「不該告訴外人的事」和「如果我在狼人首領的巢穴裡拒絕他，尤其是在那場爆炸之後，可能會引起不好的反應」放在天秤上衡量。「大圖書館是我所屬的組織，」她說。「妖伯瑞奇是大圖書館的敵人。道金斯先生，我問你：不管怎樣，已經有那麼多人在排隊等著殺我，我還值得你花時間嗎？」

道金斯噗哧一笑。「我得說別人對我提出的訴求通常不是這樣。」

「那是哪樣？」艾琳問。

「噢，是露出他們的喉嚨或肚子，哭哭啼啼地說他們不想死。即使妳是韋爾先生的朋友，妳在這一方面還眞的很怪。」他眼中短暫出現的諧趣淡去，有如陽光隱沒在有色玻璃後頭。「妳不害怕。妳身在倫敦最大一群狼人的地盤內，而且妳也不是笨蛋，但妳卻不害怕。我開始覺得妳可能是對的，也許我應該放妳走。」

「道金斯先生——」離他較近的一名追隨者開口，那男人穿著屠夫的粗布衣和藍色圍裙。

道金斯猛地伸出手臂，用突然間變大且伸出爪子的手揪住那人頸後。他抓著他左右搖晃，使對方的腳脫離了地面，直到男人的牙齒格格作響。「我有要你提供意見嗎？我有要你提供他媽的意見嗎？」

沒人敢動。

道金斯放開男人，讓他落回地上。男人翻身仰躺，氣喘吁吁，他別過頭去露出脖子。「好了。」道金斯說，嗓音在牆壁間迴蕩。「我帶領這群人已經五年了，而我們能成爲倫敦最大一群狼人的其中一個原因，就是我知道什麼時候不該捲入衝突。有人不贊同我說的話嗎？」

死寂有如活物在室內流竄。艾琳都聽到自己的呼吸聲了。然後狼人開始一個接一個匍匐在滿地破碎的地鐵標示牌之間，無論他們穿什麼樣的衣服，也無論傷勢如何，他們都垂著頭表示服從。

道金斯點點頭。「很好，」他說。「這就對了。」

剛才被派去找戴維的女人站起身往前走，還揪著另一個男人的頭髮拖著他一起。她的受害者踉蹌前進，把一件背心和一袋物品抱在胸前。「這就是戴維，」她說。「他想要……幫上忙。」

「交出來。」道金斯咆哮。

戴維伸手到袋子裡，掏出那個資料夾。艾琳幾乎是用搶的把它搶回來，她太高興能拿回它了。她翻開資料夾，看到裡頭的文件都還是原本的樣子，目次和頁數也都吻合，鬆了一口氣。

「還有什麼嗎？」女人問道。

「如果你們不介意的話，請給我他用在我身上的毒針。」艾琳說。

戴維不情願地從袋子裡掏出一個小布包。「瓶子和針都在這裡，小姐。」他說。「但咱們沒拿妳的錢。」

「你爲什麼要拿走資料夾？」艾琳好奇地問。他們沒拿走她身上的錢包，卻拿走了她的文件？

「因爲雇用我們的女人，她說不要讓妳留著任何可以寫字的材料或紙。」戴維解釋。他緊張地瞥了一眼道金斯。

道金斯嘆口氣。他伸手，反手搧了戴維一耳光，把那個體型小一號的男人打得跪在地上。「我不是講過了嗎？要接任何和魔法有關的工作，都要先問過我。」他轉身對著聽他說話的嘍囉們咆哮。「你們都聽到了吧？看看有白痴想自作聰明時會有什麼下場！」他的手勢指向破碎的王座、不計其數的損害，以及艾琳。

經過一段令人難以忍受的停頓之後，他轉頭看艾琳。「妳可以走出去，」他說。「妳說得對，女人，我們的時間可以拿來做其他事，而不是捲入妳的事。」

艾琳對他點點頭。「我也不想讓你的事變得更複雜。」她說。

道金斯哼了一聲。「這話妳去和韋爾先生說吧，看他會不會聽。西莉雅，帶她去出口。」

西莉雅從戴維身邊走開，他仍然跪在地上，一副希望沒人會注意到他的模樣；西莉雅朝艾琳比了個手勢。「請往這邊走。」她說。其他狼人紛紛讓道，只見一片毛茸茸和碎唸聲。

西莉雅帶她走進一條通道時，她覺得頸後痲痲癢癢的，十分緊張不安，但那個女人根本懶得和她說話。她只是指著通道盡頭的扶梯。「從那裡上去，」她說。「妳會從一間小工廠的地下室出去，編個理由離開吧。別再回來了。」

「我絕對不會打擾你們。」艾琳客氣地說，把資料夾夾在腋下，開始爬梯子。

□

回到倫敦街頭——滑鐵盧區以南——後，艾琳的下一道難題是以她現在的服裝狀況叫到計程車。幸好上流階級的口音，加上承諾會給優渥的酬勞，終於解決問題。當計程車朝韋爾的住處駛去，她總算有機會打開資料夾快速瀏覽一下。

這份報告已經過時幾乎十年了。上頭有一份註記，說明了進行研究的圖書館員可以自行選擇要不要去找這份波托斯基手稿，而那位圖書館員判定當時嘗試進行任務的危險性太高。目標世界的政治結構頗爲穩定，主要政權包括俄羅斯和另一方的非洲聯合共和國。兩大政權間還散布著較小的邦聯國家。魔法存在，而且十分常見，多半以音樂為基礎，施行的方式為歌唱，或控制自然靈體。不過一般而言，俄羅斯帝國的魔法受到國家管控，而這份報告的焦點正是放在這個國家上。他們的科技水準比韋爾世界目前的科技水準稍微落後一點——這種情形很常見，因為可以使用魔法做一些事的話，代表創造科技的動力會弱一點。

不過至少她這次應該不會被巨型機器人追殺了。

看完研究報告，艾琳開始思考策畫綁架她的幕後主使者。對方顯然吩咐狼人沒收她手邊所有印刷物品，或任何可以用來寫字的材料。這一點似乎證明那女人知道艾琳是圖書館員。所以對方也許真的是關提斯夫人？但若果真是她，殺艾琳的手法又怎麼會如此馬虎隨便？如果是別人……又會是誰？

雖說妖伯瑞奇能傳遞威脅訊息給她，還有把東西炸掉，但至少他沒辦法直接進到這個世界來雇用綁架者。他上次的古怪行為代表他已經被永久放逐於這個世界之外。引述妖伯瑞奇的話，在整體的混亂中，這一點算是「小陽光」。更重要的是，艾琳本人很快就要離開這個世界一陣子，所以妖伯瑞奇不會知道到哪裡去找她。這樣更好。

她心不在焉地翻弄紙張，一邊考慮自己需要什麼。首先，她需要凱。還要隱士廬博物館的平面配置資訊，隱士廬博物館是冬宮的一部分。她如果扮成觀光客，能不能深入某些區域？他們究竟有沒有開放觀光客進去？她沒有時間像以往一樣，先找一份不引人注目的工作，再設法了解平面配置並計畫行竊。也許她和凱可以裝扮成外國顯貴？凱非常擅長假扮成外國顯貴——他有種很正統的帶有優越感的親和力，能讓人相信向他卑躬屈膝是種光榮。他們還需要衣服、錢、住所……

計程車停在韋爾住處外。艾琳嘆口氣，遞出車資和豐厚的小費。這裡看起來沒有發生過激烈的綁架、謀殺或飛船衝撞事件，於是她稍微放鬆了一點。現在她只要向兩位男士解釋一切——嗯，大部分事情啦——然後出發。

管家來應門，她按完門鈴後，管家很快就出現了，顯示她正在等待某人。「噢，溫特斯小姐！」她震驚地看著艾琳。「妳出了什麼事？」

「不好意思，」艾琳道歉。「我今天很倒楣。韋爾先生和石壯洛克先生在嗎？」

「是的，」管家說。「他們就在樓上，還有……」

艾琳在一瞬間淹沒於洶湧的寬慰之情。他們在這裡；他們沒死，也沒被綁架。而且既然管家還在這裡應門，表示這棟房子連遭受殭屍或是殺人蜂攻擊這類戲劇化事件都沒有。

我預期可能發生的事是不是有點太過火了？她心想。其實不會，畢竟外頭有人想殺我。

「……大家也都在。」管家把話說完。

艾琳那種舒適的安全感像個氣球般爆掉，不剩一點痕跡。「大家？」

「嗯，客人啊。」管家噘著嘴。「我得說，他們吵得挺兇的。小姐，也許妳可以請他們小聲一點？韋爾先生是很好的住戶，但其實有些規定……」

「我去和他們談一談。」艾琳承諾，然後用跑的上樓梯。

第十一章

艾琳還沒爬到樓梯頂端，已經能聽見房門內傳出的喊叫聲。她認得出凱的聲音和韋爾俐落的音調，但那女人的聲音並不熟悉……等等，是札雅娜嗎？

她暗自呻吟。如果札雅娜本人不在場，要解釋她與這件案子的關係會容易得多。

「……我不在乎你說什麼，我不會再讓她冒險了！」那是凱。「我現在就要去找她——」

另一個聲音打岔，隔著門聽不清楚是誰的聲音，艾琳趁這個短暫中斷的時機推開門。

屋內所有人都轉頭看她。韋爾、凱、札雅娜，還有李明。真是太好了——他正是讓已經很不穩定的混合物更具爆炸性的適當人選。即使在平常，一個妖精和兩條龍共處一室都是麻煩的前兆，而艾琳本人大概就是點燃引信的那簇火。

「艾琳！」凱只用了三步就穿越房間，兩手緊緊握住她的肩膀。「妳跑哪去了？」

韋爾原本癱坐在椅子上，現在他站起來皺著眉頭看著她。他看起來幾乎比昨晚還糟，睡眠顯然沒有幫助——他的眼窩仍然凹陷，臉色比平常更蒼白，顴骨處則泛著潮紅。他只瞄了一眼，就把艾琳的狼狽和大衣上的灰塵都看在眼裡。「顯然溫特斯寧可跑去倫敦地鐵和狼人閒逛，也不想費事直接回來。她倒是派了你們來塞滿我的房間，用意是分散我的注意力。」

看來昨晚的柔情已經煙消雲散了。艾琳提醒自己，當韋爾擔心的時候，經常會展現出惡毒的嘲諷。他不像凱是那種會把眞誠關切表現出來的類型——事實上她最好趕緊安撫一下凱，以免他的保護欲過分激昂到變成某種不理性行爲。「我沒事。」她舉起一手說道。「我去了大圖書館，之後又遇上一點麻煩。札雅娜，妳在這裡做什麼？」

札雅娜窩在沙發上，她脫掉了鞋子，把腳塞在腿下面。她不知道把大衣丟在什麼地方了，身上的禮服有一層又一層極爲時尚的奶油色蕾絲，而且酥胸呼之欲出。她捧著一杯白蘭地，顯然情緒不佳。「親愛的，妳不是說要保持聯絡嗎！結果妳不在家，所以我想說來妳朋友家看看。」

「了解。」艾琳說，壓抑著向她索討白蘭地的衝動。「希望你們大家沒有太擔心我，我很抱歉回來晚了，但那不能怪我。」

「也許妳願意解釋一下該怪誰。」韋爾說，重新倒回椅子裡。「還有那和現在的狀況有什麼關聯。請提供什麼事來轉移我的注意吧，溫特斯。這些幼稚的爭執眞的快讓我無聊死了。妳那些文件是從妳的大圖書館拿來的嗎？」他的目光停留在她腋下的資料夾上，室內所有人都不悅地瞪著他，他卻置之不理。

艾琳點點頭。「我離開大圖書館的時候被綁架了。」

她意識到李明在聽，但她想不出能用什麼方法把他弄到聽不見的地方，又不會顯得極度失禮。而且那樣做大概會同時得罪他和凱。這條化作人形的龍一如往常穿著完美無瑕的銀灰色衣服，而且應該有資格和札雅娜爭奪「在場頂尖時尚人士」的頭銜。凱能贏得「最英俊」大獎，但他現在看起來偏向有吸引力的頹廢，而不是優雅的時尚。韋爾算是「最爲陰鬱」，而艾琳本人得接受在所有類別都只能拿倒數第一名。

從外表來看，李明像是人類女性，帶有和凱及其他艾琳遇過的龍一樣的非人完美特質。但在龍族間，李明被視爲男性，他化作人形時也展露男性的舉止。艾琳早就放棄自行推論確切的細節，直接問過凱——盡可能有技巧地問。凱對人類的傳統觀念表達了寬容態度，並用和善的口吻解釋，龍族之間認定的社會性別，是基於該龍本身意願而定。既然李明說他是男的，他就是男的。艾琳謝謝他提供的資訊，並且趁著凱還來不及進一步評論人類的限制等等之前，搶先岔開話題。凱在說起個人的性別角色時或許可以毫無批判，但在解釋自己有多麼毫無批判時是非常有優越感的。

「我被狼人下藥迷昏、帶進地鐵隧道，然後他們追殺我。」艾琳趕在有人可以提出更多問題前，簡明扼要地報告。「然後我設法脫身，之後便來這裡。顯然有個女人雇了他們，還給了他們用來迷昏我的毒藥。」

韋爾看起來很感興趣。「哪種毒藥？」他問。

「哪種女人？」札雅娜問。「是本地人，還是老朋友？」

凱一隻手仍按在她肩上，一副他不打算冒險放手的樣子；他把艾琳推到他原本坐的扶手椅前。「妳沒事吧？」他問。「我就知道我們不該分開行動——」

「殿下，您貶低這位小姐了。」李明插口。「既然她安全地站在這裡，顯然她有能力保護自己。不過她讓您擔心確實不應該。」

艾琳坐到椅子上，這比和凱爭辯她是否需要坐下來簡單多了。「不管怎麼說，」她說。「我現在安全地在這裡，而且我很慶幸看到你們大家都安然無恙。」札雅娜剛才站了起來，正往第二個玻璃杯倒白蘭地。「噢，太好了，謝謝。」艾琳補充。

「這是一點小小補償，親愛的。」札雅娜邊說邊把杯子遞給她。「妳知道那女人會是誰嗎？」

艾琳已經在計程車上思索各種可能好幾遍了。關提斯夫人是榮譽候選人，但老實說也可能是任何人。甚至不必然是妖精，也有可能是不贊同她和凱現在工作關係的龍。如果妖伯瑞奇能找到叛徒替他做事，那甚至可能是另一個圖書館員……「除非讓狼人把所有可能人選都嗅一遍，否則毫無線索。」她說。「關提斯夫人是想當然爾的人選，但那種做法很沒有效率；而且如果是她雇用殺手，應該會交代別人替她聯絡狼人吧。我也不知道。」她啜飲白蘭地。

聽到關提斯夫人的名字，凱的表情一沉，變得十分陰鬱；當然，有鑑於她在凱的綁架案中屬於共犯，他將她視為未解決的問題。艾琳懷疑凱並不願意承認他有類似創傷後壓力、憂鬱，或甚至直截了當的恐懼等情緒。「我們需要有個安全基地。」他堅決地說，瞥向李明，李明點點頭。「然後我們可以追蹤綁架者，排除這項威脅。」

如果能和凱私下談一談就太好了，那她就能慢慢、詳細地對他說明現況，艾琳心想。對他強調本來可能發生什麼事。「恐怕那是不可能的。」她又喝了一大口白蘭地。「我接到了大圖書館的緊急任務，凱，你和我今天就要出發。」

「離開這個國家？」韋爾皺著眉頭插嘴。

「離開這個世界。」艾琳說。

「恐怕我打擾你們了。」李明表示。他從椅子中站起來，長長的銀色髮辮滑動，直直垂在背後。「殿下，也許我們晚點再談？」

「不，你留著。」艾琳還來不及阻止凱，他就說：「我需要——我是說，如果另外那件事你能幫忙，我就太感激了。艾琳，李明應該不會構成威脅吧？妳知道我的家族和我們族人並不是大圖書館的敵人。」

李明禮貌地等待著，表現出他當然寧願離開，也不願偷聽與他無關的事。但他那雙銀色眼睛，和他的頭髮與指甲一樣泛著金屬光澤的眼睛，顯露出他對於被允許留下的信心。

「我可以承諾不告訴任何人，親愛的，」札雅娜說。「妳知道我的話對我有約束力。如果我能夠幫助妳，卻就這麼走出去的話，那我可就太不甘心了。」

韋爾坐在椅子裡向前傾。「溫特斯，這與有人想殺妳及凱有關嗎？」

最終時刻終於到來。艾琳信任誰？凱當然沒有問題，但她能信任他信任的任何人嗎？李明是凱叔叔的部屬，有責任把他聽說的所有事呈報上去。即使龍族不是大圖書館的敵人，也不是會放棄領土優勢或無視別人弱點的那種鄰居。札雅娜是妖精，而過去妖伯瑞奇曾和其他妖精聯手合作。即使札雅娜聲稱她是艾琳的朋友，仍不表示她也是大圖書館的朋友。韋爾本人目前正承受之前幫忙艾琳而引來的苦果，讓他面臨更多危險公平嗎？

理智戳破了最後那個罪惡感的泡泡，讓它消失無蹤。韋爾為了調查案子，甚至願意打赤腳走過碎玻璃。他的行為不是艾琳的責任。

「我不知道。」艾琳說。她環顧室內，在心中琢磨。「札雅娜，如果妳要留在這裡聽我要說的事，我要請妳做出那項承諾。」

札雅娜垂下頭，手按在心口。「我用我的名字和我的天性發誓，我不會把妳告訴我的事透露給任何妖精，或是可能利用這項資訊來對付妳的人。我自己也不會利用這項資訊來對付妳。」她朗聲道，語氣充滿確信。

這番話挺浮誇的，不過似乎很眞誠。據艾琳所知，妖精不能打破他們自己的承諾。他們對如何解讀承諾可能極度吹毛求疵，但不能違背承諾。就有限程度而言，札雅娜是安全的。

「妖伯瑞奇威脅了大圖書館。」艾琳說。札雅娜和李明聽到這個名字都沒有顯得驚訝。好吧，這解答了一項疑問：他們兩個都知道他。「我被指派一項緊急取回任務，要去拿一本應該會有用處的書。」她拍了拍資料夾。「細節都在這裡。我很抱歉，凱——還有大家——但我必須盡快出發。」

「在妳找書這件事上如果我能幫上任何忙——」韋爾開口。

「不是我不想帶你去，」艾琳很快地回答，然後因爲他被拒絕而突然變冷的眼神在心裡暗罵自己。「但我不能帶你去。凱和我要藉由大圖書館移動。很抱歉，韋爾，但你目前被混沌感染了，我沒辦法帶你進去。」

韋爾斂起臉上的表情。「我了解。」他簡短地說。

凱皺眉。「等一下，艾琳，妳是說我們不能帶韋爾進去大圖書館？我原本想說如果我們能在那裡濾清他體內的毒素，或許會有幫助。」

「混沌進不去大圖書館。」艾琳克制著自己很有耐心地說。「所以上次我被感染的時候，我們才會被擋在外面，你還記得嗎？」那一次的解決方法是她用強硬方式把混沌逼出來，但她不確定能不能對韋爾做一樣的事。她不知道非圖書館員的人類能不能承受那個做法後還能活下來，而考琵莉雅也沒有給她這一招會有效的資訊。

李明兩手一攤。「我得承認這超出了我的能力範圍，溫特斯小姐。如果韋爾先生能在更有秩序的世界待一段時間，對他的健康會有好處，這是沒有疑問的。但我沒有辦法靠自己的力量把他帶到那樣的世界。」

「到底誰可以在不同世界間穿梭，誰又不能？」韋爾問道。他試著若無其事地問，不過語氣透露出緊張。他可能正在心中列一份名單，記錄誰是可能的入侵者，以及相應的防範措施爲何。

「我沒有王室血統，也就沒有王族的力量。」李明說。他指向凱。「然而我們這位王子可以攜帶超過一個人，吾主龍王陛下只要想這麼做，更可以一次載運數百人。」

「欸，別看我。」札雅娜說。「有人還想再來點白蘭地嗎？不，請不要那樣看我，艾琳——不是我的錯，我就是不能。正如同這位迷人的龍所說……」她的眼神特意瞟向李明，而不是凱。「我沒有那種力量。光是找到這裡我就耗盡全部力氣了，我絕對沒辦法攜帶除了行李之外的東西。如果不帶行李的話，也許可以帶一個人吧。可是誰出門旅行會不帶行李的？」

李明斜睨著札雅娜。艾琳好奇這條龍是對那句「迷人的」有意見，還是想表達對札雅娜的聲明有所懷疑。大概是前者。

「而我得要藉由圖書館或是有很多書的場所當媒介，」艾琳說。「這限制了我能做的事。現在，拜託，我們能不能回歸正題？」她意識到自己開始像札雅娜一樣喜歡強調某些詞，於是趕緊調整自己的語氣。「札雅娜、李明，你們兩個顯然都知道妖伯瑞奇是誰。你們對他目前的動態有任何了解嗎？或是任何不尋常的事——任何事——值得一提的？」

札雅娜皺起眉頭。「嗯，聽過一個謠言，但我挺希望那不是眞的。我一直想要追蹤關提斯夫人的消息——透過八卦網，不是很刻意——我聽說她和妖伯瑞奇在商談。後來就突然沒她的消息了。」

艾琳因爲某種令人不舒服、近似恐懼的情緒而喉嚨發乾。「妳應該早點提起的。」她說。

札雅娜聳聳肩。「那是謠言啊，親愛的。我才不會因爲謠言而驚慌失措。如果我會的話，早就躲到某個偏僻小倫敦的大偵探家客廳了——噢，抱歉。」她看起來一點歉意也沒有。「但既然妳問到了，而我不能證實這謠言。妳不是說過嗎？要當個好間諜，必須設法確認事實？」

艾琳安撫地按著凱的手。她沒有抬頭看他，但能感覺到他很緊繃。她不怪他爲何這麼緊張——憑良心講，摸他的手對她自己的安撫作用和對他一樣大。她轉向李明，希望他有什麼振奮人心的資訊可以貢獻。

李明已經在搖頭了。「沒有什麼不尋常的。」他說。「目前唯一的怪事是有些定期發生的衝突都平息下來了。我們或許可以猜測某些已知的衝突地點被抽走了兵力，預備派去別的地方使用。」

韋爾張開嘴，大概是要表達對「猜測」的不認同，然後他又若有所思地閉上嘴。最後他終於說：「這是多久以前的事？時間點對得起來嗎？」

「大圖書館遭受攻擊是這兩天才發生的事，」艾琳說。「但假如妖伯瑞奇還有使用別的武力，也許他會事先調度……我不知道。」她整理了一下思緒。「好吧，」她說。「我們暫且討論到這裡好了。謝謝你們兩位的意見。目前的計畫——凱，我需要你幫忙。韋爾，如果你可以——」

門被推開了，每個人都轉頭看去。艾琳不禁注意到韋爾和札雅娜都把手伸進衣服裡，明顯表示出誰有攜帶武器。我們都很緊張嗎？我想大家都很緊張。

辛督察站在門口，因爲發現所有人的注意力都集中在他身上而有些困惑。他穿著制服，但褲腳沾著厚厚一圈黃色粉塵，連他雪白的纏頭巾都被幾粒粉塵污染了。「很抱歉，我是不是打擾到你的顧問案子了？韋爾。」他說。

韋爾放鬆了，他打量辛的褲腳，一邊把手從衣服內抽出來。「辛，你去死狗溝渠街的貧民窟做什麼？」

「有個瘟疫坑的開挖工程現場，被偷走幾具屍體，」辛說。「我不想在你忙緊急案件時把你拉走，但你說過如果有什麼耐人尋味的事發生，要我一定要來找你。你姊妹傳了一封訊息來，可能與塔巴努里的熱病調查案件有關。不過那些案子還沒有公開——」

他瞥向艾琳和凱的眼神不算友善。艾琳某種程度能同理他的心情，她自己的罪惡感也不斷提醒她韋爾現在的處境都是他們的錯。

「和我說說。」韋爾邊說邊站起身。他挽住辛的胳臂，半推著他朝臥室走。「我們不需要讓其他人操心這件事。」在他們帶上房門之前，艾琳聽到他說這句話。

「我不知道韋爾有姊妹耶。」凱說，語氣透露微微的震驚。不確定他驚訝的是韋爾沒向他提起過這個姊妹，還是他有姊妹這件事本身。

「你也知道他不愛提起家人。」艾琳說。她自己也好奇得要命，但她有種越來越急迫的感覺，堅持要自己先把八卦擱到一邊。再說道人長短也很不禮貌。「札雅娜，我們可能要離開幾天，妳的安全有沒有問題？」

札雅娜放下已經空了的杯子。「我想沒問題的，親愛的。我會小心。妳確定我不能和妳一起去幫忙嗎？去妳的Ｂ－１１６５世界？還有爲什麼妳的資料夾寫的是我的母語？」她看到艾琳一臉茫然。「阿茲特克語系的納瓦特爾語。大圖書館的祕密基地該不會就在我家鄉的地底之類的吧？」

艾琳低頭看著資料夾。考琵莉雅貼心地在封面貼上那個世界的名稱，由於是用語言寫的，不是圖書館員的人都會看到自己的母語。「啊，商業機密。」她說。「那是語言，只有在妳眼裡才是納瓦特爾語。」

「那可以解釋我爲什麼看到中文了。」李明表示。

艾琳克制著衝動，沒有把手指插進頭髮裡，尖叫著要大家別再離題了。「札雅娜，我不能藉由大圖書館帶妳一起去，」她說。「而我並沒有別的途徑能去那裡。但妳可以替我做一件事。」

「任何事，親愛的。」札雅娜承諾，眼睛睜得又大又黑來強調。

「告訴我怎麼幫助在某個世界曝露在過量混沌中的人類。」艾琳說。

札雅娜皺眉。「那並不是需要幫助的狀況呀，親愛的。」她輪流看看艾琳、凱和李明，沒有人覺得她的觀點很有趣。「噢，這麼說吧，如果像我這種人有個親信，他的本質變得太失衡、太順從，我們可以把親信帶到比較嚴格的球界去。但妳已經提過這種做法了。如果妳不希望妳朋友韋爾遇上這種麻煩，一開始就不該帶他一起去威尼斯了。」

「很抱歉。」凱對艾琳說。他走到札雅娜半臥半坐的位置，反手甩了她一耳光，打得她撞向沙發。

「凱！」艾琳厲聲說。「管好你自己！」天知道她自己也因爲札雅娜小小的惡意之語而想揍她，但這麼做一點幫助也沒有。

「我朋友幫過妳，妳卻以侮辱回報。」他居高臨下地看著札雅娜說。他的皮膚表面，包括手上和臉上，浮現出淡淡的鱗片圖案，就像玻璃上結的霜。「妳再試一次看看，我會把妳丟到街上，讓妳的恩主把妳帶回去——不論是死是活——滿足他的奇思異想。」

札雅娜用手肘撐起身體，烏黑鬈髮披散在臉旁邊。凱的巴掌在她臉頰上留下紅色印子。她嘶聲吸了口氣，在那瞬間艾琳看到她嘴裡不是牙齒，而是尖尖的獠牙。札雅娜的表情不是妖精找到新敵人可以編劇情時的愉快，而是直截了當的厭惡，以及希望看到凱死去——或生不如死的心願。「噢，現在你因爲沒照顧好你自己的寵物而批判起我來了？每個人都知道龍族把人類看得多低！至少我們還願意和人類打交道。」

艾琳在凱預備再打札雅娜前抓住他的手腕，她得要用很大的力氣才攔得住他。「我叫你住手！」

「你們這些生物只會利用和毀滅人類靈魂，」凱對札雅娜咆哮。「你們和他們互動時，絕對不是爲了他們好。你們藉著和他們玩遊戲來得到邪惡的樂趣——」

「我們愛他們！」札雅娜尖叫。「沒有靈魂的是你們；你們不了解他們，只把他們當寵物，你和艾琳在一起只是想把她當寵妃。我關心她——」

艾琳站到他們之間，用空著的手按住札雅娜的肩膀不讓她往前。「閉嘴，」她說，語氣冰冷而堅硬，有如她是用語言說話。「你們兩個都給我閉嘴，否則我會強迫你們閉嘴。」

片刻間，她感覺被她握住的凱的手腕繃緊了。然後他的手臂一扭掙脫她，退後一步，扠起雙臂。他的眼睛已經因爲憤怒而變成紅色，在那張像是由大理石切割而成的臉上燃燒。

札雅娜躺在沙發上喘氣，被艾琳按住的肩膀軟而熱。「他打我。」她咕噥道。

「不要逼我，」艾琳說。「我自己都差點動手打妳。」

她瞥向李明，但他保持原樣，一副事不關己的模樣，他聳聳肩回應她的目光。「這裡沒我的事吧？」

算了，看來在我們離開倫敦時把札雅娜留給李明看管的想法不可行，艾琳判定。大概我前腳剛走，她馬上就會不小心掉下水井或是跑到火車前面。

她刻意忽略札雅娜說的某些話：你想把她當寵妃……她和凱的友情層次沒有這麼低。札雅娜也許很嫉妒，那不表示她就是對的。「我在趕時間，」她說。「札雅娜，如果妳不能幫我也沒關係，但我沒有時間可以浪費。」

札雅娜怯怯地抬頭看向艾琳。「我不能幫忙嗎？」

「現下我看不出妳能幫什麼忙。」艾琳簡短地說。「凱？」

「嗯？」他現在看起來比較正常、比較像人類了，但他的臉因憤慨而顯得嚴厲。他睥睨札雅娜的眼神顯示他正在想像把她丟下去的畫面——從幾千公尺的高空。

「如果你非吵架不可，請用你自己的時間，我們現在沒有這種閒工夫。」門開了，韋爾站在那裡皺眉。「我好像聽到大叫。」

「你沒聽錯，」艾琳說。「我想大家都要離開了。不，等一下，我要請你幫個忙。應該說是兩個忙。」

「如果在合理範圍內的話。」韋爾說，但他看起來有點好奇，這比疲憊和自暴自棄好多了。

她把裝著毒針的小布包遞給他。「請你分析一下這個，這是狼人用來迷昏我的毒藥，如果你能追蹤到它的來源，我也許能查出是誰雇了狼人來綁架我的。」

「好極了。」韋爾說，這次聽起來真的很愉快。「還有呢？」

「由於我們擊敗了關提斯大人，席爾維在威尼斯之行後欠了我們人情。畢竟關提斯是他的死對頭。我要知道席爾維最近有沒有聽說妖伯瑞奇的事，或是有人想暗算我們的事，而我沒時間問他。通往大圖書館的出入口有好幾個都被破壞了，我必須趕緊完成我的工作。所以，韋爾，請你和席爾維見個面，問問他知道什麼。」

「假設席爾維大人真的對他周遭以外的事物有所覺察，我又該怎麼告訴妳我查到的事？」韋爾質問。

艾琳正準備還以顏色，卻聽出他的語氣和之前，亦即他在抱怨她不知所蹤的時候一樣。他的情緒字典裡沒有能表達對他人關心的語彙。「我的任務很緊急，所以不會浪費任何時間。」她說。「我希望兩三天內可以回來。如果我預期會比兩三天更久的話，我會知會大圖書館的布菈達曼緹，如果必要的話，她可以過來找你。她知道你是誰，也知道到哪去找你。」

「勉強可以接受。」韋爾不情願地說。

「溫特斯小姐，妳對我有任何吩咐嗎？」李明問道。「吾主敖順很關心妳，因爲妳守護了我們的王子。」看不太出來他是認眞的，還是在嘲諷，不過艾琳注意到他看凱的眼神。他是認眞的。

「不用了，謝謝你。」她客氣地回答。「不過如果你聽說這個世界之外有任何怪事發生，請你告知韋爾，我感激不盡。」

「謹遵吩咐。」李明同意。

凱挪到艾琳旁邊，正在扣大衣的釦子，資料夾被他安全地夾在腋下。「我們該上路了。」他悄聲說。然後他瞥向札雅娜，眼裡又冒出火光。「以免又有人橫生枝節。」

「祝妳好運，溫特斯小姐。」辛站在韋爾身邊說。「不過我得說，如果妳又要『借』書了，我很慶幸妳要在我的管轄範圍以外進行。」

「我會盡可能避免這種複雜情況發生。」艾琳表示贊同，然後就從韋爾家逃到街上，凱緊跟在後。

第十二章

他們踏進大圖書館時，發現那裡很暗。接待室裡滿是陰影，蒼白的緊急照明燈是唯一光源，在幽暗中，牆邊那些書的書名都看不清楚。

艾琳嚇得整個人都僵住了，她的手緊握住凱的手臂，同時通往韋爾世界的門咚地一聲在他們背後關上。「這……很不尋常。」她謹慎地說。

「這是哪裡？」凱的瞳孔放大，他掃視整個房間，眼睛在有限的光線中閃著幽光。「這是外圍區域嗎？」

「我不知道。」艾琳承認。他們是從在韋爾的世界遇到的第一間圖書館進來，而不是使用平常的穿越口。結果就是他們可能出現在大圖書館的任何地方。「隨機打開入口就是有這個困擾，不過我們趕時間。」這個房間令她不安，她以前從未到過這麼荒涼、疑似廢棄的區域。「來吧，我們要找間有電腦的房間。」

房間外的走廊只靠天花板上一條長長的緊急照明燈提供光線。腳下的地板嘎吱作響，好像有另一雙腳亦步亦趨地跟著他們。他們左邊有一排窗戶，但面向一座什麼都沒有的院落，天空看起來很低，雲層厚到沒有透出一點光線。

經過五扇房門後，他們找到有電腦的房間。艾琳坐下來開啓電源，當螢幕亮起來時，她感到大大鬆了一口氣。凱越過她的肩膀往前傾，靠在她坐的椅子上，看她登入帳號。

艾琳還來不及查看電子郵件，就有一則即時訊息橫越整個螢幕。

為了保存能量供必要需求使用，所有非必要電力消耗都被限縮了。所有圖書館員如為了取回書籍而需要即時交通工具，可使用速移櫥櫃，密語是「緊急」。濫用此特權者將被記錄在案。

她才離開幾個鐘頭而已。難道她不在的時候情況已經急速惡化了嗎？

「我還以為他們相信你們都是成年人了。」凱評論。

艾琳咬著嘴唇，專注於眼前的狀況，努力把她瘋狂蔓延且其來有自的疑心給壓下去。資深圖書館員想要監控圖書館員動態的理由，她能想出很多個。例如監看有沒有人進行可疑的旅行，或是試圖逃跑，或甚至直接叛變……「也許這和為人父母很像，」她邊說邊叫出大圖書館地圖。「你的孩子在你眼裡永遠不會是大人。」

「妳太誇張了。」凱說，因為還沒有實際體驗過這方面的事，他說得輕鬆。

等你要設法說服「你的」父親，說你已經長大了、知道自己在做什麼，你就了解這滋味了。但艾琳被螢幕上展開的大圖書館地圖分散了注意力，沒有說出這已打好草稿的反駁。「啊哈，」她說。「最近的櫥櫃在……」她仔細察看地圖。「距離這裡大約八百公尺外。還不算太糟。」

「我們真的已經有任何計畫了嗎？」凱問。

「噢，和平常一樣啊。」艾琳邊說邊打字，迅速寫一封電子郵件給考琵莉雅，敘述妖伯瑞奇的訊息，還有札雅娜聽說的謠言，措詞盡可能專業不帶情緒。「我們到了那裡，觀察一下情勢，然後決定怎麼進去，拿了書就走。搞不好我們很幸運——要是隱士廬博物館的書夠多，或至少某一區有很多書，我可能可以直接從那裡強行打開回大圖書館的出入口。那我們的脫身過程就快多了。」

「妳的話裡好像充滿不確定。」凱說。

「那是因爲我是拚了命在現在局面裡尋找樂觀處，」艾琳承認。「總勝過把它想成……嗯，在倉促間要從一座皇宮偷東西，而且沒有計畫。你知道我不喜歡這麼倉促行事。」她點下「寄出」。「不過這樣我們就不需要掩護身分。」

「我們到了那裡要用什麼身分行動？」凱問道。

「我想扮成虔誠的朝聖者，至少可以摸清楚那裡的大致輪廓，比較容易找東西。我們手頭的背景資訊已經好幾年沒有更新了。」她又開始打字，迅速請求布菈達曼緹去見韋爾，了解他所蒐集到的任何情報。雖然她們有心結，布菈達曼緹的好奇心應該還是會驅使她去做這件事。「大圖書館通往那個世界的出入口連通到波蘭克拉科夫的亞捷隆圖書館。從那裡去聖彼得堡，至少是在同一個大陸上。原本情況還可能更糟，例如要從非洲或澳洲去聖彼得堡之類的。」

「沒有駐地圖書館員嗎？」凱問。

「本來有，但她在這份報告寫成的二十年前就死了。」艾琳再次按下「寄出」。「自然死亡——報告結尾有寫；她出了交通意外。被墜落的飛天雪橇砸中。我是說那裡的雪橇會飛，然後墜落下來砸到她。」她的想像畫面讓她不由自主地打了個冷顫。在大圖書館以外生活從來就不安全。飛天雪橇可能憑空冒出來砸中你，哪怕你再小心也沒用。

她的電子信箱發出叮的一聲。布菈達曼緹回信了。

我們可以談一談嗎？

凱又湊到艾琳肩頭了。「她想幹嘛？」他懷疑地問。

「嗯，我剛才請她幫一個忙。」艾琳指出，試著壓抑自己的疑慮。

我正要去執行任務，她打字。可以速戰速決嗎？

布菈達曼緹只花了不到十秒就回應——艾琳僅僅來得及查看一下她父母的狀態，確定他們還在外頭出任務，而且應該還活著。

我只想講幾句話。妳會去妳的寢室嗎？

「是妳說我們要趕時間的。」凱說。

「是沒錯啦，」艾琳不情願地贊同。「但我們確實需要回我房間一下，我要拿些應急用的現金什麼的。」

會。十五分鐘後在那裡見？

艾琳猜想布菈達曼緹也可以乘坐速移櫥櫃。如果布菈達曼緹趕不到，她決定不要花時間進行額外的談話。

待會兒見。對方回應。

該死。這下她沒有藉口拒絕談話了。「我們走吧。」她說，關掉電腦。「遲到的話會很尷尬。」

速移櫥櫃塞兩個人很擠。艾琳抓著凱而非牆壁來穩住身體，然後用語言講出密語，再指示前往她的寢室。櫥櫃先橫向滑行再往下，像個被瀑布沖下的木桶，把他們兩人顛得東倒西歪，艾琳感覺自己一腳踢到凱的腳踝，喃喃道歉。他抓牢她，他們兩人共處黑暗中，他用雙臂攬住她，艾琳容許自己短暫地放鬆。

好吧，妖伯瑞奇想殺我。好吧，關提斯夫人想殺我。好吧，也許還有別人想殺我。至少有一個人是我可以依靠，可以信任的。

片刻後他們停了下來，櫥櫃門自動打開。他們來到住宿區的一條中央通道，通道連接十二間小型套房，其中一間就是艾琳的寢室。它和目前為止他們經過的大圖書館一樣，幾乎沒有點燈，只有地上一條長形的照明設備正散發微弱的光。艾琳很感謝四周充滿暗影，能掩飾她紅暈的臉頰。

「哪一間是妳房間？」凱問道。

「左邊第三間，」艾琳說。「我有一陣子沒來了，抱歉亂得很。」她在門上的密碼鎖按下數字，一邊努力回想她有沒有把特別見不得人的東西隨意亂放。

結果最見不得人的是厚厚的灰塵。

「我已經好幾個月沒回來了。」艾琳喃喃道。凱盯著走廊另一頭，很刻意地不去看她的房間，但顯然又很好奇。「噢，請進──我沒有什麼好藏的，而且我可能要花點時間才能找到金幣。」她率先走進房間，撥動電燈開關。幸好燈還會亮。

艾琳──還有多數圖書館員──的房間都有個共通點，那就是已經爆滿的書架旁還堆著更多書，讓人連路都不能好好走。真正可算是裝飾品的，就只有她父母和一些學校朋友裝在相框裡的照片。書桌上仍堆著她上次待在這裡時做的翻譯筆記，當時她有兩個星期不必出任務。那時候她正努力讓自己的韓文書寫能力由恐怖進步到差勁。通往臥房的邊門關著，讓她不必承受凱對她的衣櫃評頭論足。她開始翻書桌抽屜，試圖想起她把應急用的索維林金幣收到哪裡去了。即使它是外國貨幣，但黃金通常可以行遍天下。

「謝謝妳等我。」布菈達曼緹說。

艾琳迅速抬頭，看到布菈達曼緹站在門口，一如以往地優雅，穿著合身灰色外套和長度到小腿的裙子。她的衣領上別著一個浮雕胸針，映著燈光閃閃發亮。這種服飾是一九四〇年代身價百萬的女企業家打扮，前提是那個世界有身價百萬的女企業家。她渾身都在聲嘶力竭地炫示個人化訂製和極致的奢華。

「沒什麼。」艾琳回答。她得提醒自己已經決定針對她們共處的時光採取新的政策，而不是不假思索地覺得布菈達曼緹說的每個字都在羞辱自己。

「唔，重點就是能和妳說到話。」布菈達曼緹走進房間，把門帶上。「希望妳不是特地來這裡一趟？」「正如妳好一陣子之前所說的，我們不該浪費時間互相攻擊。尤其是在緊急時刻。」

凱已經挪到房間一側，很有禮貌地對離他最近的書架展現興趣，刻意不參與這場對話，儘管艾琳知道他一定豎著耳朵傾聽。

「言之有理。」艾琳贊同。「那妳爲什麼要找我談呢？」

「嗯，」布菈達曼緹猶豫片刻，斟酌措詞。「我們確實是極少數眞正見過妖伯瑞奇的圖書館員。」

「我們是幸運生還的少數人，沒錯。」艾琳說。

「他有沒有試著聯絡妳？」

這句話懸在空氣裡。我已經告訴考琵莉雅了——這並不算背叛，艾琳心想。我沒有理由羞愧，或害怕承認。但要實際說出口還是沒那麼輕鬆。「有，」她終於勉強說道。「是今天早上開完會以後發生的，絕對是他沒有錯。妳呢？」

「沒有。」布菈達曼緹說。語氣裡不悅多於慶幸。「也許是因爲我被困在這裡。」

「妳沒有接到任務？我以爲所有身體健全的——」

「科西切要我留在這裡。」布菈達曼緹賭氣地扠起手臂。「他說他需要有個人在他身邊負責緊急聯絡。」

如果說出「不是因爲妳上一次出任務時發生的事嗎？」，對方一定不會肯原諒她。艾琳腦中閃過這句話，但她趕緊把它壓下去，以免表情洩露出來。「好像滿合理的。」她採取中立地說。

「我們明明可以追蹤妖伯瑞奇的位置，我卻被綁在這裡，一點都不合理好嗎？」布菈達曼緹沒好氣地說。「我們都知道他是很愛記恨的人，如果我們能擔任陷阱中的誘餌，豈不是有用多了！」

「容我插句話：艾琳自尋死路怎麼可能有任何用處？」凱從他靠在書架上的位置發表評論。

「噢，你也可以去啊——他也有可能把你當作目標。」布菈達曼緹說。「我並沒有打算排擠你，我相信你也很有用。」她對他油滑地微笑，笑容詭祕又有點狡猾。「我相信你的家族也不反對除掉妖伯瑞奇。」

「現在是所有人都知道我家族的事嗎？」凱嘟囔。

「不是所有人，」布菈達曼緹很快地說。「但我們上一回和妖伯瑞奇對峙時，你在混沌中畫出一塊保護區，所以你是來自顯赫的家族。不是所有龍族都有這種能耐。」凱還來不及承認或否認，她就轉回頭看艾琳。「那妳覺得怎麼樣？」

「我們可不可以一步一步來？」艾琳問。「設陷阱逮住妖伯瑞奇」的基本想法本身聽起來很讚，但「去當誘餌來引誘一個瘋狂殺人魔」的具體做法又將她的熱情削弱了幾分。「這件事妳和科西切說了嗎？」

「沒有，」布菈達曼緹承認。「我想說先和妳討論。」

「所以妳覺得他不會贊成囉？」

布菈達曼緹聳聳肩。「那要看我們能創造多大的可行性了。如果能想出一個可能成功的計畫……」

艾琳還是沒被說服這是個好主意。「妖伯瑞奇聯絡我的時候，他一鎖定我的位置，就往我的位置注入原始的混沌力量。」當艾琳詳細說明當天早上的事發經過時，布菈達曼緹揚起眉毛。不過她倒是省略了自己被狼人下藥、綁架，還弄丟大圖書館文件的環節。不必模糊焦點。「我承認這表示我們能建立雙向連結，」她做出結語。「但我不確定這是不是對我們有利，對他不利。」

「這論調有點失敗主義吧？」凱平靜地說。

「今天早上差點被原始混沌炸熟的人可不是你——」艾琳開口。

「的確，」凱說。「因爲我不在場，妳自己跑回大圖書館。我還以爲我們已經學聰明了。」

艾琳深吸一口氣。「好吧，我了解你的意思了，凱。布菈達曼緹，妳可以讓我考慮一下嗎？反正我也要換掉這身衣服。」她低頭望著自己慘不忍睹的衣服。這種日子對她的治裝預算來說眞是悲劇。「給我五分鐘，我等一下去找妳。」

凱和布菈達曼緹都點頭，艾琳迅速溜進臥室。她把亂七八糟的衣裙和大衣脫在地上，迅速換上一身樸素、單調、不引人注目的長裙——這類服裝在她衣櫃裡多得是，同時在心中衡量選項。

主要困擾她的問題有兩個。她對布菈達曼緹的主意抱持保留態度，只是因爲她不信任這位同事嗎？歸根究柢，這主意是否眞能奏效？

她走回書房時，布菈達曼緹正在說：「沒有人質疑她的才華……」她瞥向艾琳。「我們正在說妳。」

「唔，這是當然。」艾琳贊同。「我不在場，你們在談我——有些事是天經地義的嘛。我確定等妳一走，我和凱就會拿妳當話題。」

布菈達曼緹露出冷若冰霜的笑容。「所以呢？妳覺得怎麼樣？」

艾琳把裝著索維林金幣的小布包塞進內側口袋。「這主意似乎可行，」她承認。「如果科西切和考琵莉雅或誰誰誰同意，我就願意幫忙。但我不會現在就自作主張和妳跑去做什麼，即使帶著凱也不成。」

凱張開嘴，又閉起來，顯然因為自己也將受邀而受到了安撫。但布菈達曼緹皺起眉頭。「如果妳覺得這是好主意，妳怎麼好像並不熱切。」

「我不覺得先等上級表示意見叫作『不』熱切。」艾琳說。「其實我不懂妳怎麼會期待我很『熱切』。就算這是個好主意，也絕對稱不上安全的或簡單的主意。」

「妳總是這麼酸溜溜。」布菈達曼緹說。她的笑容有一點尖銳。「艾琳，告訴我……」

「嗯？」

「妳覺得我們上級的想法眞的正確嗎？」

「妳指的正確是什麼？」艾琳謹愼地問。

「我指的是他們採取嚴格防守的策略。」布菈達曼緹說。她和艾琳一樣小心斟酌用語。我們倆都不想先講出可能被呈報上去、對自己不利的話柄。

「我們未必知道他們計畫的全貌。」艾琳說，但她自己都覺得這是空話，讓她想起自己稍早時向考琵莉雅抱怨的事。

「而妳也知道那必然代表什麼意義。」

「代表他們的計畫危險到太駭人聽聞，所以不能告訴我們？」艾琳臆測道。

「不是。」布菈達曼緹壓低音量說。「代表我們之中有間諜。」

「那說不通啊，」凱堅定地說，打破了突然降臨的寂靜。「眞的，那說不通。如果有圖書館員在替妖伯瑞奇工作，而他們又能進入大圖書館，那不能直接替他開一扇門、邀請他進來嗎？即使他因為被混沌感染而進不來，他們也能用各種方式破壞大圖書館，傳遞資訊給他——之類的。他根本不必威脅，下最後通牒。」

要是艾琳是會禱告的人，她會用禱告感謝他提出了這個簡單、符合常識的論點。這讓她快發作的疑心病短路。「對啊。」她附和。

「我相信間諜還可以替他做別的事。」布菈達曼緹提出。但這反駁顯然很弱，即使她自己都聽得出來，因此她聳聳肩放棄，一臉失望。

「不論如何，妳究竟要我們做什麼？我是指妳和我。我們應該站在某個地方大叫『妖伯瑞奇，我們在這裡，來抓我們呀』，直到有狀況發生嗎？」

「何必說這種話，」布菈達曼緹惡狠狠地說。「我只是提出一個想法。而且妳沒考慮到一件事。」

「什麼事？」

「我看到妳在和佩妮穆說話。」

「那妳應該也看到了，一旦她發現我對她沒有立即的用處，馬上把我當空氣。」艾琳回答。「她也有找妳講話嗎？」

「她倒是想。」布菈達曼緹看來得意洋洋。「不是我在誇口，艾琳，我對政治局勢了解得可能比妳透徹一點。從幾個月前，在我被困在這裡之前，我就已經比妳懂了。妳也別小看了佩妮穆，她做這件事不光是因爲她自詡爲勞工階層的新發言人，她是眞心認爲需要改革。」

「憑良心講，」艾琳說。「我認同她不是全然出於私心，但我感覺妳對她的評價也有所保留。」

「我對她選的這個時機不以爲然，」布菈達曼緹扠起手臂。「我不打算和妳爭論大圖書館的權力結構，因爲我們最後可能會針對菁英統治、寡頭政治和民主制度進行大辯論，而老實說，我們都有更緊急的事要做。但我想我們應該都能同意，長期改變至少值得大家討論討論？」

「應該吧，」艾琳謹愼地贊同。「但佩妮穆的事——我了解她是想激起風波，而以她的觀點來看，主動攻擊是合理的，這和官方政策相悖。妳是不是在暗示如果我們不考慮這個拿我們自己當誘餌的選項，她也會提出來？」

「有可能，」布菈達曼緹說。「所以我在想我們兩個是不是應該先發制人，把那個政治選項從她手裡拿過來。」

艾琳考慮了一下，搖搖頭。「不，我們的上級知道我們和妖伯瑞奇見過面，如果我們能想到要去當誘餌，他們也一定想得到可以拿我們當誘餌。」這想法不是很令人愉快，不過有可能。「我們如果自作主張，對任何人的政治地位都沒好處。如果佩妮穆咬住這個點說他們管不住自己的屬下的話，甚至可能對有關當局產生負面效果。」

布菈達曼緹慢慢點頭。「妳說的有可能。好吧，那暫時就先按兵不動好了。」

艾琳腦海深處有細微的疑心藤蔓在自動糾纏聚集。如果布菈達曼緹得到支持的話，她完全有能力拿艾琳當誘餌，無論有沒有獲得她本人的允許。換個暗黑一點的想法，誰說在幕後策畫艾琳綁架案的神祕女子就一定是關提斯夫人？萬一那人其實和大圖書館的關係更密切……

「我明後天會去找妳的朋友韋爾看看狀況。」布菈達曼緹說。她的表情很愉快，就像裝飾藝術大師埃爾特的小雕像一樣優雅而神祕。「如果他查到要緊的事，我會轉告考琵莉雅或妳。這樣可以嗎？」

「可以。」艾琳說。她強迫自己驅散恐懼。她或許並不怎麼喜歡布菈達曼緹，但可以信任對方不會背叛大圖書館——不是嗎？她微笑回應。「謝謝，我銘感在心。如果妳有什麼引出妖伯瑞奇的好主意，請妳一定要告訴我。不過妳說得對，現在我們兩個都應該去辦事了。」

布菈達曼緹遲疑了一下，輪流看看艾琳和凱，然後她微微頷首，走出房間。房門在她身後關上，發出輕柔的一聲喀。

「她是認眞提議要叛變嗎？」凱質問。

「當然不是，」艾琳迅速說。「她是想阻止叛變，你也聽到了。」

「表面上是這樣沒錯，但她也在試探妳，看妳會配合到什麼程度。」

「這是一種假設。」

「艾琳，我在大圖書館或許是菜鳥，但可是在我父王的宮殿裡長大的。」凱的語氣甚至沒有怒意，他只是很沮喪。「正如布菈達曼緹所說，她很了解政治局勢。但我對這類事情也不陌生。在戰爭時期，任何人都可能崛起而掌管大權。」

「我們該走了。」艾琳說，試圖把對話拉回安全地帶。「優先事項，還記得嗎？取回一本書？我們不要再拖時間了，不要因爲……」

「因為布菈達曼緹，她想暗示妳的上級能力不足，因此妳們應該獨立行動。」凱說，對這個話題展現堅定不移的決心。

「你這是在幫倒忙。」

「我並沒有試圖幫忙。妳這是卯足了勁想公平看待妳沒有理由信任的人。」凱固執地綳緊下巴。

「她是另一個圖書館員，我信任她。」艾琳重新思考了一下這句發言。「應該說，我信任她沒有和妖伯瑞奇同流合污。聽著，凱，你難道要我跑去找考琵莉雅，告訴她說布菈達曼緹質疑她的權威嗎？尤其是布菈達曼緹大可以否認她說過這話，或是聲稱我誤解了她的意思？」

凱拍了拍自己胸膛。「妳有一個獨立的目擊證人。」

「布菈達曼緹會說你為了挺我甘願撒謊。」她看到凱對這樣的羞辱而臉色一沉。「不要對我發脾氣——這是布菈達曼緹會說的話，也是多數人會相信的事。」

「那我們究竟能做什麼？」凱質問。

「睜大眼睛、保持警覺，同時去拿我們的書。」她打開門。「你要來嗎？」

凱喃喃自語，不過沒再追問這個話題。他們擠進速移櫥櫃時，他問：「妳要不要確認其他圖書館員的狀態？既然有人被殺了……」

「我查過我父母的狀態，」艾琳說。「他們沒有回報任何問題。」她當然不可能親自跑去看看他們好不好。至少妖伯瑞奇不知道他們是誰或是到哪去找他們。

「那妳的其他朋友呢？」

經過短暫的停頓，凱意識到艾琳並不打算給他所謂其他朋友的名單。「妳應該認識其他圖書館員吧。」他聽起來頗爲失望地說。

「我當然認識，」艾琳回答。「那不表示我會恐慌症發作，到處亂衝尋找傷亡名單。凱，你想表達什麼？」

他聳聳肩。「與妳並肩作戰的兄弟姊妹有危險了，艾琳，妳曾爲了救我而涉入險境，妳不會也爲他們這麼做嗎？」

氣氛變得太多愁善感且憂慮緊張，艾琳實在不喜歡。狹窄的空間更是雪上加霜，他們現在站得超級近。「嗯，是啊，我當然會，但你究竟以爲此時此地我能做什麼？難道我該驚慌失措，因爲我認識的人有可能已經……」死了。她和很多圖書館員都有一般的交情，即使並不算太熟。考琵莉雅和科西切說有人死了，她並不想深入思考，這事一旦起頭就很難停下來。「……有危險了。」她換了個話題。「我——我們——有工作要做。B—1165的出入口。」

速移櫥櫃猛地動了起來，在黑暗中橫向滑行，截斷了凱可能想回應的任何話。當它像電梯一樣下降時，艾琳被迫認清了關於布菈達曼緹的提議，最令她困擾的是哪一點。最令艾琳困擾的是，她迫切想要做這件事。她想要反擊妖伯瑞奇，想要拯救大圖書館。爲了完成工作而以身犯險，對她來說也不是什麼新鮮事。但假如不是眞的能有什麼成果，她的理智反對讓自己置身險境。布菈達曼緹除了提出讓她們自己當誘餌之外，並沒有進一步計畫。她只是一廂情願覺得這主意不錯。

要是她們有辦法找出妖伯瑞奇的位置……

櫥櫃甩了一下停住了，艾琳和凱跌跌撞撞地走出來，進入一間沒有窗戶的房間，室內的光線只勉強夠他們不被成堆的書給絆倒。這裡沒有警示牌說明現在的危險狀態，沒有語帶威脅的海報，離開大圖書館的那扇門上也沒有特殊封條。

「準備好了嗎？」她問。

「準備好了。」凱應道，調整了一下袖口。

艾琳握住沉重的黃銅門把，把門推開，然後跨入另一個世界。她必須先撥開一條把他們的門隔離起來的紅絨繩。門把上掛著一面牌子，上頭用波蘭文寫著「整修中」。在紅絨繩以外，整個房間都是展示櫃和繡帷。又是個曾是真正的圖書館，現在卻只是博物館的地方。

凱一把抓住她的手腕，力道大到她會痛。「艾琳，」他的語氣驚愕。「這個世界有我的同類。」

第十三章

艾琳訝異地瞪著凱，正準備問個明白，房間另一端的門碰地打開，重重打到牆壁。她和凱都轉頭看來者何人。

站在門口的男人應該是博物館警衛，只不過掛在他腰帶上的棍子看起來使用過很多次，讓艾琳深感不安。他的衣服全黑，上頭帶有紅色裝飾，上身穿的是高領外套，下面搭配馬褲和靴子。他的一側臉頰上有一道看來很凶惡的疤。另兩名警衛塡滿了他身後的空間；他們的肩膀之厚實令艾琳不禁懷疑他們的日常勤務到底包括什麼內容。通常博物館的警衛不會這麼有紀律、這麼魁梧，也不會隨時預備要使用暴力。

「你們是誰，在這裡做什麼？」帶頭的警衛喝問。

這是合理的疑問，艾琳在職業生涯中被問過許多次。不幸的是，「我叫艾琳，我是來偷書的」並非訊問者想聽到的答案。就眼前來說，她想不到什麼好回答，能充分解釋她怎麼會出現在一個顯然戒備森嚴的區域裡。還不如直接跳到下一步。

「**在你們的認知裡，我和這個男人有權在這裡，而且應該獲准離開。**」她用語言堅定地說。她訝異地發現說這句話有多麼費力，感覺好像要把每個字推上山坡。這個世界似乎不想接受語言的效果。在秩序程度這麼高的世界辦事就是這樣嗎？她通常都是在中等程度的世界工作，或甚至是混沌程度比較高的世界。

不論如何，語言還是生效了。三個警衛表情都有點困惑，但他們原本傲慢而具威嚇性的姿態消失了。「抱歉，」第一個人行了個軍禮說。「我們剛才沒有注意到，女士。」

「去忙你們的吧。」艾琳隨意地點點頭，悠哉走向門口。她有點搖搖擺擺，仍因爲使用語言而頭重腳輕，但凱扶穩她。警衛們就像奶油遇到熱刀子融化一樣爲她讓道，他們垂著眼皮表示尊敬。

她和凱才走到走廊的一半，後方就傳來憤怒的喊聲：「攔住他們！」

「比平常還快啊。」艾琳喃喃道，兩人衝向轉角。警衛有熟悉地形的優勢，不過幸好這裡有一堆錯綜複雜的房間。據艾琳從那些房間外奔過時的觀察看來，那都是很優雅漂亮的房間，而且充滿看起來很有趣的書。更重要的是，這些房間有助於甩掉追兵。

她和凱躲在一個展示架後頭時，她衡量眼前的狀況。警衛踩著重重的腳步經過他們，用波蘭語喊著某些以艾琳的程度翻譯不出來的話。

她等到他們脫離聽力範圍後，說：「我們可能要重新思考一下原本使用的策略。」

「爲何？」凱問道。

「因爲通常語言的效力可以維持久一點。」

「我以爲剛才只是運氣不好。」

「不，我認爲是這個世界的高度秩序本質造成的。讓語言生效也比平常困難。」

「噢。」凱皺起眉頭。「通常我很樂意帶妳去高度秩序世界，但這種現象可能會帶來不便。我從來沒想過眞的會和妳在這種世界偷書。還有剛才那些警衛爲什麼會衝進來？他們好像隨時準備好行動似地，我以爲只有在高度混沌世界才會有這種事。」

「人生總是充滿挫折。」艾琳很心酸地說。「好了，趁他們還沒回來，我們趕快想辦法找到出口吧。」

他們經過一陣極其謹愼的摸索之後，來到建築物比較公開的區域，因此他們可以不引人注目地融入一般來來往往的人群。多數訪客似乎都是學生或學者，其中只有極少數人看起來很富裕。大致來說他們都穿著破舊的大衣，流露出清貧而文雅的氣質。

門口警衛要求艾琳出示通行證，不過他願意接受一枚金幣加上她的道歉，因爲她「忘了帶」通行證。等他和在追她的那些警衛交換情報後，她可能就有麻煩了，不過艾琳認爲到那時候他們已經離開這座城市。

她和凱在幾條街外找到一家咖啡館，在路上買了幾份報紙，然後坐進角落座位，點了一壺茶和一盤夾了李子醬的煎蛋糕。有半個小時左右，他們沉默不語，只偶爾請對方把一份報紙遞過來。艾琳看的是波蘭報紙，畢竟她對這種語言有基本的了解，而凱則讀國際性報紙，因爲他的波蘭文程度爲零。

終於艾琳放下最後一份報紙，示意侍者再送一壺茶。「這次很不方便啊，」她說。「我不喜歡在脫離行動和革命運動如火如荼時試著偷書。」

「也許也沒有那麼不方便。」凱拍了拍法文報紙《世界報》。「根據這份報紙，所有風波都發生在外圍國家，而不是俄羅斯本土。一旦進了聖彼得堡，我們就安全了。」他想了一下。「唔，至少比我們在這裡安全。」

「也許是，也許不是。」艾琳若有所思地把報紙疊成一落。「他們用了『恐怖主義』、『外國間諜』、『第五縱隊』等字眼。我發現當這種情況發生時，本地公民會很容易對任何舉止有異的外國人起疑心。我們最好盡快離開這裡。」

「妳覺得隱士廬博物館的周邊保全會因此更嚴密嗎？」凱問道。「有鑑於我們手上的資訊已經過時很久……」

「可惜我們無從得知，這就是沒有駐地圖書館員的麻煩之處。」她想起他稍早時的話。「對了，你說這裡有龍是什麼意思？」

「不是波蘭這裡。」凱很快地回應。

「所以是在這個世界。」艾琳說。

「我能感覺到他們在這個世界。除非試著去找他們，不然我不知道在哪裡。我只是不確定試著去找他們是不是好主意。」

「爲什麼？」艾琳問，她很詫異。她以爲凱一定很樂於和其他龍族相處。

「嗯，妳知道的。」當凱講話變得簡潔，從來就不是好兆頭。他撥弄著煎蛋糕。「會衍生一些問題。」

「凱，我們談過隱藏祕密很危險的事。」艾琳捺著性子說。更精確地說，這件事是她講而他聽。「這是我該知道的事嗎？」

「我在擔心我父王。」凱的語氣很輕、很猶豫。「我被人綁架、需要搭救，已經對他造成不便了。我不希望再做出什麼可恥行爲讓他蒙羞。我私下做什麼是一回事，可是……嗯，我知道妳能理解宮廷裡的爾虞我詐會有多麼恐怖，艾琳。沒有人敢眞的挑戰我父王，但可以使出別的手段。」

「故意遲繳稅金和貢品？」艾琳猜測。「諭令傳到半路就意外遺失？在半公開場合客氣地微微抗命？和其他君主密會？」她先前得知共有四位龍王，而凱的父親是其中之一。凱只是眾多兒子之一，目前還是最年幼、繼承順位最後面的。「兒子做錯事造成的長期後果，可能代表父親管教無方？」

「妳確實了解。」凱鬆了一口氣。「當然，我叔叔對他很忠誠，而李明對我叔叔很忠誠，所以讓他們知道我加入大圖書館並沒有關係。但我不知道這裡究竟有哪些龍，他們甚至可能是幾位女王的人。我可不想被指控擅闖別人的地盤。」

艾琳知道她應該趕一下工作進度了，但凱非常難得地談到龍族政治，她實在忍不住想多問一點。

「女王她們是國王的敵人嗎？」

「欸，不是，」凱說，他有點驚訝自己的措詞居然給人這種印象。「但她們都住在比較安全的世界裡，也就是妳所謂的高度秩序世界。國王會在有國家重大場合，或是爲了履行婚配契約時去探望她們。」

「你是在你母親那邊，還是父親那邊長大的？」艾琳問。

「我父親那邊。兒子由父親照料，女兒則由母親負責。至少王室婚配制度是如此。較低階層的龍族可能有不同做法。」他注意到她異樣的眼神。「噢，妳可別以爲我是在徹底的男人堆裡長大的。我的父王有很多女性朝臣和僕役，也有受他指揮的女性貴族。只是王室家庭本身都是同一性別。」

「為什麼？」

凱聳聳肩。「就是這樣囉。」

艾琳很想知道更多細節，但眼前的緊急狀況更重要。「好吧，」她說。「回歸正題，在這裡的龍有可能干涉我們偷書嗎？」

「倒不至於干涉，」凱謹慎地說。「但他們絕對會很好奇。」

「既然如此，我們要低調一點，希望他們不會注意到。」她看到他如釋重負的眼神。「下一步：我們要去聖彼得堡，或許還要先去買衣服。」

她朝著店外路過的行人點點頭。儘管許多人都像凱和艾琳一樣，在衣服外面穿著某種深色大衣，但他們穿的都是厚重的羊毛或毛氈材質，還大多搭配毛茸茸的袖口和領口。至於大衣裡的衣服，女性穿長裙，但上身是馬甲和短上衣，而不是連衣裙。她們的上衣有鮮艷的寬條紋。男性則穿著沉重的靴子和布料很厚的長褲，再搭配襯衫和背心。男女都有戴帽子的習慣，艾琳和凱沒戴帽子的腦袋顯得很不尋常。

「希望不是太廉價的衣服。」凱說道。儘管他能使破舊的襯衫和長褲看起來像伸展台上的最新時尚單品，也不表示他想穿那種衣服。他的購物品味高尚，十足顯現出從小就穿量身訂做絲綢和皮草的王子風範。

他在這方面對艾琳有點失望，她自己也知道。「抱歉，」她說。「我不希望我們到那裡之前，就把備用的現金花掉太多。聖彼得堡的服裝風格可能不一樣——」

「我就和妳說我們應該買一本《時尚》雜誌來參考。」凱打斷她。

「那是頂尖時尚，不是一般風格。」艾琳堅定地說。「對我們來說根本沒用。快點，我們該開始行動了。」她接收了最後一塊煎蛋糕，然後招來服務生，給小費的同時順便詢問附近哪裡有服飾店。

她很慶幸凱沒有提什麼時間緊迫，或是做這件事花太多時間。沒有做好正確的僞裝就貿然跑進戒備森嚴的皇室建築是會讓他們送命的。再說鑽研細節能夠穩定她的心智。因爲假如她容許自己開始想「整座大圖書館都可能被摧毀」這件事，她的心智就會驚恐得像跑滾輪的倉鼠。那是大到她難以應付的概念。

在某些版本的克拉科夫，市中心應該有座超大的火車站，然而這裡有的是宏偉的轉運站，不停有雪橇在這裡飛進飛出。雪橇是由能在空中奔馳的麋鹿和馬所拉動的。比起艾琳在這座城市其餘地方所見，這是比較顯眼的魔法——仔細想想，其餘地方大致說來都十分破敗。這座城市非常需要重新整頓一番，這表示他們經歷了經濟蕭條。這整個狀況很可能與這個世界的俄羅斯帝國不夠穩定有關，還有魔法受到國家嚴格管控之故。艾琳把這項觀察記下來當作背景細節，就像研究一種新的語言的文法和字彙一樣，以備它會對他們的任務造成影響。

幸好守門的警衛沒有要求看護照，但車票非常昂貴，艾琳因爲手頭的錢迅速減少而愁眉苦臉。一個小夥計斜睨著他們廉價的服裝，帶她和凱來到一輛光鮮亮麗的銀黑色雪橇邊，雪橇前面繫著六頭巨大的麋鹿。他打開小小的側門，鞠躬請他們上車。車上人很多，他們只能勉強擠進角落的空位，而其他人的服裝都比他們高級。她看到他們的袖子和頸部有鮮艷的緞帶裝飾，或是穿戴著柔滑的貂皮手套和紅色高跟皮靴。

「晚安。」坐在她隔壁的女人開朗地用波蘭語說。她是那種有錢的老人，身上的皮草看得出頗有歲月，但當初也要價不菲。她的鼻頭發紅，和塗了腮紅的臉頰相映成趣。「這趟過夜的飛行之旅有年輕人為伴眞是太好了！你們這趟是要做什麼？」

凱因為聽不懂而禮貌地微笑著。艾琳必須負責延續對話，講出掩飾身分的說詞，不過這至少能讓她轉移注意力，不去在意雪橇剛升上天空，並且達到很高的高度。還有速度。飛船或高科技飛梭都比這類交通方式好太多了。你可以把窗戶關上，不必在太高處看著底下的地景，以快到不可思議的速率掠過。她集中注意力讓自己的敘述語氣充滿說服力。

「……我母親心臟病發後，我的這位表弟就來找我。」她做出結語。這是個悲慘的故事，包括家族疾病和家庭瓦解，再加上有酗酒問題的父親又出了意外。艾琳顯然必須把所有積蓄花在能迅速趕回家鄉的雪橇上，以探望她垂死的母親。她從她所知道的幾部最催淚的史詩作品借用情節，對於效果頗為自得。「當然，我表弟這輩子從沒離開過俄羅斯，但他知道我住在哪裡……」

在聽她說話的幾個人都發出同情的嘆息。飛行途中的娛樂有從雪橇邊緣往下看，以及傳飲一瓶瓶伏特加和李子白蘭地，而艾琳的故事吸引的人數超出她所期望。她用指關節抵著嘴唇。「請原諒我——我實在太擔心可憐的媽媽了。」

凱或許不懂波蘭語，不過他能理解暗示。他伸出手臂摟住她的肩膀，把她拉近自己。「請原諒我表姊，」他用俄語說。「我想她需要休息一下。」

眾人紛紛點頭，艾琳容許自己放鬆一點。她確實累壞了。這一天很漫長，又充滿驚險刺激。現在既然無事可做，只能坐著等待飛行結束，一些被她遺忘的瘀傷開始爭取存在感。

「睡一會兒吧。」凱在她耳邊喃喃道。「我會叫醒妳的，如果……嗯，如果有人攻擊的話。」

艾琳歪嘴一笑。「謝謝。」她輕聲說，頭靠著他的肩膀，閉上眼睛。她試著讓腦袋放空準備入眠，雖然這很困難。不過即使他們的衣物很厚，和她靠在一起的凱還是很溫暖，而儘管她不喜歡高處，在他身邊她覺得很安全。他是一條龍，如果我掉下去，他會接住我的……

□

她再度睜開眼時，天空明亮、蒼白而無雲，空氣冰冷刺骨。他們加入一串列隊等候的空中交通工具準備進站，飛向一座巨大的六角形建築，那棟建築表面嵌著玻璃板和珠母貝裝飾。建築側面有一面很大的時鐘，閃著黃銅光澤，邊緣環繞著天文學符號，鐘面顯示現在是清晨六點鐘。

艾琳揉揉眼睛，抬頭看著凱。「你都沒睡嗎？」

「我有睡。」不過他看起來一點也不凌亂或迷糊；他看起來敏銳而清醒，好像冬夜的空氣為他注入新的能量。「看看底下的城市，所有地標都清楚可見呢。」

艾琳咬著牙，越過雪橇邊緣往下看著聖彼得堡。「很……大。」她沒什麼建設性地說。要不是她一直努力避免去想像從雪橇掉下去、落在聖彼得堡的地面上，應該可以更好地掌握這座城市的地理配置才對。

「下面那裡好像就是冬宮了。」凱指著濱水區的一棟建築，它在清晨的天光下閃耀著金色和藍色的光澤。「很美的建築。」

凱現在正觀察地形、找出屬於隱士廬博物館建築群的個別樓房，著實是很有效率的做法。艾琳應該褒獎他做得很好才對，而不是竭力對抗暈雪橇和眩暈。「不錯啊。」她喃喃道。

凱放棄她，兀自繼續傾向邊緣外觀看下方，同時雪橇進入降落程序。麋鹿慢跑穿過建築牆上的一道拱門，向下，直到牠們是在地面而非空氣裡拉著雪橇，落地時幾乎沒有造成任何顛簸。牠們降落的地點是一座極大而寬闊的大廳，這裡擠滿其他雪橇、行色匆匆的旅客、警衛和運送大批行李的腳夫。幾百個人互相叫嚷的聲音幾乎讓人耳膜都痛了。

艾琳正在和其他乘客客氣地道別，講到一半時，她注意到那些熊。兩頭一組的熊蹲伏在出口閘門邊，每頭熊旁邊都有一個照顧員；牠們脖子上戴著鐵項圈，後腿用鍊子拴在釘在地上的大釘子上。

「凱。」她低聲說，朝那些熊點頭示意。

凱瞇起眼睛打量牠們。「我不確定牠們是控制群眾的工具，還是警衛什麼的。」他說，隨她一起朝出口走去。他們和大部分乘客不同，隨身行李少得可憐。「我們該如何因應？」

「表現得正常一點，」艾琳說。「至少別人好像也不喜歡牠們。」通過出口閘門的人都畏縮地經過熊面前，不然就是狀甚高傲地蔑視牠們，又因為牠們稍微發出低吼就嚇得抽搐。不過沒有人真的被攔下來。也許牠們只是一種威嚇物？還是某種儀隊？可是誰會在等同於機場的場所安排儀隊？

他們排在距離最近出口的隊伍末端。艾琳在心中瀏覽可能屬於違禁品的清單。她沒有帶槍，或任何藥物、爆裂物，對此她有點懊悔——畢竟這趟任務可能用得上。可是現下她想不到她或凱身上藏有任何非法物品。當然，那可能還是要看這個政權對非法物品的定義……

這時候最近的一頭熊發出低吼。這個聲音和之前牠和其他熊在換姿勢或舔舐口鼻部位時發出的細微聲響不同，而是具有針對性、「全體警衛請注意」式的聲音。牠人立起來，後腿的鍊子噹噹作響，牠傾向一個在排隊的人。

牠的照顧員走上前來。「你好，公民朋友。」他簡短地說。「你是否攜帶了《禁止輸入危險物質或叛國物質》法律第四條所規定的非法魔法零件？」

「當然沒有。」遭到指控的男人口氣平淡地說。他和所有雪橇乘客一樣，因爲被寒風吹襲而臉頰紅通通的，不過艾琳覺得他的臉有失去一點血色。其他人都在退後遠離他——或者該說遠離他和那頭熊。「一定有什麼誤會。」

照顧員把一個銀哨子放進嘴裡，吹出尖銳的哨音。這聲音蓋過了人群的嘈雜，艾琳看到幾個穿黑色長大衣的男人快步朝他們這裡趕來。「那麼我相信你不會介意跟著這些警衛，讓他們檢查一下你的行李。」照顧員說。「請了解這是法律要求你的義務，任何抵抗都將被視作違法。」

所有人都面面相覷，緊張地竊竊私語。艾琳趁這個機會湊向凱，悄聲說：「他們讓熊來嗅出魔法來源？」

「看來是這樣。」他們朝出口邁進了一步。那頭熊已經回復成蹲伏姿態，看起來就像一般人心目中的大灰熊一樣溫馴且不具威脅性。其實，也不怎麼溫馴。

「有意思。」再下一個就輪到他們了。他們揮揮手讓前面那個男人通行。

「工作或觀光？」照顧員絲毫不感興趣般地問道。

「探親。」艾琳說。她決定採取「認眞但夾纏不清」的策略。「我要去看我母親。我是說，那不算觀光吧，但我覺得也不算工作——」

「嗯，很好。」照顧員疲憊地說。「請從前方出口離開。」

艾琳在心中鬆了口氣，從照顧員身邊走過，凱緊跟在後。

這時候那頭熊傾向前嗅聞凱。

第十四章

現場一陣驚呼，人群退離艾琳和凱身邊。當然，也是為了離熊遠一點。要不把那頭熊當回事談何容易。艾琳一時考慮裝傻，打手勢叫凱先跑再說，她晚點再去和他會合。然而理智告訴她，她大概會被當成共犯而遭逮捕。再說她也不願讓他在陌生的地方落單。他可能會惹上麻煩，甚至更多麻煩。照顧員皺起眉頭。「你是否攜帶了《禁止輸入危險物質或叛國物質》法律第四條所規定的非法魔法零件？」

「絕對沒有，」凱說，他斜睨著那頭熊。「一定有什麼誤會。」

那頭熊打了個很長、很響的嗝。牠垂下頭，試圖用鼻子摩蹭凱，把鍊子繃得緊緊的。牠現在一點攻擊性都沒有了。

凱看了艾琳一會兒，嘆口氣，伸手搔抓牠的頭，手指陷進牠的毛皮。「乖女孩，」他溫柔地說。「乖女孩。」

穿黑色長大衣的那群保全人員趕到了現場。「請你離那頭熊遠一點，公民朋友，」其中一人命令道。「請把雙手高舉過頭，不要做任何具威脅性的動作。」

這並不是艾琳計畫中偷偷摸摸潛入聖彼得堡的狀況。她往照顧員挪近幾步。「萬一牠傷害他怎麼辦？」她質問，讓嗓音因為焦慮的關切而變尖。「那是一頭熊耶！萬一他一不再摸牠，牠就咬掉他的頭呢？」

「我們的熊全都受過嚴格訓練，公民朋友，」照顧員安撫她，一邊緊張地看著熊。「牠絕對不會傷害任何人。我相信只要妳朋友從牠身邊退開，牠就不會對他做任何事。」

但是疑慮的種子已經生根，保全人員面面相覷。「也許你最好先不要動，等我們找控制員來再說，公民朋友。」其中一人說。「你試著讓牠保持冷靜。」

「這裡出了什麼事？」有個女人大步走進越來越大的淨空圈，她像那些男人一樣穿著黑色長大衣，不過肩部和袖口有綠色條紋。她的長髮編成辮子束在腦後，看起來冷血無情，而且她不像其他女人穿著裙子，而是像男人一樣穿長褲和沉重的靴子。她懷疑地瞪著四周。「有什麼問題嗎？」

「那就是問題，控制員女士。」保全人員的頭頭說，指著靠在凱身上撒嬌的熊。

女人近視般瞇眼細瞧。然後她走向那頭熊，伸手按著牠的頭，喃喃地說了什麼，但聲音小到艾琳聽不見。凱退後一步，但從他偏著頭的姿勢看起來，他在聽她說話。

「蓋莉娜說他聞起來像衝向雲霄的樹裡頭的樹汁，」女人皺眉宣布。「牠說牠要向地和天的力量之主人、海之統治者和山之搖撼者致敬。我要牠立刻休病假。還有我要他接受訊問。」她指著凱。

「控制員女士，要用什麼罪名呢？」警衛問道。

「我不知道，妨害公眾安寧吧。」女人說。「我相信他做了什麼。把他監禁起來，還有和他同行的人。」她寵溺地撫摩熊的肩膀。

保全人員盡力顯露自信。「麻煩你跟我走，公民朋友。」他對凱說。「還有和你同行的小姐。我相信我們只要花幾分鐘就可以處理好這件事。」

該死，他們還記得有我這個人。艾琳站到凱身旁，對他輕輕點頭。「我們就照他們的話做吧，表弟。」她喃喃道。

凱不情願地離開那頭熊——牠現在轉而討好那個女人去了——他和艾琳隨著保全人員走到一扇側門。那群保全在前領路，艾琳則在後打量他們身上看得見的武器。沉重的短棍，就像博物館警衛用的那種；在另一側，他們的皮帶上有一捲捲細繩——是某種有魔法的束縛物嗎？他們像照顧員一樣，脖子上掛著銀哨子，那大概是很快速的示警方式。每一項配備都很礙事。此外儘管艾琳沒看到任何射擊武器，也不代表這些警衛沒有那種配備。

他們被帶進一條內部的走廊，這裡和雪橇站富麗堂皇的外觀或是壯觀的中央大廳很不一樣。這裡很實用、有效率，沒有任何可以讓人逃跑的對外窗。走廊沿線每隔一段距離就有一扇門，是由粗重的鋼條構成的開放式柵門。「就在這裡，」警衛說，他的安撫之意被緊張的語氣給削弱了。「麻煩兩位市民朋友在這個房間等候，馬上就會有人來找你們。」

他示意艾琳和凱進入一間幾乎沒有家具的房間——什麼都沒有，很像牢房，牆壁和地板鋪著白色瓷磚，只有一張椅子——然後他點了一下門框側邊，喃喃說了幾個字。敞開的門口立刻升起一片熒熒的亮光，還發出像鎂遇到水一樣的嘶嘶聲。

「這是怎麼回事？」艾琳質問。

「只是先讓你們待在這裡，等調查員過來。」第二個警衛說。「我們很快就回來，公民朋友。」

他用力把金屬條推回原位，然後鎖好柵門。一干警衛快步離開，一副要把燙手山芋丟給別人的態度。

艾琳環顧牢房四周。沒有明顯的窺視孔或竊聽管道，不過她無法確定。「安靜抵達的計畫泡湯了。」她喃喃道。

凱兩手一攤。「我眞的很抱歉，我完全不知道那頭熊會做出那種行爲。我們現在該怎麼辦？」

「等調查員來，向他們解釋一切。」艾琳淡淡地說。她意有所指地拉拉耳垂。隔牆有耳。「我相信一旦他們知道這是怎麼回事，就會放我們走。那位女士不是說那頭熊要檢查一下健康狀態嗎？」

凱晃過去，謹愼地伸出一根手指戳了戳門口的屏幕。它朝四面八方噴射火花，他往後退。「這個魔法力場的威力眞是強得令人驚訝。」他字斟句酌地說。「我懷疑即使有人只是試著穿過它跳出去，都會被電暈——而且會受到嚴重的電擊灼傷。」

「這裡的政府好像很善於使用魔法。」艾琳說。她正試圖摸清方位。雖然他們入境時她並沒有很開心地欣賞風景，不過她看到雪橇站的周遭環繞著城市，而不是在郊區。只要他們能逃進聖彼得堡，甩掉追兵應該不難。他們只要離開這裡，最好是在更多警衛回來之前。

現在絕對不能再浪費時間了。「你能爲我指明方向，帶我到距離最近的外牆邊嗎？用河流當參考點，找出我們的位置？」

凱點點頭。他知道她準備做什麼。

語言並不是魔法，它是完全不同的力量。艾琳不能用語言和魔法相互作用，而她本身也不會使用魔法——每個世界的魔法各有巧妙不同，她從未受過這方面的訓練。她的父母總是對她說，靈活的頭腦和對語言的良好掌控能力，比起研究特定世界魔法這種細節來得更有價值，她大致上贊同。唯有當這種時候，當她被鎖在魔法力場後頭，會覺得他們的主張有點偏頗。

然而，語言可以讓魔法停止運作。這種效應是全面性、一體適用的，因此有時候在進行包含精細細節的竊盜計畫時，語言會是很拙劣的工具。不過針對眼前這種脫逃情況，它正好合適。

「**魔法屏障，關閉。**」她說。她的話在空氣中磨擦，像石磨一樣，挾帶著一股沉重的力量，而防護盾在發出嘶嘶聲後消失了。她滿身大汗，好像剛跑上山坡。「**鋼柵門，解鎖然後打開。**」

鎖發出喀答一聲，門自動打開，重重撞在牆壁上，讓瓷磚都為之震顫。凱已經動了起來，拖著艾琳一起跑，她則拚命喘氣。這地方讓使用語言變得好困難。一切都太穩定、太真實、太井然有序了。如果她的氣夠足，她會向任何願意聽的人大發牢騷。

他們沿著走廊狂奔，遠離中央大廳，朝外牆跑。有個警衛從他們前方的轉角後走出來，然後震驚地站在原地，舉起一手要他們停下。凱放開艾琳，一把抓住男人伸出來的手腕，一個扭身把他摜在牆壁上，然後再攬著艾琳的肩膀拉著她前進。他幾乎沒有停下腳步。

「停止！」有幾個聲音在背後喝道。嗯，如果他們本來不確定我們有問題，現在可以確定了。

他們轉了個彎，是死路。走廊兩側都有辦公室，但前方的盡頭是堅實的石牆，連窗戶都沒有。

「你確定外面就在牆的另一邊了？」艾琳不合文法地問道。嗯，急到口不擇言了。

「絕對沒錯。」凱說。他扭回頭朝逐漸逼近的靴聲來向望去。「但我不知道牆有多厚。」

「只希望支撐結構能撐得住了。」艾琳說。她走向前，雙手按在冷冷的石頭表面。「**我正前方的**

石牆，以我的身高和手按的範圍為標準，」她說，盡可能定義清楚。「碎成粉塵，一路碎到外面。」

一時之間，艾琳以為失敗了。門就是做來開啟的，而且經常都在開，但石頭的本質並不易碎。石牆在她掌心底下顫動，好像想和人類抗命一樣地擺脫她的指令。

不行，她不會讓它不聽話。她把意志力灌向它，集中精神、聚集決心，咬牙切齒地盯著它。於是慢慢地——實在太慢了——石牆表面在她眼前變得粗糙不平，粉塵開始從她的手上方流瀉而下。

「艾琳！」凱大喊，把她整個人撲倒。他們兩人一起滾到地上，同時一波十字弓的箭切過他們上方的空氣，高度大概在腰部。

艾琳感覺她的骨頭好像都暫時度假去了，現在是果凍來代班，但眼前的狀況不容許等她身體好一點再應對。「十字弓的弦，斷掉！」她大喊。

粉塵像瀑布一樣灑在她和凱身上。他翻身站起，穩穩地平衡、做好準備，迎接趕到的警衛。艾琳一邊咳嗽一邊不那麼優雅地爬起身，轉頭看看牆的狀況。現在牆上有了個人形大小的空洞，她能看到另一邊的清澈天空。「該走了！」

「妳先！」

沒時間爭辯。艾琳低下頭，拖著腳步鑽過那個洞——這個洞大約有一百五十公分長，足見外牆有多厚。另一側是建築的二樓高度，意謂垂直往下高度約有三公尺。底下已經聚了一群人在指指點點。

艾琳彎下腰，攀住洞的下緣，讓自己落下去，安全地掉在人行道上。上那些墜落課程絕對是值得的。「凱！現在！」

他挾著一團粉塵隨著她跳下，另一波十字弓的箭唰唰地飛過他的頭頂，射進對面的建築。他們一定是用雙倍快的速度重新上弦的。「往哪走？」

「先等一下。**粉塵，聚成一團塡滿建築上的洞！**」崩解的岩石粉塵就像縮時攝影的霧一樣聚集，往回縮回建築物內。「好了，現在——」

艾琳看看四周，努力鎭靜下來思考。街上人潮洶湧；人行道上有行人，馬路上有小型馬車和騎士，所有人都望著她和凱。看起來這又是一個走爲上策的狀況。

確實如此。

奔過兩條街後，甩掉了所有目擊者，她和凱由奔跑而漸漸放慢速度成若無其事的漫步——不時停下來看看偶爾出現的商店櫥窗。艾琳因疑心病而感覺脖子後頭痲痲癢癢的。即使他們奇蹟般幸運地逃走了——主要是因爲警衛沒想到他們能離開囚室，更沒有人能預測他們會在雪橇站牆上開一個洞——相當於本地警察的單位現在也勢必出動來追捕他們了。或更糟，特轄軍。他們盯著櫥窗裡一件婚紗時，艾琳喃喃對凱說出這項隱憂。

「特轄軍？」凱皺眉。「噢，對了，本地那個異常醒目的祕密警察單位。」

「爲什麼說異常醒目？」

「他們全都穿著黑色長大衣。」凱說。

「他們也許只出現在報紙的報導中而已。」艾琳噘著嘴望著婚紗，好像在想像自己穿上白色絲綢的模樣。「我們要抹去足跡，我們需要掩護，需要計畫。我應該要你提供一些點子的，我應該要指導你才對。」

「可是妳的點子通常比我好，」凱聳聳肩。「可以直接採用妳想到的主意，又何必浪費時間問我呢？」

艾琳知道她應該反駁，不過現在實在不是回顧績效發展的適當時機。她把「說服凱在擬計畫時提供更多想法」，加到已經越來越長的「等我們逃過世界末日之後要做的事」清單。「好吧，那和我說說你對這裡的魔法有什麼看法，你可能注意到我忽略的事。」

「我們知道政府獨占了魔法使用權，」凱說。「我們入境時乘坐的魔法動力飛行設備屬於國營企業。當初排乾這片土地的水，好建立這座城市的市政建設工作，有用魔法當助力。還有現在擋住水的牆壁用魔法強化了，也是由國家出資蓋的——妳的筆記裡都有。我們先前讀的報紙中，也大篇幅報導一些斯拉夫國家想要脫離俄羅斯政權。他們要求收回他們自己的魔法傳統和產業，由自己管理。目前為止，我們沒有在這些商店裡看到任何私營魔法工作者。」

艾琳點點頭。「嗯，你說的我都同意，但你有任何結論嗎？」

「我們的麻煩會來自政府，卻不必擔心一般魔法師。」凱說。「如果我們要甩掉追兵，也許應該分開來走……」

他的語氣聽起來沒有很確定，艾琳猜得到原因。稍早之前被狼人俘虜，那可不是什麼光榮紀錄，而且凱只會因此更加確信，她一離開他的視線就會惹上麻煩。「也許不要比較好，」她說。「我們不熟悉這裡的地理，而我沒有任何能找到你的便利途徑。你能找到我嗎？像你能找到韋爾家鄉那個世界那樣？」

他搖搖頭。「在世界內部不能這樣用。我父王或叔叔們比較有辦法，但像我或我哥哥們這些龍比較無能一點。」

「你該用的是『年輕』，不是『無能』，」艾琳堅定地說。「不論如何，重點已經確定了——不要分開來走。下一步——什麼時候要進去隱士廬博物館，還有怎麼進去。尤其是冬宮那部分。」

凱用指尖拂過腹部。那一包文件藏在他的襯衫內，用兩條繃帶固定住。這樣比拎著公事包走來得安全。「妳可以再做一次妳對雪橇站牆壁做的事？」

「大概不行，我們已經做過了，他們就知道要提防有人故技重施。再說，冬宮外會有地面巡邏隊，你躲不過他們的目光。報紙上說今晚要舉行一場盛大的國宴，那表示保全措施會更加嚴密。」不過盛大的宴會能提供有用的掩護，只要她和凱進得去……

「說到地面巡邏隊，我想有幾個警察剛從街尾轉過來了。」凱急切地說。

「讓我來發言。」艾琳說，領先走進婚紗店。

她有個主意，行動的細節越來越清晰了。

「不好意思，」她對殷勤迎向前來的店員說。「我和未婚夫臨時受邀參加今晚的派對，但我沒有任何合適的衣服可穿。我朋友露德米拉說她朋友葛蕾塔對你們的店讚不絕口。我知道你們本身不做晚禮服，但你們能不能告訴我哪裡有適合的店？」

五分鐘後他們走出店外，準備前往幾條街外的裁縫店，他們可以在短時間內提供合適的服裝——

更重要的是，警察已經走過去了，沒看到他們。

「我們要扮成賓客，再用話術想辦法進入宴會嗎？」凱問道。

「不算是，」艾琳說。「沒看到邀請函，我沒辦法偽造，而我們沒機會看到邀請函。另外，如果我試著改變他們的認知，我們還沒進去，大門的警衛就會醒悟到發生了什麼事，畢竟這一招在這裡實在不管用。」

「那怎麼辦？」

「我看過你叔叔只是因爲發脾氣就召喚出一場風暴，」艾琳若有所思地說。「你能辦到嗎？」

凱歪著頭考慮。「可以，」他說。「唔，至少是小型風暴吧。要幹嘛？」

計畫成形了。的確，這是個極端的計畫，也只能用一次，不過確實可行。「很好，」艾琳微笑回答。「我們要從另一個方向來做這件事。」

插曲　韋爾與席爾維

「你可以告訴他說派瑞格林・韋爾來見他。」

列支敦斯登大使館一向難以滲透。當然，韋爾過去曾進入好幾次，但一般來說他都是喬裝後才進去的。這次他以自己原本的身分上門，結果連前門的會客廳都沒能突破。這地方可謂完全沒發揮大使館的功能，想要造訪列支敦斯登的訪客幾乎連大門都進不去。

你甚至會覺得，他酸溜溜地想著，*他們藏了什麼東西*。

「我必須告訴你，席爾維大人沒空。」這句話的語氣有如磨利的冰柱。強森是席爾維大人的男僕、總管，也是處理一切的雜工。他已經做五年了，比所有待過這個職位的人都久。不過他和他們一樣，到職後不出一個星期，就狂熱地效忠席爾維。

韋爾一邊說話，一邊仔細打量這傢伙。儘管強森的服裝剪裁就和上流階級的僕人一樣，材質卻罕見地高級，皮鞋也閃著烏黑的光澤，顯示在擦亮的過程中用上了香檳。他的腔調經過調整，避免類似任何的口音——這是妖精的要求，要讓他成爲「完美僕人」，還是他自己的選擇？強森沒有犯罪紀錄，不過更可疑的是，沒有他擔任這職位之前的任何紀錄。他很明顯地（唔，至少在韋爾眼中很明顯）在外套底下藏著一把手槍。

韋爾揚起一眉。「是嗎，沒空。我看他是對當前發生的事件渾然不覺囉？」

這話讓強森停頓了一下。他回瞪著韋爾，好像只要瞪得夠用力，就能強迫他透露資訊。

韋爾能看出那男人目光背後的算計：如果韋爾在虛張聲勢，要詐成功而和席爾維見到面，席爾維會讓強森後悔。不過要是眞的有什麼要事，而席爾維錯失了蹚渾水的機會，他才眞的會讓強森後悔。

「你得等。」強森突然說。「大人還沒起身。」

「的確，現在還不到下午四點呢，」韋爾挖苦。「難怪他還沒睡飽。」

強森把嘴唇抿成一條線，強壓著怒氣。他不肯向韋爾行鞠躬禮，只俐落地垂下頭，然後就大步走出會客室。

韋爾趁機打量房間。地毯和壁紙都廉價而平庸，和大使館地位很不相襯；這是間排斥來訪者的房間，想要說服他們最好趕快離開。唯一的裝飾品是壁爐上方的女王油畫像，畫工拙劣，表面蒙著厚厚的灰塵。兩張椅子，沒有書桌或餐桌。其中一張椅子是舒適的扶手椅，椅罩上沾著一根銀色頭髮，洩露出一般坐在這張椅子上的人是誰。另外那張比較硬，設計的目的就是要讓坐的人不舒服。壁爐從昨天晚上之後就沒清過，顯然曾用來焚燒一些手寫文件。韋爾心癢難耐，很想仔細瞧一瞧。

他後方的門吱呀一聲開了，他轉身，看到是席爾維本人蒞臨——儘管韋爾沒有立刻察覺他來了，腰桿倒是挺直的。那個妖精歪歪倒倒地靠在門框上，雙手笨拙地想要繫上黑色絲質睡袍的腰帶，睡袍裡還穿著睡衣和拖鞋。他睡得銀髮都亂了。儘管他瞇起眼睛，試圖威嚇地看著韋爾，眼神卻朦朧而失焦。

「親愛的韋爾，」席爾維打了個呵欠說。「聽說你來了，我沒想到你是來翻我的壁爐的。」

「我很好奇你在燒什麼。」韋爾回應。「倫敦有太多的神祕事件都是從你的屋簷底下起頭的。」

「老天，強森，給我拿點咖啡來。看來韋爾先生是要耍嘴皮子，而不是直接說重點。」席爾維搖搖晃晃地穿過房間，跌坐進他的寶座，如釋重負地嘆口氣。「我想你提到當前正在發生的事件？」

「我建議你先把你的咖啡喝了吧。」韋爾說。席爾維臉上還明顯可見昨晚放蕩的痕跡——而他脖子上的吻痕暗示他有至少一個同伴。儘管韋爾可能在這妖精還半夢半醒時套出更多實話，這個策略卻有遺漏重要資訊的風險存在。

「你過分為我著想了，要擔心的應該是我。」席爾維又打了個呵欠。「我希望你不會讓我在這種該死的時間起床卻感到後悔。來點開心的，大偵探。在我等咖啡的時候，告訴我一些有趣的事。」

「那好吧。」韋爾朝站在門口的女僕點點頭。「那個女人是你其中一個私人殺手。」

「我有私人殺手？」席爾維皺著眉頭說。「我相信如果我有的話，我應該會記得。不過他們應該挺管用的。」

韋爾走向女僕，她僵立原地。「這個女人在大使館的員工中職位顯然很低，從她袖口不夠合身就能看得出來。」他輕拍她的手腕。「還有肘部有隱藏的縫補痕跡。職位較高的僕役會穿著比較合身的衣服，而且是全新的，不是穿別人傳下來的二手衣。然而你卻帶她來和客人見面，而不是讓她留在廚房或樓上。她有瞄人和聳肩的習慣，顯示她有遠視。」他的話流暢地吐出來，證據之鍊的每個環節都清楚而確切。有那麼一會兒，韋爾的抑鬱消退了，他能夠專注在他的推論上。他湊近她，仔細審視她的臉。「她的鼻梁顯示她平常會戴眼鏡或夾鼻眼鏡。她走進這個房間時，步態洩露出她佩帶了一把槍，就藏在她裙子底下的左腿。有哪一類人員會攜帶長槍管的槍，因爲擺出瞄準姿勢而磨破肘部的衣物，而且具備遠視的長才？狙擊手。」

「那她爲什麼要拿掉眼鏡呢？」席爾維問。「愛漂亮？」

「我承認我還不確定。」他退離那個女人。「但是這位年輕女士只是站在這裡，既不亂動也不排斥讓我審視她，也不反駁我的結論，這件事本身就頗能說明一些事。」

「我的員工都受過良好訓練……啊，謝謝你，強森。」席爾維接過強森奉上的咖啡，伴隨著顫抖的吸氣聲一仰而盡。當他再度睜開眼睛時，眼神比較聚焦了。「大偵探，我能招待你一些飲料點心嗎？」

「當然不行。」韋爾說。他才不會吃妖精給的任何東西，他們經常會宣稱那樣一來就欠了人情，而且會試圖在接受招待者身上施展魅惑力。「至於你的女僕，這件事很容易解決。就讓她在警察面前露出腳踝，雖然法律允許某些隱藏的武器，未申請執照的槍枝應該還是越界了。」

席爾維用手梳過頭髮。「強森，我需要來點提神的東西。帶瑪麗一起走吧，免得我們的大偵探繼續妄下斷語。」

韋爾哼了一聲，轉過身，漫步走到窗邊。和房間其餘地方一樣，窗台和玻璃窗板的角落都積著厚厚的灰。「我並沒有妄下斷語，而是基於證據做出推論。」

「是啦，是啦，我知道。」席爾維安撫地說。「而且整個過程無懈可擊。但你提到當前正在發生的事件。你是個罕見的天使，把我從鮮花床上喚醒了，韋爾。請你解釋一下吧。」

「好吧。你最近有沒有聽說妖伯瑞奇的消息?」

這個名字懸在他們之間的空氣裡。席爾維慢吞吞地把兩手指尖貼合聳起，越過手指看著韋爾。他的表情很難定義，但絕對不是驚訝。「我很好奇來這裡問這個問題的人怎麼不是溫特斯小姐。」

「溫特斯很忙。」韋爾說。「我想替她省點時間，親自來一趟。」

「她現在在哪裡呢?」席爾維的口氣彷彿若無其事，但他的眼睛深思地瞇起來。

「噢，別的地方。」韋爾敷衍地揮揮手。「在外面奔走。我發現她真的很不懂得要留下聯絡方式。你有什麼覺得應該告訴她的事嗎?」

「唔，我可以想一想。」席爾維說。「這場比賽我的馬並沒有參加，不過看來確實是人人皆可免費入場。至少就我聽說的是如此。」

韋爾一屁股坐進席爾維對面的椅子，不去在意它毫不順應他身體曲線的設計，只把焦點放在這妖精身上。「我還沒見過你哪一回沒有選邊站的，你如果真的保持中立，那才叫不尋常呢。」

「你太了解我了。」席爾維臉上閃過一絲狡獪的笑意。「你花這麼多時間鑽研我的習性，我應該受寵若驚。」

「不需要。」韋爾說，他用最尖刻的語氣說。「我並不喜歡這麼做。你是倫敦最惡名昭彰的花花公子之一。」

「我盡力而為。」席爾維贊同。剛才服務周到的強森已經很快地端來一杯解宿醉的藥水，這時席爾維伸手拿杯子，皺著臉一口喝下。「我真的很努力很努力要做到。」

「所以你怎麼看現在的狀況？」

「唔，我所知道的是妖伯瑞奇在找幫手。」席爾維把杯子放在托盤上，突然正經起來。「在我們繼續談下去之前，大偵探，我要你承諾，我即將說的事情能償還任何債務——也就是威尼斯事件時我可能欠你，也可能沒欠你的人情。」

「『可能欠我，也可能沒欠我』？」韋爾說。「聽起來相當不確定啊。」

「我不喜歡承認我欠任何人債務，我相信你能理解的。」

「所以你就逃避義務。」

「要是哪一天對你來說，欠人人情也會成爲攸關生死的事，也許你就能體會了。」席爾維沒好氣地說。「目前來說，你只能接受那種事可能造成大麻煩的說法。所以，如果我告訴你我對目前事態發展有什麼了解，你願意視作我們從此兩不相欠嗎？」

韋爾知道妖精必須遵守自己的諾言。這是其中一項關於他們的實用資訊，另一項是冷鐵能削弱他們的力量。他對這些小小的優勢絕無反感——妖精很惹人厭，他們的魅惑力也很礙事，更別說遊走在法律邊緣。「我向你保證，我會當作我們兩不相欠，前提是你要告訴我你對『當前發生的事件』有什麼了解。我不能替溫特斯發言。」

「是啊，眞可惜她不在這裡。」席爾維說。「如果是和她談的話，一定會覺得有樂趣得多。」儘管他並沒有因這個念頭而舔嘴唇，表情還是顯露出幾乎藏不住的色心。

韋爾只能慶幸溫特斯確實身在他處。即使她頗有能力應付席爾維，也絕對不會喜歡他影射的言詞。她昨天晚上對韋爾做出的行為，和這種……不合宜的言詞是兩碼子事。「你少往臉上貼金了。」他簡短地說。

「我以為我們要以文明人的方式談話。」

「倫敦這裡的一大堆陰謀都是你煽動的，據我所知，你在大使館之外組織了至少一個間諜團隊。而在威尼斯事件時，你純粹為了救你自己可悲的小命，有意讓溫特斯陷入可能喪命或更慘烈命運的狀況中。我敢說我和你比起來已經相當文明了。」韋爾往椅背上靠，應該說在椅子的局限下盡量這麼做。「你還要我繼續說嗎？」

席爾維望著天花板，好像在要求某位看不見的神祇賦予他耐性。「噢，請你務必繼續說下去，我幾乎不知道你對我的看法，我挺欣賞的呢。但如果想要獲得資訊，也許你該讓我說話。」

韋爾不得不勉強承認席爾維說得有理。「請說。」他簡短地說，在心裡將某些精挑細選的侮辱語詞保存起來，等之後有機會再用。

「妖伯瑞奇在妖精之間有一定數量的盟友，」席爾維開始說。「直白地說，他讓人欠他人情，他也欠了別人人情。兩個月前，也就是威尼斯事件結束後不久，我聽到謠言，說他在找……合作者，姑且這麼說吧。比下屬高一等，但遠遠不及地位平等的夥伴。他要找比我弱，不過還是有能力靠自己穿梭不同世界的那種妖精。」

「了解。」韋爾不動聲色地說。他立刻想到札雅娜和她貌似可信但缺乏證據的說詞。「請繼續。」

席爾維兩手一攤。「我聽說的差不多就這樣了。」

「關提斯夫人是其中一個妖精嗎？」

「這我不知道，」席爾維說。「那位女士憑空消失了——我求之不得。我相信她還會再給我們惹麻煩的，但她要花一點時間才能建立起權力基礎。」韋爾感覺他對這件事相當輕鬆看待。「但是妖伯瑞奇的事還有後話，那就是有些對他開出的條件感興趣的妖精，從那之後就失聯了。至少別人是這麼告訴我的。這倒讓我聯想到，你爲什麼會來這裡打聽他的事。」

「但他要找合作者做什麼？」韋爾問。「一定有人針對他的終極計畫發表過一些看法吧？還有可能提供的報酬？即使只是臆測都可能有幫助。」

「對。對，你的思路很好，」席爾維若有所思地皺著眉。「可蒐集到的細節眞的極爲有限。要我猜的話，我會說他提出的條件非常模糊，只有走投無路的人才會受到吸引。悲哀的是，走投無路的人也夠多了——失去恩主、因劇情需要淪爲失敗者的人等等。可憐的傻瓜。」

「你這麼有同情心眞令我意外。」

「與其說同情，不如說是憐憫。」席爾維說。「同情彷彿暗示我有可能設法幫助他們。憐憫就安全多了。我可以高高在上地施捨憐憫，不必染上一身腥。我憐憫他們。我倒是很同情你，大偵探。」

「我？」韋爾詫異地說。

「我警告過你不要去威尼斯。」席爾維的目光變得非常坦率，而且語氣有種奇怪的親密感，彷彿他們兩人有某種共同的連結。「我知道對一個毫無準備的人類來說，高度混沌的世界會造成什麼影響。我不想失去你，大偵探，而我還不確定會不會失去你。」

韋爾向後縮，被席爾維的態度給冒犯了。但憑良心講，他眞正反感的是自己似乎理解席爾維的意思。感覺席爾維就像在和另一個同類——另一個妖精——對話，這個念頭讓他全身的細胞都在作嘔。與席爾維針鋒相對的短暫快感已經消退了，他原本的倦怠感威脅著要重新襲捲他。他一直設法壓抑它，說服自己所有的行動是値得的，能帶來某些改變。但是現在一切似乎又都很表面，歸根究柢，都是無關緊要的。他渴望稍早時他們對話中擦出的火花，以及和席爾維鬥智的愉快。與此同時，他又因這種渴望而深感困擾。

「所以你只知道妖伯瑞奇在計畫某些事。」他終於說，試著回歸眼前的正題。溫特斯需要他幫忙，這一點確實很重要。「此外，儘管你的一些同類可能牽涉其中，他們目前處於失聯狀態。」

「簡潔又精確。」席爾維說，又打了個呵欠。「如果這幾天又發生了什麼事，我是還沒聽說。但你必須承認，你現在知道得比原本多了。我欠的債還清了。」

韋爾不得不點頭同意。「我接受。不過就這麼一次，我眞希望你知道得更多一點。」

「可是我親愛的韋爾啊，我們還沒談完呢。」席爾維傾向前，表情充滿對資訊的飢渴。「你還沒告訴我你知道什麼，或是你爲什麼會來問這些問題。顯然妖伯瑞奇有所行動了。難道不管我說什麼或做什麼，都說服不了你分享資訊嗎？」

眞是耐人尋味的兩難狀況。席爾維會願意花大錢購買妖伯瑞奇攻擊大圖書館的消息，但告訴他也許會害溫特斯和石壯洛克身陷險境。「我不確定你有什麼我想要的東西……」韋爾說。

「輪到我扮大偵探了！」席爾維喜孜孜地說。他的嘴唇彎成微笑，就像平常他恭維女性時那樣。「你不肯告訴我本身就是一項資訊了。我推測妖伯瑞奇已經或正在對大圖書館造成某種危害，這能說明溫特斯小姐爲何不在。你自然不想告訴我這些，因爲你很擔心我會怎麼利用這項資訊。」

「如果你試著把這當作可靠的情報賣給別的妖精，那你可是賭很大。」韋爾淡淡地說。可是他的胃在往下沉。席爾維的推測太準確了，除非直接說謊，他沒有什麼便捷的方式扭轉席爾維的臆測。

「你並沒有否認。」席爾維指出。

「我們談的條件不包括我給你任何進一步細節。」韋爾說。「不論是用肯定或否定的方式。」

然而……攻擊事件的消息眞的那麼重要嗎？妖伯瑞奇對大圖書館有興趣，好像已是普遍的認知了。而且韋爾非常想知道某件事，席爾維或許正是能爲他解答的人。「另一方面……」他深思地說。

席爾維眼睛一亮。「是的？」

「最近有什麼力量不算太強的妖精來到倫敦嗎？妖伯瑞奇想招募的那種妖精，或是闕提斯夫人本人？」

「眞是的，我親愛的韋爾，你怎麼會期望我知道那種事？」但席爾維唇邊的得意笑容暗示他知道答案。

「你是本地蛛網上的蜘蛛，」韋爾說。「任何飛進網中的蒼蠅都會引起你的注意。我沒有問錯人。」

「說得有理。因此，換我來問你：現在到底是什麼狀況？」席爾維檢查自己的指甲。「儘管慢慢來，我相信我們不趕時間。」

「妖伯瑞奇開始對大圖書館發動攻擊了，」韋爾說。席爾維牢牢盯住他的眼睛，室內緊繃的空氣就像小提琴的弦一樣嗡鳴。他聳聳肩。「你猜對了。」

「就這樣？」席爾維質問。

「在我看來已經很夠了。」韋爾知道，對於這件事更廣泛的意義，他的了解比溫特斯或石壯洛克要少得多。又一次顯現他是多麼微不足道。又一次證明在各大對戰的勢力之間，在格局更大的棋盤上，區區人類的力量是多麼渺小。「現在我想你該回答我的問題了吧。」

席爾維任性地癟了癟嘴。「好吧。不，這一個月之內，沒有中等力量或更強力量的妖精來到倫敦。或者客觀來說，就算有，他們也夠低調。而關提斯夫人更絕對不在這裡。」

「了解。」韋爾說。札雅娜聲稱她逃離了原本的恩主，才剛抵達倫敦。但她為什麼要避開席爾維，以致於他甚至不知道她存在？絕對很可疑。他很想請席爾維協助找出她的棲身之處，但那會提供席爾維太多資訊。

韋爾站起身。「謝謝你的協助。順帶一提，我建議你換用更低調的護衛。既然我能注意到那個狙擊手，別人也會注意到。」

席爾維沒有起身的意思。「你真好心，」他挖苦。「不幸的是，因為幾個月前我在威尼斯的時候，有些人偷走了我的交通工具，我不得不把大部分隨行人員留在那裡。」

這句話的完整意義一點一滴流入韋爾的腦海，形成一幅恐怖的畫面。「你的僕人、你的女傭和保鏢——你把他們留在那裡了？留在另一個世界，根本沒辦法回來？」

「我哪能靠自己把他們帶回來？」席爾維抱怨。「光是把強森和我的行李帶回來就夠麻煩了。別那樣看我，韋爾，我相信他們有能力爲自己開創新生活。他們年輕、強壯、健康……」

「不用送我了。」韋爾說，把門在身後甩上。

第十五章

晚上十點，宴會應該已經正式開始了。艾琳攀在凱那充滿鱗片的背上，油布斗篷在漸強的風裡飄在她背後，而凱正高高盤旋在冬宮上空。他們下方的城市是一片襯著黑夜、由光點組成的格網；他們飛得太高，時間又很晚了，艾琳無法清楚看見任何建築，但看得到路燈和在大型建築物周邊散發耀眼光芒的照明設備。雪橇站附近的固定路線上，有飛行雪橇所發出的閃爍燈光。眼前沒有任何雲層遮蔽她的視野。還沒有。

凱一邊在空中滑行，一邊努力集中精神，因此他沒有主動開口說話，而艾琳趁此機會瀏覽一遍腦中這次行動的待辦事項清單。

他們兩人要穿的晚禮服——準備好了。不過是買現成的，而不是量身訂做。（凱頗為失望他不能買軍服，顯然這裡的年輕人習慣穿軍服參加舞會。但艾琳指出所有可能出錯的環節，例如凱不清楚他宣稱所屬軍團的細節，他這才心不甘情不願地妥協。）冬宮的地圖及目標書籍理論上的所在地——背好了。而且所有文件都已經銷毀了。現在如果隨身攜帶大圖書館文件，危險大於用處。凱變身成龍，好製造風暴並降落在屋頂——成功。

下一步是風暴本身。屋頂上當然會有哨兵，但在遭受風雨襲擊時，很少人會往上看。這就是為何艾琳會穿著有個大兜帽的油布披風，她希望油布披風能讓她大致上保持乾爽。至少是在進去以後足夠僞裝成賓客的乾爽。要是有人仔細檢視她和凱，他們就會陷入大麻煩。

「我把風抓住了，隨時可以把它們釋放出去。」凱說。他的話在稀薄的空氣裡迴蕩，艾琳抓緊他的鱗片。「妳準備好了嗎？」

「動手吧。」艾琳說。

風暴在她眼前聚集，雲迴旋著聚在一起，形成一個遮住下方城市的黑色大螺旋。強勁的風一下一下地扯著她，她更緊地貼向龍背，用兜帽蓋住自己的臉。他不停地轉圈，圈子越縮越小，雙翼在她兩側映著黑夜發出幽光。在雲層深處有閃電亮了一下，停頓一秒後，雷聲隨之而來。

凱說做這件事不會耗損他的元氣，但她堅持他事先要睡幾個小時。她在雪橇上睡覺時他守了一整夜，而她不知道龍需要多少睡眠，但她知道他們需要一些睡眠。他們在一間廉價旅館訂了一間房，櫃台的女人用異樣眼神打量他們，顯然武斷地做出了某種結論。短暫的休息讓他們不必待在街上，從而避開數量越來越多的警察。凱睡得像死人，胸部幾乎完全沒有起伏。艾琳坐在搖搖晃晃的椅子上記下他們的地圖和計畫，並不時心想：沒有你我該怎麼辦？才不到一年，我已經在需要時依賴著你，靠在你的肩上睡覺……

迫在眼前的災難優先，她提醒自己。個人議題晚點再說。

「在不要冒險弄出強風的情況下，這是我能製造出最強的暴風雨了。」凱隆隆地說。「我要帶我們下去了。」

他像隻老鷹般向下穿過雲層，速度越來越快，彷彿重力和空氣阻力的法則都僅供參考。也許對他來說確實是吧。刺骨寒風滲入艾琳的手，她優雅的蕾絲手套無法提供任何保護，風使得披風整個包在她身上。突然間，他們四周全是雨，唰唰地打在他們身上，在凱的身軀上奔流，雨水凸顯了他鱗片的形狀。他繼續下降，極度優雅和滿不在乎，就像只是飛在夏日的微風裡。艾琳低著頭，為了保住小命而緊緊攀牢。

他們突破了雲層，繼續墜落，有如失速掉落的電梯。艾琳真希望自己能聯想到沒那麼戲劇化的譬喻，不過這種時候光是思考都很困難了。雨水彷彿瀑布般打在她和凱身上，從她的披風底下湧出來，潑向她的臉，使得她視線變得模糊。

凱張開雙翼，在空氣裡發出答的一聲，像是小型霹靂，然後他們的下降突然減慢了。這動作大概牴觸了慣性法則，以及「力等於質量乘以加速度」，或誰知道有關的任何公式是什麼。不過既然宇宙沒在注意這裡，艾琳也不打算追根究柢。他輕輕落在一段平坦的屋頂上，腳爪刮過石板表面，就算這上面原本有警衛，也都很明智地躲雨去了，沒有在看守屋頂。很好，第一個目標達成。

艾琳從凱的背上滑下來，瞇眼望向傾盆大雨，想要認清方向。她在她的右手邊看到皇宮教堂的洋蔥式圓頂。那表示那棟位於冬宮和隱士廬主建物之間、離她較近的橫式建築，是聖喬治廳了。王座就在那裡——不過希望他們今晚不會撞見女皇陛下。她左手邊較遠處是大廳，也是今晚宴會的舉行地點，儘管大雨籠罩，那裡的窗戶還是透出耀眼的光輝。因此她和凱應該是在某些沒人住的皇室房間正上方。嗯，嚴格來說，他們是在僕人閣樓的正上方才對，而僕人閣樓又在皇室房間正上方，但僕人閣樓並沒有列在官方地圖上。

凱在她旁邊打了個冷顫，他周圍的空氣都在波動。接著他便同樣披著油布披風站在她身邊了。

「那裡有門和樓梯，」他指著屋頂外側一座矮牆的陰影說。「我們快去避雨吧。」

那裡距離還算近，艾琳點點頭。雖然她已經是打赤腳了，還是得扶著他的手臂才能穿過濕滑的石板。那道門鎖著，不過艾琳用語言打開了它，兩人進門、離開風暴後，都如釋重負地嘆了口氣。

一如預期，這裡是僕人閣樓區，因此注重實用，而不像是典型的宏偉建築。艾琳從大衣底下拿出包包，緊急補救了一下髮型。她用她帶的毛巾把腳擦乾，然後穿上絲襪和舞鞋。接著他們把披風和毛巾捲成一團，塞進恰好就在旁邊的壁櫥裡，然後從距離最近的樓梯走下去，希望看起來像迷路的宴會賓客。他們在路上沒有遇到任何僕人，不過艾琳隱約聽到有穿著軟鞋走路的聲音。

當他們走到三樓時，四周的裝潢突然轉爲奢華，但還不到過分的地步。房間的地板和牆壁都是有鑲嵌紋飾的大理石，走廊也是大理石材質，家具則是鍍金、雕刻有花紋，搭配絲絨靠墊。牆上的畫作大概都是委託或購自著名藝術家。（視覺藝術始終不是艾琳的強項，要是沒有參考指南，她連林布蘭和拉斐爾都分不出來。）

凱顯然很讚許地打量四周。「還不錯嘛，」他說。「挺像樣的。我們現在要去哪一區？」他暫停腳步，對著一面鏡子調整他的領結。

艾琳把一支髮梳插進她略微被風吹亂的頭髮，鬱悶地看著自己優雅但微濕的倒影。這是一件還不錯的禮服，是漂亮的淡綠色，由絲綢和薄紗組成，有蓬蓬袖和大裙襬（邊緣濕了一圈），露出肩膀和脖子。她用來搭配服裝的配件有蕾絲長手套、絲質舞鞋，還用髮梳和髮夾把頭髮挽起來，不過哪怕如此用心，一站在凱旁邊，她看起來就像……嗯，像是刻意打扮過。凱穿著禮服大衣、領結、背心和合身的長褲，看起來就應該出現在皇室宴會裡，甚至是宴會的主辦人。那身衣服在他身上看起來很自然。

她覺得這小小的怨恨心結不值得去研究，因此把它推到一邊。「從這裡穿過去，在盡頭處下樓梯。」她指示。「連下兩層樓。如果我們能避免被任何人注意，那就更好了。」外頭仍然風雨交加，她經過窗戶時，聽到風聲有如裂帛，雨水也嘩啦嘩啦地敲著玻璃。

他們沒有受到攔阻，成功到了一樓。在下樓的過程中，發現建築變得越來越豪華，甚至往鋪張浪費的方向發展，不過還保有足夠的節制，沒有流於俗麗。所有東西都鋪著奢華的大理石，像鮮奶油一樣雪白而滑順。鍍金裝飾品都閃閃發亮，好像一個鐘頭前才擦亮過。音樂聲極其隱約地由走廊遠處飄過來。

有個僕人走向他們，穿著一身俐落的黑色制服。「不好意思，先生、女士。」他說，毫不費力地看出兩人中誰比較有貴族氣息，因而先向他致意。「宴會地點是在大廳。如果您需要有人爲您指明方向……」

凱睥睨著那男人。「你去忙你的吧，」他說。「這位小姐和我認得路。」

那僕人鞠躬後退下了。但艾琳知道他只是第一個熱心的下人，還會有一連串僕人試圖把他們帶到其他賓客身邊。她挽著凱的手臂，帶他繞過一個轉角，進入稍微沒那麼華麗的小走廊，穿過一道適度華麗的門口，進入一道往下的樸素石梯。

凱抽了抽鼻子。「我聞到食物。」他喃喃道。

「廚房在下面，地下室。」艾琳回答。這道樓梯很窄，她還得把裙襬往內拉，以免蹭到牆壁。「應該在，呃——」她參閱了一下腦中地圖。「西方到西北方之間，那個方向。我們應該從這裡往東北方走，去教堂下方。」

他們沿著陰暗的走廊匆匆前進，艾琳思考著他們被衛兵攔下來的可能性。她很訝異可以一路來到現在的位置。的確，冬宮一定也有常見的保全盲點，那就是「守好外牆，那麼牆內的所有人一定都沒問題」。但儘管如此，有鑑於革命和脫俄的謠言喧囂，還有政府鎮壓的傳言，皇宮內的保全不是該更嚴謹一點點嗎？他們走得越遠，她就越緊張。她開始擔心他們其實正被誘入某種巨大的陷阱，等走得夠深，就插翅也難飛了……

「給我站住！」有個聲音喝令。

這聲喝令幾乎讓人鬆一口氣。艾琳順從地停在原地，一手拉著凱的袖子。只有三個警衛在看守檔案庫的入口，那裡面就放著他們的終極目標——天啊，他們在想什麼？不過平心而論，他們後方的門看起來確實鎖得很緊、閂得很牢。

「走上前來表明身分！」下一道命令傳來。

太完美了。艾琳走向前。更棒的是，她能明顯看出是哪個警衛負責發號施令。她把手伸進胸衣，然後抽出身分證明拿給領頭的警衛看，彷彿她剛取出一件只有他才可以看的東西。「在你的認知裡，這是完整的身分證明，而我們獲授權檢視這座檔案庫裡的庫藏。」她說。

那個警衛立刻驚恐地行禮，慌亂使他僵硬地挺直背脊。另兩名警衛也隨後做出同樣舉動。「是的，女士，」他趕緊說。「當然，女士！」

「你可以打開門，然後協助我。」艾琳俐落地說，不確定他以爲她是什麼人。大概是特轄軍吧，只有祕密警察會引起這種反應。「你的部下留在外面，沒必要讓他們聽見這個。」

他點點頭，從腰帶上取下一支鑰匙，很迅速地插進鎖孔轉動。他拉開門，出現一個細微、像是颯颯的聲音。艾琳懷疑門上設了某種魔法警報器。現在，只要這警衛仍保持困惑，直到他們進去……

他們進了下一間房，凱在他們身後把門帶上，而那警衛甩甩頭，皺起眉。但凱已經預期到了，在對方還來不及示警前就用鎖喉壓制他。艾琳讓他把警衛勒到昏過去——畢竟沒有必要殺了對方——自己環顧周圍。他們在一間小小的前廳裡，房間另一頭有另一扇門得緊緊的厚門。好吧，看來這裡的保全措施並沒有那麼可笑。房間一側的書架上有一排排的分類記錄簿，想必都是門後儲藏物品的清冊。這裡還有一張小桌子，有個穿著厚重長袍的女人正試著躲在桌子底下。

艾琳走過去，手撐在桌子上。「妳這樣是沒有用的，妳知道吧。」她溫和地說。

女人站起來，畏縮地貼在牆上。「我不會幫你們的，我會用我的生命捍衛這裡！」

艾琳點點頭表示理解。「我了解，」她贊同。**「但是現在在妳的認知裡，我有權來到此地，也有權知道某一件物品的所在位置。」**她的頭開始痛了。

「噢。」女人依然貼著牆，不過現在看起來冷靜一些了，好像艾琳是個已知且可理解的威脅，而不是完全不可預測的人物。「啊，閣下想看哪一件物品呢？」

「一本書。」艾琳大膽地抱著希望說。「書名是《薩拉戈薩的手稿》，作者是楊・波托斯基。它在哪裡？」

女人從書桌後面一點一點地往外移，始終保持在艾琳的對面，然後她匆匆走向分類記錄簿。她抽出一本翻看著，一邊喃喃自語。她在翻頁的時候，繡滿花紋的袖子掃來掃去。最後她終於停下動作，把手指點在一條資料上。「在這裡——等等，妳說妳是誰來著？」

凱一掌劈向她的頸後，並且在她碰到地面前接住她，艾琳則彎下腰去看分類記錄簿。那條資料確實記載著他們要的書，但艾琳繼續讀下去，卻震驚得猛眨眼睛。「太扯了吧，」她大聲說。「女皇陛下兩天前把它調出去了，當作個人睡前讀物！」

凱讓那個女人靠著桌子坐。「拜託告訴我妳是在開玩笑。」他說。

「我也希望是啊。」艾琳比較了一下「從皇宮的地底寶庫偷書」，以及「從皇家寢宮偷書」的嚴重性。皇家寢宮的戒備可能比地底寶庫更加森嚴。眞是好極了。「唔，我們不能光是傻站在這裡。」她嘆口氣說。「我們再去試試吧。」

「妳怎麼知道它是用來當睡前讀物？」凱問道。

「我們女皇自己寫的，顯然她挺有幽默感的。」但如果凱或艾琳失風被逮，幽默感救不了他們的小命。「現在我幾乎後悔接下這樁任務了。」

「爲何？」

「因爲我很樂意偷一本放在書庫、根本沒人會看的書，」艾琳解釋。「但要從某人床邊桌上摸走人家看到一半的書，確實讓我有點罪惡感。」

他們對守門的警衛說，他們的指揮官在檢查內部的安全狀況，於是他們便很樂意地讓艾琳和凱通過了。艾琳帶領凱沿著原路回去。「爬上樓梯，」她喃喃道。「到了二樓之後，就衝向臥室。」

「這個計畫不怎麼詳細。」但凱不是在抱怨，只是很無奈。

「我以前常擬出詳盡的計畫，」艾琳鬱悶地說。「當我回想起來，才驚覺那時候我有多幸運。」

他們回到一樓，正打算從先前走過的樓梯上二樓，卻被剛才的同一個僕人逮個正著。這次他身後還有另外幾位賓客，他顯然正在催促他們跟著他走。「先生！」他對著凱的方向告誡地說。「女皇陛下馬上就要致詞了，您應該到大廳去才對。」

凱瞥向艾琳，她在他眼裡讀到與自己一樣的想法。最好合群一點，不要引起側目。他們可以晚點再溜出來，繼續找那本書。而且女皇在致詞的時候，被人逮到出現在冬宮其他地方，眞的會很可疑。

「謝謝你，」他對僕人說。「我正要去大廳，我以爲這裡是捷徑？」

僕人壓抑著翻白眼的衝動，這些貴族的愚蠢眞是無極限；他迅速帶著艾琳、凱和其他人穿過一連串走廊，每道走廊都比上一道更豪華。他們沿路撈走更多閒晃的人，艾琳很慶幸她和凱可以藏在越來越多的人群裡。

大廳本身非常寬敞——地板是鑲嵌大理石的馬賽克磚，但牆壁和天花板全是白色和金色，完美得就像雪地和陽光。天頂懸吊著巨大而熾亮的枝形吊燈，上頭的燭光與鍍金相互輝映，眩目到要直視它都不容易。大廳另一端約五十公尺之外，有一張放在高台上的王座，其上披掛著緋紅色的布罩。坐在王座中的人一襲銀色禮服，看起來好像會自體發光。

在他們和她之間是四處遊走想找個好位置的人群。初次出席皇室聚會的年輕仕女穿著純白色禮服，髮間簪著鴕鳥羽毛和鮮花，絲質裙襬十分澎大。像艾琳這樣年紀稍大或已婚的女子，則穿著粉嫩色系或深色禮服——而且佩戴的是珠寶而非鮮花。在場男性大多穿著軍服，而且經常在臀部一側佩有禮服佩劍，另一側則佩著短棍。其餘少數人則像凱一樣穿著合身的平民服裝，不然就是介於學者和教士間的長袍。有些年長女性也穿著這種長袍，艾琳注意到她們大致上沒有和其他同性站在一起。身穿皇宮制服的僕人在大廳外圍匆匆來去，但沒有人在看他們，所有人的注意力都集中在女皇陛下身上。

最後一群人也被趕進大廳後，女皇站了起來。所有人都單膝下跪，從圍繞她高台的皇室顧問們到入口處的衛兵，無一例外。這不光是做得過頭的禮儀，也不是魔法的效力。完整頭銜為「不死女皇」的她，擁有真正的魄力和魅力。人群奉獻給她的忠誠不是假裝出來的。艾琳曾親炙過龍王和妖精貴族的風采，儘管不會說這位凱薩琳大帝的威嚴有到那種地步，她還是相當敬佩。

幸好女皇沒有興致進行冗長的演說。她語氣堅定地就帝國的團結、國民的忠誠，以及她對國民的慈愛發表一些看法後，就重新入座。每個人都立刻站起身，對話有如野火般四處蔓延，房間角落的小型管弦樂隊也開始演奏。

「艾琳……」凱期待地說。

離開大廳的唯一出路就是他們進來的入口。嗯，女皇後面還有另一個出口，不過那不必列入考慮。因此如果他們試圖立刻離開，未免太明顯了。「我們在人群裡繞一繞，」艾琳堅定地說。「除非萬不得已，否則我不要跳舞。」

凱嘆口氣，伸出手臂讓她挽著，他們開始沿著大廳邊緣漫步，聽到一些片段對話。雖然都是些國宴上會聽到的正常話題——即將發生的戰爭、家族歷史、可能締結的婚約、蒙古的大型狩獵活動——不過談話的氛圍含有一絲緊張。人們不完全是處於疑心狀態，但三不五時就會在對話中拋出一句對不死女皇和她輝煌的帝國的讚美之詞，好像這樣做能爲對話內容增加潤滑力，且讓一旁的人也能聽到。

他們前方的人群間有個顯著的空隙。空隙中央站著一個男人，他像凱一樣穿著正式服裝，正在和幾個穿長袍的男女閒聊。至少，他的態度看起來很輕鬆。由他們的態度和姿勢看來，你可能會認爲他們在談攸關生死的大事。

「妳覺得呢？」凱喃喃道。「權位很高，這是絕對的，但屬於哪個領域？」

「祕密警察，」艾琳回答。「趕快想一些天眞愉快的事——」

她的話戛然而止，因爲那男人轉過頭來掃視舞會廳。她沒見過他，他淡黃色的頭髮剪得很短，鬍子也剃得很乾淨。儘管已屆中年，卻沒有凸出的肚腩或下垂的臉頰。他的眼睛是清澈的灰色，冷如大理石，凝望人群時閃爍著純粹飢渴的幽光——渴望權力、渴望答案、渴望支配。但那雙眼睛有種她所認得的特質，她把這一點加上男人的姿勢、他偏著頭的神態、他看著她的眼神……

「妖伯瑞奇。」她氣若游絲地說，恐懼到喉嚨發乾。

第十六章

他偷了一具新身體，在這裡看起來頗爲自在，而且認識那些人。這絕對是好事吧，艾琳試著說服自己，並努力不驚慌失措。這是個蒐集資訊的難得機會——也許甚至可以在此時此地終結整個威脅。她應該從樂觀角度思考。

但是冰冷的恐懼在她的血管裡逆向奔流，讓她的整顆心都像結凍了。這也是弄丟性命——或遭遇更可怕下場的難得機會。妖伯瑞奇優於她，就像她優於他們剛進入這個世界時遇到的那些惡漢。他已經好幾百歲了。他背叛了大圖書館，探知了妖精最黑暗的祕密。他爲了消遣和利益而剝下圖書館員的皮，再穿上他們的皮作爲僞裝。他並不粗心。既然艾琳認出他來，有很高的機率他對此早有準備。

「艾琳。」凱喃喃道，提醒她他還在。她手臂底下他的肌肉繃得很緊。「我該把他打倒嗎？如果我趁他來不及反應之前衝到他身邊……」

「太明顯了。」艾琳懊惱地說。「他知道你是龍，凱，他並不笨。」

「噢，對了，妳確實說過他把關於我的資訊賣給妖精——害我被綁架。」凱的眼睛有如黑色的冰。「但他可能過度自信了。我要測試看看嗎？」

艾琳衡量著各種可能。在這個充滿士兵和巫師的大廳裡，公開攻擊防禦能力高強的妖伯瑞奇，不啻爲自殺行爲。而她並不想送命。然而另一方面，如果這麼做能除掉他、終結大圖書館受到的威脅，也許還是值得的。她拒絕布菈達曼緹把她們自己當作誘餌的提議，是因爲她們沒有能接觸妖伯瑞奇的好方法。嗯，現在他就在她面前，她打算怎麼做呢？

她伸手握住一個年長女性的手臂，對方是個華麗而俗氣的壯女人，身穿紫色綢緞、佩戴鑽石。「不好意思，夫人，」她趁著那女人還來不及甩開自己的手時趕緊問道，並朝妖伯瑞奇點點頭。「請問那位紳士是誰？」

女人臉色一下子刷白，臉頰上的胭脂成了兩塊殷紅的圓斑。「妳一定是指尼可萊．伊利奇伯爵吧，」她試著若無其事地說，卻失敗了。「我以爲每個人都知道他是誰。」

「我們才剛從巴黎來，我誰也不認識。當然，除了女皇之外啦。」艾琳勉強發出笑聲。「他是重要人物嗎？」

「他是特轄軍的首領，如果妳有腦子的話，就會離他遠遠的。」女人甩掉艾琳的手，在保持尊嚴的範圍內用最快的速度從她身邊飄開。

妖伯瑞奇還在看，不過他並沒有接近的意思。艾琳和凱周圍的空隙也越來越大了，大概是因爲人們順著妖伯瑞奇的眼光望過去，不想和他鎖定的目標扯上關係。

艾琳深吸一口氣。「凱，我要做件莽撞的事，」她說。「我需要你站在附近當作後援。」

「不行，」凱斷然拒絕。「沒這種事，我不會讓妳這樣做。」

「你以爲我很想這麼做嗎？」這樣講實在太輕描淡寫了。她寧可爬上一座即將爆發、正在噴濺小股岩漿的火山。「但他和我一樣善於使用語言，甚至比我更強。而你知道我能做什麼……」

凱皺起臉，根本沒有試圖掩飾他的憤怒。「所以妳要我待在他聲音的影響範圍之外。」

「我可能需要你來救我。」她捏了捏他的手臂。「你知道，我可不放心讓隨便哪個人來救我。」

「除此之外，在這種公開場所，他如果不想曝露自己的身分，就不能對妳做出太誇張的事情。」凱說，想到了和艾琳同樣的結論。

「嗯，我正是這麼希望。」她贊同。「如果你聽到他在喊『衛兵，逮捕這些叛軍間諜！』之類的話——那就是該逃命的信號了。」

她不讓凱有機會繼續拖住她，轉身直接走向妖伯瑞奇。

她客氣地微微低身、拉開裙襬，這是年輕女子向地位較高的男人應該展現的適當禮儀。動作背後絕對沒有眞誠的敬意。妖伯瑞奇知道，艾琳也明白他知道。但她不能冒險讓人察覺異狀，還不能。

「好有禮貌啊。」妖伯瑞奇說。他的嗓音與上回見面時有著不同的音色，但是當然，他當時穿的是另一個人的皮。另一個爲了讓他能竊用身分僞裝而死的受害者。「我還擔心妳會試著混到人群裡呢，蕾。」

艾琳露出甜美笑容，不想讓他看出他叫她的本名時她有多不快。「但是那樣一來我可能會跟丟你啊，妖伯瑞奇。你太危險了，我不能不盯著你。」

「妳連一杯香檳都沒有幫我拿呢。」

「噢，少來了，你知道我會在裡面下毒的。」

「妳一定有很多疑問。」他薄薄的嘴唇扯出微笑，像是割過臉上的一道疤。「妳何不挑幾個來問？」

「讓我們坦誠以對，行嗎？」她無法判斷他會不會說實話。他甚至可能故意拖時間，讓她有事可忙，直到陷阱把她困住。但是有可能——只是有可能——他虛榮到會吹噓，或是無所顧忌到會洩露一些線索。「你為什麼在這裡？」

「當然是要找妳說話啊。」他兩手一攤，假裝招供。「大老遠跑來，就只為了和一個小小的圖書館員講話。希望妳不會浪費我的時間。」

艾琳不理會他的威脅。她已經刻意忽略太多其他潛在危險，因此往那疊「故意把頭埋進沙子裡，希望它們都自動消失」上再堆一件東西，相對來說算容易。「我不明白的是，如果要我老實說——」

「噢，請妳務必老實說吧。」妖伯瑞奇打岔。

艾琳再度微笑，因為不這麼做她會想怒瞪著他。她的恐懼並沒有消失，它像是在她腦袋後側持續不斷的低語。但她的憤怒讓她保持鎮定，可以用目光反擊他，搜尋破綻。到目前為止，面對某些致命的罪惡，這是她所能想到最佳的解決方法。「我不確定你怎麼知道要來這裡。」她把話說完。

妖伯瑞奇一臉得意。「這確實是個聰明的問題。妳想在決定採取哪種行動前，先搞清楚我知道多少。」

「唔，誰不會這樣呢？」

他看似悲傷地搖搖頭。「說出來妳會嚇一大跳。不過我的回答嘛……」他瞥向目前占據中央區域的一對對賓客，他們正隨著波蘭舞曲的音樂踩著舞步。「我想跳舞。」

艾琳一時間愣然。「爲什麼？」她質問。

「主要是因爲這樣可以打亂妳的步調，並激怒妳的同伴。」妖伯瑞奇回答。「妳現在不高興只是因爲妳沒先想到這個提議。」

艾琳考慮了一下自己的處境。到舞池中去似乎並不比站在這裡講話更危險。她早已深入危險區域了，還不如乾脆配合他，看看會怎麼發展。「好啊，」她同意。「所以，你到底怎麼知道要來這裡？」

「一旦我得知妳要到哪一個世界——我的天，這妳也沒料到，對吧？我很確定這件事。」妖伯瑞奇的眼睛像是能穿透人心，把她的反應分類歸檔。「總之，我一知道妳要來這裡，就親自過來，選了個有公權力的身分。畢竟特轄軍首領能聽到所有消息。當我收到報告，得知雪橇站的騷動，就知道妳來到聖彼得堡了。而當今晚冬宮上空突然颳起了暴風雨，嗯……」

艾琳氣得七竅生煙。事後看來，她是留了一條明顯的足跡，讓任何知道該觀察什麼跡象的人能追蹤。她唯一的藉口是她沒料到這裡會有人在找她。但是就和所有藉口一樣，當你實際去檢驗，就會發現它不堪一擊。她對專業的自豪被刺傷了。「這眞是太尷尬了，」她咬牙切齒地說。「我一點都不知道——」

「嗯，這是當然。」妖伯瑞奇說。「現在，我們都同意了——去跳舞吧。他們在演奏華爾滋。妳會跳華爾滋吧？」他朝她伸出手。

「當然。」艾琳說，牽住他的手。他碰觸到她的時候，儘管中間隔著手套的蕾絲，她的皮膚還是感覺像有東西爬過。她看到凱在較遠的人群中，克制著緊繃的身體。她對上他的眼神，微微搖頭。什麼都別做，還不到時候。

「我親愛的蕾，妳太容易信任別人了。」他帶著她進入舞池，她能感覺到聚在周圍的顯貴都在盯著他們。

「但是你怎麼知道我要來這裡？」

「我會後悔答應你跳這支舞嗎？」恐懼又開始蔓延，就像她心裡和喉嚨裡的冰，但她轉身面向他時，卻勇敢地迎視他的目光。

妖伯瑞奇頓了一下，恰好久到能讓恐懼上升為驚恐，然後他對她露出微笑。「妳以為我是說妳太信任我了嗎？嗯，是沒錯，不過不是指此時此地。我需要答案，而當對方不夠信任你、不肯和你談條件時，是很難得到答案的。刑求不像別人說的那麼有效。」

「我相信你很了解。」艾琳說，盡可能保持輕快的語氣。樂師加快了華爾滋舞曲的速度，舞池周圍都是互相微笑的舞伴。妖伯瑞奇把另一隻手也扶上她的腰，她很勉強地彎起嘴角，直視他的眼睛。

「可是那你的意思是我不該信任誰呢？」

「我的意思是有人告訴我妳被派往B－1165世界。」他早就預料到她的腳步會頓一下，因而流暢地領她回到最初的舞步。「妳總不會天真到以為所有圖書館員都像妳一樣忠於自己的天命吧？」

艾琳讓微笑釘在臉上，但思緒在兜小圈子。他在暗示大圖書館裡的某個人背叛了我。但他說的是實話嗎？還是故意掩飾，以免我懷疑另一個人？還是這是虛實並用之計，因為他「知道」我會假設他在撒謊……「沒有人是完美的，」她終於說。「就連我也一樣。」

「所以妳考慮過我所說的了。」他們照著華爾滋的舞步同時流暢地轉圈。

「嗯，我可不笨。」除非把這整個狀況看成是徹底的愚蠢，那樣的話艾琳已經輸掉她的主張──或許還有性命。「但是在我做出無可彌補的決定前，我想更了解你對大圖書館做的威脅。」

「這很簡單啊。」他們和其他舞者間總是保持一定距離，好像他們兩人被一個氣泡包圍著。沒人想離特轄軍首領太近。「除非大圖書館臣服於我，否則它將被摧毀。而除非妳給我我要的資訊……」

「否則我也會被摧毀？」艾琳臆測地說。

「妳挺能接受事實的。」

「我是見多了，」艾琳遺憾地說。「這年頭似乎一個星期會冒出兩次死亡威脅，我正在努力跳過驚恐階段，直接升級到談條件階段。」

「我就知道我喜歡妳是有道理的。」妖伯瑞奇讚許地說。他們姿態優美地搭配轉圈，艾琳趁這個機會越過人群找到凱。他還在那裡。事後回想起來，也許她應該叫他趁妖伯瑞奇分心時去偷那本書。但她不確定他會不會答應留她和妖伯瑞奇在一起。

「我們先前對話的時候──嗯，應該說你傳威脅訊息給我的時候──你說你想知道『書裡』寫了什麼。我猜你指的是那本《格林童話》吧？」畢竟他爲了那本書想殺了她，要是這場風波還牽涉到另一本書，事情的複雜度可是又往上提升到新的層次了。

「對。那個版本包含一個破格的故事。」她正考慮要裝作不知情時，妖伯瑞奇一定看出她眼神在閃爍了。「省省吧，蕾，我倆都知道妳讀過了。在那種情況下，任何人都會去讀的。像妳這樣的人絕對會。」

「『像我這樣的人』？」艾琳問，故意拖時間。

「擅長當圖書館員的人。注意，我說的不是『好圖書館員』。」他們同時舞動，腳步平衡而精準。「妳是能把工作做好的人——而不只是對大圖書館哲學觀全心奉獻的人。所以我才想挖角妳。」

艾琳的第一個直覺反應是頗爲愚昧的驕傲。畢竟，有多少人能被大圖書館的頭號叛徒讚美，而且他對自己的欣賞還足以讓他親自出馬來遊說自己加入他的陣營？第二個直覺反應是純粹的反感。在他做了那些事之後，如果他還以爲我會替他工作，那他到底把我看成什麼了？但是第三個直覺反應，讓她的腳繼續移動、臉繼續微笑的反應，是很單純而冷靜的算計。我能如何利用這一點？

「我不能信任你。」她說。他應該會預期她抱持懷疑的。「也許我應該趕緊逃命。」

「皇宮守衛森嚴。」他帶著她又轉了一圈，扶在她腰後的手很溫暖，那隻手像戴手套一樣套著死人皮。「而且我指的不是一般衛兵，我指的是警覺心很強的衛兵，他們已經收到警告，知道可能會有革命者——那些衛兵已經準備好一開槍就取人性命，事後再讓巫師通靈問話。現在就連屋頂上都有衛兵了，語言再快也快不過子彈。」

他說的是眞話嗎？她不確定。但有可能嗎？是的，非常可能。「那如果我回答你的問題，告訴你你想知道的呢？」

「那麼我會把妳拘押在這裡，直到大圖書館被擊敗爲止。但妳能活命。」

「凱呢？」

「他可以住妳隔壁的牢房。」妖伯瑞奇慷慨地說。

「你很確定大圖書館會被擊敗啊。」

「要是我有絲毫的懷疑，我就不會停下來，和妳在這裡對話了。」

艾琳希望妖伯瑞奇這話是在撒謊，但他的語氣沒有半點虛假，甚至猶疑。他是認真的。「你要怎麼做？」她問。

妖伯瑞奇搖搖頭。「妳加入我以後就會知道了。」

嗯，她並不是真的預期這問題會得到答案。現在她真的開始驚慌了，以一種謹慎控制的方式驚慌。他甚至沒有得意忘形、配合地提供資訊。她試圖問出端倪的計畫徹底失敗了，除了他是怎麼追蹤她到這裡的之外，什麼都沒問到。

也許該是採用極端手段的時候了。

「不要。」妖伯瑞奇說。他的笑容消失了，現在他的表情冷冷的，一副公事公辦的樣子。

「什麼不要？」艾琳佯裝無辜地說。該死，如果他猜到她想幹什麼⋯⋯

「妳在考慮用語言剝掉我的皮，讓我曝露在大眾目光下。」他握緊她的手。「妳已經對我做過一次那種事了，蕾。我不會犯同樣的錯誤，我已經採取了預防措施。」

他可能說的是實話，也可能在虛張聲勢。這個狀況真是不可思議。但如果他是在虛張聲勢，他在那方面其實脆弱不堪，那麼他應該一開始就不會主動提起了。艾琳在心裡咒罵，要是能成功的話該有多好。妖伯瑞奇被引開注意力，所有人都在看他，她和凱就能趁亂逃走。「我要你保證我父母能安全無虞。」她說。

「我何必在乎妳父母？」現在妖伯瑞奇的語氣就像她在大圖書館的導師們。「蕾，妳很擅長跳出框架思考，但妳的問題是眼界太小了。妳的父母又沒有礙我的事，我對他們沒有惡意。我不是會拿妳的家人來爲難妳的那種虐待狂。當妳在爲我辦事的時候，妳可以儘管保障他們的安全。」

他不知道。這個念頭在她的腦海深處炸開，製造出有如太陽般眩目的強光。他不知道我父母是圖書館員，否則他不會這麼快就同意。他以爲他們只是普通人。而大圖書館的所有人都知道我，知道我父母是圖書館員。因此幾乎可以確定的是，不管是誰叫他來這裡找我，都「不是」圖書館員。

她突然如釋重負的心情一定顯露在臉上了，因爲妖伯瑞奇和藹地點點頭。「是不是？妳需要學著信任我，蕾。我不是妳的敵人。」

跳著華爾滋的人群構成一個圓圈，繞著隱形的軸心轉動，把妖伯瑞奇和艾琳送到房間一端，也就是女皇坐的位置，她被一群皇室顧問簇擁著，帶著慈祥的微笑看著宴會進行。

「你很擅長讓我忘記你的眞面目。」艾琳說。她眞的這麼認爲。她可以像這樣和他共舞，交換侮辱和疑問，感覺幾乎……很有趣。很有挑戰性。很刺激。也許是因爲在這種公共場所，有這麼多其他人在場，讓她很有安全感吧。但這安全感是虛幻的，就像她的假身分一樣破綻百出，她仍處於弱勢。

「我們都必須重新定義自我。」妖伯瑞奇的語氣異常嚴肅，好像這件事比大圖書館的存亡、或她自身的性命都來得更重要。「妳必須自問：我只是個圖書館員嗎？我現在是如此，以後也都只是如此嗎？還是我可以讓自己蛻變成更高等的樣貌呢？」

「聽起來像超人類主義的主張，」艾琳說。「演化到下一個階段。」

「他們現在這樣稱呼它嗎？這不是什麼新概念。唯一的問題就是你很難想像出完全新穎的概念，我們運用過去的詞彙和定義來塑造我們的想法。眞正屬於演化下一階段的事物，不太可能和我們能夠想像出來的任何事物相似。就連這方面最好的書也有其局限。」

她沒想到妖伯瑞奇是科幻迷。「關於想像力的局限，也許你說得對──而且這不光是對人類而言。幾個月前我和一位年長的妖精談過，她鼓勵年輕人把人性拋下，轉而讓故事來定義自己。她從未考慮過那個球界以外的事。」

「這就是妖精和龍族都失敗的地方了。」妖伯瑞奇又露出那種飢渴的眼神，不過對象不是艾琳，它的目標是全世界。「他們若非由敘事口吻來定義，就是由現實來定義。他們無法超越這兩者。能夠為你設下界限的人，應該只有你自己。」

聽起來十分合情合理，但從艾琳的角度來看，妖伯瑞奇是個殺人狂兼叛徒這件事，顯示出他的哲學是有問題的。「可是你與妖精結盟……」她說。

「我是利用妖精。在這場爭鬥中，最終兩方人馬都註定要以失敗收場。龍族、妖精──兩方都被自身的局限蒙住了眼睛，沒有能力達成共識。他們缺乏生氣，蕾，已經瀕臨死亡了。保存一個沒有贏家的系統有什麼意義呢？你能獲得的最高成就，就是每個人都繼續在這僵持狀態，直到永恆。」

「而事實上兩邊都不在意夾在中間的人類……」艾琳看得出這項論述要往什麼方向發展。幾個月前，當凱被綁架時，這項論述才具體地展示在她眼前過。這兩邊的人差一點就開戰了，而似乎誰也不特別關心夾在中間的世界。他們最可能的做法，是主張人類由他們這一方來掌控，基本上會過得更好。

妖伯瑞奇點點頭。「妳懂我的重點。人類就是未來，大圖書館應該成爲那個未來的領導者，而非只是蒐集書而已。我們應該讓各個世界團結一致，不要對它們隱瞞祕密。建立同盟，招募最優秀、最聰明的人，運用語言改善事物。支持現狀要如何實際幫助任何人呢？」

她原本可以說「我在阻止事情惡化」，但她相信他也有話能反駁。這就像是在和一個年老的圖書館員爭論，她知道自己一定會輸，唯一的問題是如何……

理智突然覺醒了。她究竟爲什麼要試著和想摧毀大圖書館的人，辯論邏輯問題？她難道眞的認爲自己可以說服妖伯瑞奇改變心意嗎？現在的重點不是辯贏，而是從他身上挖掘資訊。自尊不重要，重要的是阻止他。

當然，現在直接從他身邊逃開，就等於勝負已定了。「我確實了解。」她回答，她的聲音很輕，在宴會賓客喃喃的說話聲和音樂聲中幾乎聽不見。讓他以爲她在考慮吧。隨便他怎麼想，只要她能有片刻行動的時間都好。因爲她已經想到一個拖慢他的辦法了，哪怕只是稍微拖慢。

她在旋轉到一半時從他手裡掙脫——她好像覺得被他碰過的皮膚有種黏黏的感覺？不行，她現在不能去想這種事。她選好了方位——他們離女皇幾乎只有十公尺遠。

不死的女皇陛下從她位於高台上的座椅低頭看著艾琳，對這公然失禮的舉動揚起一眉。簇擁女皇的顧問們穿著華麗的長袍和綴滿勛章的軍服，也都望著她。就連趴在王座邊的兩頭白老虎都抬起頭，用黃色的大眼睛瞄著艾琳。

「女皇陛下，」艾琳喊道。「那個人是假扮的！」妖伯瑞奇伸手抓她，她閃過後，又朝高台跌跌撞撞地前進幾步。音樂在發出不和諧的雜音後停了下來，整座大廳充滿震驚的竊竊私語聲，許多隻手握住禮服佩劍的劍柄。

這招最好管用。

艾琳集中心力使用語言。「女皇陛下必須認爲我說的是實話！」

精緻華美的大理石地板飛上來砸向她的臉。

第十七章

地板的顏色眞漂亮。直接貼在艾琳臉前面的那一塊是金色的大理石，不過它上頭濺了斑斑血跡，那血似乎是從她鼻子裡滴下來的。她試著弄清楚究竟怎麼會這樣，但她的腦子拒絕合作，而那些尖叫和吶喊聲讓她很難思考。

她上方某處燃起熾熱的火，化作一團彩虹映照在她眼前光亮的地板上。有個女人大喊了什麼，聲音像鞭子般富有權威感，接著一群人的聲音回應她。那團火又膨大了一次。

這時她後方有另一個聲音開口說話，那語調就像早晨的冷水澡一樣讓她整個人清醒過來。那不是剛才與她對話的那個男人的聲音，不是被他竊取了皮囊的那個男人的聲音。那是眞正的妖伯瑞奇的聲音，那個自願被混沌感染、變成不是人類的圖書館員。他的聲音像嗡嗡作響的胡蜂，像是水淋在澆鑄的金屬上。

空氣隆隆作響，一股極冷的風襲捲過她，並往外蔓延。接著又轉換爲一股嘶嘶作響的吸力，往反方向拉扯她的衣服。混沌力量侵襲著她裸露的皮膚，引起陣陣抽動，很有侵略性，而且越來越強。

艾琳得知道自己背後是什麼狀況，雖然她確定自己不會喜歡即將得知的答案。她翻身側躺，頭仍然很暈地轉過去看。

妖伯瑞奇原本站的位置，在上空出現一個洞。那個洞就像一面兩人高的黑曜石鏡子懸在半空，邊緣的黑色不斷游移，掙扎著想要擴大範圍。艾琳覺得她在洞的深處看到一個男人的輪廓，模模糊糊的，被影子給遮蔽。它每秒都在縮小，彷彿正在漸漸遠離她，但實際上並沒有移動。它舉起一條手臂做出召喚的動作，於是在那瞬間，她愚蠢地心想：我要逮住妖伯瑞奇——只要站起身走向前……

黑暗像沸騰似地從空中的洞裡冒出來，化作觸手彎彎曲曲地伸向旁觀的人群。也伸向艾琳。有一條影子般的觸手纏住她的腳踝，隔著絲襪感覺涼涼的，但其中有一粒粒嘶嘶作響的混沌，有如香檳中的氣泡。她尖聲怪叫，一時間因爲全然的驚恐與噁心感而無法用語言說任何話。她掙扎著要脫離它，兩腳瘋狂揮舞。

那女人的聲音再度響起，但這次聽起來像聖詩的第一句——周遭其他聲音齊聲發出雷鳴般的回應，而懸浮在空中的那個洞，隨著邊緣出現一圈劈啪作響的閃電而縮小了。

即使在這種狀況下，艾琳的專業意識還是試著筆記。原來在高度秩序世界裡，當混沌入侵時會發生這種狀況。它要維持原樣就已經很困難了，而且連當地人類——只要他們的力量夠強——都能強迫它關閉。如果那根該死的觸手不是一直在把她往那個洞裡拖的話，她分析這一切會更容易。這美麗的大理石地板實在太光滑了，她沒有遇到任何阻力，只能無可避免地朝那個洞滑去。就連她的指甲也摳不住任何地面。

「混沌力量，放開我！」她喘著氣說，試著讓音量大到能被聽見。但是這次語言讓她失望了。她知道自己講得沒有錯，她能聽見語言的發音，但語句背後卻沒有力量。她是座已經枯竭的水庫。她的頭痛得就像有人把螺絲鎖進太陽穴，她沒抓牢地板，被無情地拖向空中的洞。

凱站到她和洞之間，單膝跪下，用雙手握住觸手。艾琳在顫動的枝型吊燈明亮的火光下看到他皮膚上透出鱗片圖案，同時他的指甲也增長成爲爪子。集眾人之聲形成的合唱團再度發聲，他們的力量敲擊空氣，像是鑄造廠中的鐵錘。凱專注到五官都凝結了，他的手因施力而緊繃，然後狠狠地把雙手往外分開。

觸手在他的兩手之間抽搐，然後被他扯斷了，化作一團影子。

凱把它丟下，置之不理，一把抱起艾琳。他帶著她遠離迅速密合的裂隙，毫不費力地抱著她回到圍住他們、穿著長袍的魔法師那裡。艾琳沒有力氣做任何事，只能攀住他，同時腦子在飛速運轉。她意識到他們需要在注意力轉移到他們身上之前趕緊離開這裡，但是女皇寢宮裡的書怎麼辦？還有，她和妖伯瑞奇的對話裡是不是遺漏了什麼有用的情報？

那個洞啪地一聲關閉了，而原本已變成背景音效的狂風呼嘯聲，此時也驀然停止。艾琳顫抖著吁出一口氣。空氣的味道突然間似乎變得乾淨許多。室內仍然充斥著嘰哩呱啦的說話聲和驚慌平民發出的尖叫聲——但這是屬於人類的聲音，沒有那種大難臨頭的意味。凱朝門口退了幾步，艾琳仍被他抱在懷裡，然後他便停下來，幾個像軍人的人擋住了他的去路。

「我相信女皇陛下想和你們談一談。」最年長的一位說道。他的頭髮和鬍鬚或許都已雪白，但他的體格和肌肉都不輸現役軍官。此外他的態度也絲毫沒有衰老的跡象。「請往這裡走，年輕人。」

艾琳拉了拉凱的手臂。「麻煩放我下來。」她的嗓音嘶啞而乾燥。她咳了幾聲，接下來說的話比較大聲了。「拜託，我可以走路。」

她寧可自己站在不死女皇面前。

簇擁著他們走到高台階梯前的紳士都很客氣，但她和凱仍然是受到看管的囚犯。人群現在開始鎮定下來了，越來越多人把注意力集中到他們身上。

女皇本人連一根頭髮都沒有亂掉。一名女僕從某處冒出來，正在替她補強左手的指甲油，她的右邊有一個不起眼的黑衣男子，很可能是特轄軍的一員，在回應她連珠炮般的發問。當凱、艾琳和護送他們的人抵達，並且各自鞠躬或行屈膝禮後，女皇便轉頭看著他們，揮手要僕人退下。光線似乎緊攀住她不放，在她銀色的禮服和皇冠上流轉。生理上的細節，諸如她的白髮或豐滿的體態，與她掌握的權力相比，似乎都顯得微不足道。

人群安靜下來，不想錯過任何一幕。

艾琳試著爲剛才發生的事想一個好藉口。她從幾分鐘前就開始思考了，但目前爲止最好的主意——*我們是忠誠的子民，想要揭發一個邪惡的僞裝者*——似乎經不起深入調查。這就是爲什麼她喜歡在任何人有機會開始問問題之前就溜之大吉。

「如果她說話，」女皇指著艾琳說。「就把她打暈。」

艾琳在心裡咒罵，臉上卻裝出「禮貌而困惑，但很樂意配合」的表情。那就是在使用語言影響別人的認知之後，還在原處逗留的壞處了。他們會記得你對他們做了什麼。

「女皇陛下——」凱開口。

「他也是，保險起見。」女皇說。

凱閉上嘴。

女皇嚴厲地看著他們兩人。「年輕人，你們兩個可能替我做了一件好事，但我還不能確定，要再徹底查清楚這件事。顯然某個邪惡的存在占據了我的忠僕尼可萊。你們稍後將接受審問，到時候你們再從頭說明白。在那之前——」她轉頭看著負責護送他們的那個老人。「採取最高等級的保全措施，給他們最高戒護等級的牢房，還要上手銬。」

凱的手臂在艾琳手底下變僵硬了，她不用看也知道，他的表情一定把他所有的感覺都呈現出來了，而且沒有一種感覺是正面的。她安撫地捏了捏他的手臂。只要不是妖伯瑞奇安排的住宿，一旦她的聲音恢復了，他們應該就能直接走出任何牢房。

女皇轉回頭聽一個男人報告，艾琳和凱則在完全的靜默中被人押送離開大廳。他們被帶到地下室的夾層，這一部分在艾琳記誦的冬宮地圖上並沒有標示出來。他們被以最客氣的方式在手腕上套上手銬。衛兵顯然很清楚，艾琳和凱是尚未定罪的嫌疑犯，最後仍然可能帶著玫瑰的芬芳全身而退。牢房裡甚至有床，還有蠟燭，當然，還有鎖得很嚴實的門。

現在，他們理論上被限制不得使用魔法，理論上也是獨處——當然，除了可能在牆壁的另一邊偷聽的人之外——因此他們可以說話了。

凱重重地坐到床上，戴著手銬的手垂在膝間。「哪種語言?」他問。他也猜想會有人在竊聽。

「英語。」艾琳說。畢竟在這個平行世界，不列顛群島只是個小國家，從來沒有壯大成帝國。如果真有人在偷聽，要花點時間才能找到翻譯人員。

「嗯，妳和妖伯瑞奇說過話了，希望妳很滿意。」他盯著鐵鍊。「我想我的親戚可以把我們弄出去，他們絕對會來調查那種程度的混沌入侵。不過他們會問問題……」

艾琳坐到他身邊，拍拍他的手。她的鐵鍊發出毫不悅耳的碰撞聲。他們兩人的手銬都寫滿複雜的符文，還有黃金和鉛製成的浮雕圖案。想必這些細節能徹底消除這個世界的魔法，但約束不了語言。

「凱，我打算在任何人來調查之前，就離開這個地方了。」

「要命，妳的心情還眞好。」凱喃喃道。

「你的心情還眞不是普通壞。」

「有鑑於這半個小時以來發生的事，我這樣也是合理的。」儘管他們的身體沒有接觸，她還是能感覺到他的身體很緊繃，像一根震動的鐵絲。「我要怎麼保護妳的安全呢？妳一直——」

「不，」艾琳打斷他。「現在不是時候。」她有點心不在焉。有個想法像個氣泡從她腦中冒出來，試圖化作具體形狀。相較之下，凱的小小發脾氣根本不重要。「我正在思考一件事。」

「從來就不是時候。」凱嘟噥。然後他又好奇地問：「妳在思考什麼？」

「我問你幾個問題。」這能釐清她的思緒，有幾件事她希望能確定。「這裡是高度秩序世界，所以混沌的力量受到阻礙。特別是妖伯瑞奇，因爲他讓自己成爲混沌的生物，所以在這裡沒辦法施展什麼力量。」

凱點點頭。「沒錯。我猜他一定是被偷來的皮保護了。當女皇和她的僕人攻擊他時，他的皮碎裂脫落，因此不得不逃進那個洞。」

「那麼是他們把那個通往混沌的洞關閉的嗎？」

「不是，那是這個世界自然的穩定狀態造成的。人類無法影響那種事情。」這想法不知爲何似乎令他開心了一點。「他們做的，基本上就是用咒語把他固定在洞裡，直到那個洞關閉。當然這種做法不是很有效率，但他們施展了足夠的原始力量來阻擋他，後來洞就自行關閉了。不過他們可能自己都不知道是怎麼回事。」

艾琳點點頭。「所以，既然妖伯瑞奇因爲待在這個世界而大幅削弱了力量，我們可以假設，如果他有比較不危險的方式能達成目標，他就會採取那種方式。」

凱皺起眉頭，然後又放鬆了。「啊，妳是說他不可能有龍族盟友！對，那眞是讓人欣慰。」

「不完全是，」艾琳說。「至少，那不是我想表達的重點。」

「那妳的重點是什麼？」他傾向前，蠟燭在牆上投射出巨大的影子。

「妖伯瑞奇告訴我說，他能追蹤我們到這裡，是因爲我們引起的那些騷動，包括雪橇站的混亂，還有你製造的風暴。因此他在大廳裡等我們出現。」艾琳看到凱皺著眉頭思考，決定直接跳到結論。「要是他知道我們的目標是哪本書，就會直接到那裡設下陷阱等我們了，而不必一路追蹤我們。」

「很合邏輯，」凱同意。「所以咧？」

「所以他不知道我們的目標是哪本書。」艾琳豎起一根手指。「但他確實知道我要來哪一個世界。他甚至因爲太急於要讓我嚇一跳了，而引用了大圖書館給這世界的編號。」

凱聳聳肩。「所以他知道一些事，但不是全部。這一點本身並不——」他突然停口，串起其中的關聯了。「等一下，大圖書館裡的人能夠取得的紀錄，應該能回報我們的目的地加上妳奉派找哪本書才對。」

艾琳點點頭。「表示不管是誰向妖伯瑞奇通風報信，都不是圖書館員。但他還是從某人那裡得知這個世界的編號的。」

「偷走妳資料夾的狼人？」凱臆測。「如果他們看見了妳的任務文件？」

「或許是，但可能性不高。還記得嗎，資料夾裡的文件是用語言寫的，任何人看到都會認為是自己的母語。如果某人把資訊洩露出來，為什麼只給了這個世界的編號？為什麼不連書名和它的所在地一起透露？」

「我承認是這樣沒錯，但那就表示——」

「對，」艾琳說。「正是！知道這個世界的編號，卻不知道書名的，就只有看見資料夾外面、沒看見內容的人。換言之，就是我到韋爾家時在場迎接我的人。」當她說出口之後，這個理論轉變成幾乎確定的事實。然而，當她接受了這個結論，她對自己邏輯推理的成果懷抱的得意也迅速流失。「這表示他們其中一人在替妖伯瑞奇辦事。」

「不是李明。」凱立刻說。

「希望不是。」艾琳不見得和凱一樣對那條龍那麼有信心，但她真的寧可妖伯瑞奇沒有龍族盟友，也沒有妖精盟友。「應該也不是韋爾。」

「當然不是，」凱說。「也沒有理由是辛督察。那就剩下札雅娜了。」顯然是，他的語氣補充了這一點。

艾琳不情願地點頭。「我不想……」她開口，又突然沉默下來，努力思考自己想要什麼。她從來就沒有應該信任札雅娜的理由。

「她是妖精，」凱不屑地說。「對他們來說一切都是遊戲。也許她的恩主確實如她所說把她趕出去了，而妖伯瑞奇提供她更好的工作條件。」

「如果她的恩主確實把她趕出去，那也是因爲她幫忙救你。」艾琳輕聲說。

「爲了她自己的緣故。」凱晃了晃鐵鍊。「說到救人，我們自己怎麼辦？」

艾琳振作了一下。「嗯，我們得離開這裡，回到韋爾的世界。如果札雅娜和妖伯瑞奇有聯絡，她就能告訴我們怎麼找到他。」然後他們可以再研究下一步該做什麼。

艾琳從來就沒有理由信任札雅娜，但她想要信任她。她爲她感到難過。她選擇信任的人，是凱、是大圖書館本身的指導原則、是單純的常識都警告過她要提防的人……

而現在其他被她忽略的人，全都可能面臨重大危險。

她內心積聚起一股陰沉的怒氣，這是針對她個人的背叛。她從未眞正體會過，這種感覺比起遭到工作上的欺騙來得糟上許多。也許是因爲她從沒面臨過如此針對她個人的背叛吧，而且也絕對不曾這麼嚴重。

「好吧。」她說，兩手緊緊交握。她感覺腦海深處有一股力量在萌生，這是先前缺乏的，它是運用語言所需的力量，還有駕馭語言所需的意志力。她在女皇身上用光了自己的力量，但現在她的力量回來了，就像乾旱期過後重新蒐集起來的雨水。「凱，我們離開這個牢房之後，我要你找出通往水邊的最短路徑。」

「沒問題，」凱說。「我們要走水路離開嗎？」

「最後會是。我是假設你能像之前一樣控制河水，或河精。這個世界是高度秩序世界，應該不會對你構成阻礙吧？」

「硬要說的話，我會更得心應手。我不必召喚本地靈體。」他聽起來頗為堅決，艾琳心想他們是不是會向本地的龍通報他。「但是書怎麼辦？現在保全人員一定處於高度戒備狀態，要上去女皇的寢宮想必很困難……」

「我們不管書了。」

凱愕然盯著她。「但那是妳的任務，我們得拿到書——」

「找到與妖伯瑞奇之間的連結更重要。」艾琳說。她痛恨放棄任務，更痛恨放棄一本書，但眞正的威脅是妖伯瑞奇。要是他們為了拿書，錯失找到妖伯瑞奇本人的機會，就像是治好了症狀，卻仍因體內的疾病而死。「我們的優先事項是離開這裡，查出妖伯瑞奇的共犯是誰——不管是札雅娜，還是什麼人——然後利用他們阻止妖伯瑞奇。」

「確切來說，要怎麼利用？妖伯瑞奇似乎不是會為了保障某人安全就停止攻擊大圖書館的那種人。難道我們不該先完成被指派的任務嗎？」

「我可能錯了。」艾琳說。她的怒火還在燃燒，讓她想要啐出每個字，想要對罪有應得的人大吼大叫，想要用力敲牢房的門。但她控制住自己。凱提出的反對合情合理，值得獲得回應，哪怕她的回應是斷然拒絕。「如果我錯了，我會因爲沒有拿到一本至關重要的書，而削弱大圖書館的力量。在這種狀況下，我會負起全責，也會承受那該死的罪惡感。但我不認爲我錯了，我認爲札雅娜是妖伯瑞奇計畫的一部分。我強烈地認爲在這一刻，我們全力對付她，或任何幫助他的人，都是我們能做的最重要的事。」

「可是我們要怎麼做？當——」凱開口。

「等抓到那個共犯，我們會想清楚細節的，」艾琳堅定地說。「按部就班來吧。你準備好了嗎？」

「早就準備好了。」凱說。他仍然緊繃得像一根拉緊的鐵絲，他弓著肩膀，一臉戒備。艾琳這才意識到部分問題所在，不禁默默地斥責自己。僅僅幾個月前他才被人囚禁過，只能仰賴別人來救援。現在再次被鐵鍊拴著關在牢房裡，他會處於緊張狀態也不是什麼好驚訝的事。

「好，」她站起來，他也跟著站起來。「**手銬，解鎖、掉下去。**」

這些手銬是人類魔法，不是妖精或龍族打造的，因此就像任何一件凡人的金屬製品一樣屈服於語言的力量——噹的一聲掉在地上。

艾琳站到門的一側，爲凱留出一條通道。「**門，解鎖。門和入口的防禦措施，解除。門，打開。**」

頭痛捲土重來，它顯然只去度了個短假，現在還帶著朋友一起回來長住了。她的頭陣陣發脹。不過至少旁邊剛好有一堵石牆讓她能靠著休息。她靠著牆休息了一會兒，同時凱衝出剛剛打開的門，對另一邊的衛兵「曉以大義」。他們連舉起十字弓的機會都沒有。

當她跟著他進到衛兵室後，發現所有人都已昏迷。其中包括一個穿長袍的男人，想必他是運氣不佳、剛好輪到在這裡擔任守衛工作的魔法師。「你有點不分青紅皂白了吧。」她溫和地說。

凱聳聳肩。「沒有人死啊。再說，我們也不希望他們有所驚動。」

「的確。」艾琳承認。她拽了拽魔法師厚重的外袍。「拜託幫我脫一下這個。」

凱皺著眉頭，然後看著她綯巴巴、血跡斑斑的晚禮服點點頭。艾琳披上袍子之後，衣著看起來還是怪異，不過至少比較沒那麼醒目了。

「涅瓦河在那個方向。」凱說，還指著走廊另一端幫助她理解。

艾琳走在前頭，以公事公辦的態度大步走著，希望他們遇上的任何人會注意她的袍子而不是臉。她因爲個人的憂慮而愁眉苦臉，而且也不覺得有必要裝出笑容。大圖書館面臨威脅，妖伯瑞奇不但是目前造成危險的人物，也是揮之不去的恐懼。她的朋友和家人全都朝不保夕。還有札雅娜，除非奇蹟出現，外加非常說不通的解釋，否則她欺騙了艾琳。

她原本挺喜歡札雅娜的。

遠處傳來奔跑的腳步聲和叮叮鈴聲。他們現在離牢房已經有好幾條走廊遠了，艾琳會形容他們正無可救藥地迷路，但凱堅稱他們正直直前往河邊。深埋在冬宮地底的這些通道，和上面幾層樓金碧輝煌的走廊有天壤之別——甚至和教堂底下平凡卻簡潔的檔案庫也完全不同。檔案庫那裡的地板是石板，牆壁是花崗岩，看起來乾淨而古老。而這裡的通道卻很寒冷，冰冷入骨的水滲透土壤和石頭帶來寒意。就連空氣也感覺很潮濕。

「他們開始搜捕我們了。」凱簡潔地說出顯而易見的事實。

「我們早就料到了。」艾琳贊同。「還很遠嗎？」

「有一點遠。妳希望盡可能地靠近？」

「對，我必須移開的牆壁和地基越少，越容易成功。」

「在那之後，我們要怎麼離開這個世界？」

「從離得最近的圖書館進入大圖書館。」她發現凱在皺眉頭。「我知道你變成龍形帶我們出去會比較快，但我需要盡快給大圖書館的人留話。要是我們試圖抓住札雅娜的行動出錯了，我可不想像個白痴，沒告訴任何人我們要去哪裡，或是想做什麼——」

一聲吼叫沿著通道傳過來，她驀然停下腳步。驚慌的本能想法敦促她抱頭躲藏，或是找一棵漂亮的大樹爬上去。「那是什麼鬼？」她斷聲說道。

「女皇的老虎，但我想牠們並不在附近。」凱繼續走，對那吼聲的反應比她要來得輕鬆許多，艾琳只得趕緊跟上。

「你是說那兩頭超大的白色西伯利亞——」

「牠們一定是孟加拉虎，」凱認眞地說。「只有孟加拉才有白老虎。我叔叔對這件事挺不高興的。他的臣屬國經常進貢毛皮給他，但西伯利亞虎都是橘的，沒有白的。他有一次說——」

「關鍵字是『大』，」艾琳打斷他。「老虎靠嗅覺追蹤的能力有多強？」

「唔，獵犬追獵物的本領更好。」凱說。然後他看到艾琳在瞪他。「挺好的，」他怯懦地說。「我從沒試過訓練牠們。」

「我猜牠們不會像熊一樣跪下來崇拜你吧？」

「大概不會。」凱遺憾地說。另一聲吼叫撕裂空氣，現在比較近了。「畢竟牠們是貓科動物。」

艾琳眞希望不死女皇更偏好拿熊當寵物。

「我們能靠得最近的位置差不多就是這裡了。」凱在通道的彎處停下來，把手按在牆上。「我能感覺奔騰的河水在幾公尺之外，他們的地基打得很穩。」

「我會向女皇道歉，不過也許她很高興有機會重新裝潢。」艾琳走到牆邊，雙手擱在凱的手旁邊，做好準備承受衝擊。「擋在我和後方河流之間的牆壁、地基和土壤，碎裂崩塌，開出一條夠讓我們通過、連到河流的通道。」

結果很糟，但沒有像試圖影響女皇那麼糟。眞有趣，艾琳在壓迫她太陽穴的疼痛襲擊中陰沉地想著，我現在對事情有多糟產生了一套新標準。旅行眞是富有教育意義。她隱約感覺到凱的手臂環住她的腰，在她靠向他時支撐住她的身體。我幾乎覺得我寧可在偏向混沌的世界活動；至少我不會每隔五分鐘就頭痛欲裂……

「艾琳！」凱叫道。「老虎！」

噢，對了，老虎。老虎有某種程度的重要性。當她和老虎之間有粗重的鐵欄杆隔開時，牠們非常美麗……

有兩頭壯碩的老虎沿著走廊朝她和凱走來。驚慌給艾琳注入一劑冰冷的腎上腺素，把她拖回清醒狀態，然後又縮回她的腦海深處碎碎唸，讓她自行負責應付老虎。

凱彈了個響指，指著地上。「趴下。」他堅定地說。

其中一頭老虎打了個呵欠，露出巨大的白牙及粉嫩得不可思議的舌頭。另一頭只是咆哮。

「貓啊。」凱喃喃道。「艾琳，妳可以讓牠們睡著之類的嗎？我不想殺牠們。」

「有什麼特別理由嗎？」老虎越離越近了。牠們是用走的，而不是用跑的，想必是要看住艾琳和凱，等待人類衛兵趕到。

「牠們是這麼美麗的動物，」凱說。「真希望可以把牠們帶回去給我叔叔。」

艾琳想像試圖把兩頭不情願的老虎拖進大圖書館的畫面就忍不住皺臉。「絕對不行。」她堅定地說。「你可以自己找時間回來，和本地的龍協商。」

她後方的石牆發出呻吟，並且開始顫動。艾琳轉過身，看到石牆像一對嘴唇般分開來，好像正張開嘴要說話。

但是出來的不是語句，而是一股強勁水流，要不是凱把艾琳拉開，她會被這水流沖到對面牆壁上。老虎轉身沿著走廊逃走，大水湧入，高度直達膝蓋的水沖進走廊兩端。

「讓我來。」凱冷靜地說。「憋住氣。」他走進水流中。當他碰到水的那一刻，水流變得柔和，繞過他和艾琳的身體，他向前穿過水，水的力道減弱到像潺潺小溪。牆上窟洞只足夠讓他們兩人進入，艾琳跟著他走進黑暗，感覺水掠過她的臉，把她的禮服和長袍都曳在身後。凱的力量不知怎麼地把空氣引入他們周圍，讓他們能呼吸。冰冷的鬈鬚狀水流輕撫她的額頭，緩和了她的頭痛。

接著他們進入河流本體。河水把他們掃起來帶著走，直到他們從一波湧浪的水面冒出來。現在艾琳喘著氣想呼吸，雙臂摟住凱的脖子讓他支撐住她。她的鞋子遺落在涅瓦河底，身上的衣服成了一團濕透的笨重布料，要不是她掛在一條龍身上，可能就會淹死了。河水冰冷刺骨。她想了一下，改成「只是」冰冷刺骨，因為要是沒有凱的影響力，這水會瀕臨結冰的低溫，她一定會冷到暈過去。細細的雨絲有如利針般從雲層密布的天空降下來，刺痛她的臉。堤岸沿線的路燈往水面投下橘色光芒，在黑暗中十分耀眼。

但他們已經出來了，可以自由行動。

「好了，」她一緩過氣來就說。「現在去大圖書館。」

第十八章

他們抵達大圖書館的時候，它仍然很暗——或者該說更暗了，寂靜中只有孤單的油燈搖曳著火光。戶外也下著傾盆大雨，距離最近的走廊上的窗戶都被雨珠畫上長長的水痕。艾琳隱約覺得能聽到遠處一座時鐘在發出滴答聲，但當她試圖仔細去聽時，又只是一片寂靜。空氣似乎很熱，她懷疑那有幾分是眞實情況，又有幾分是源於她自己的恐懼。

她在他們找到的第一部電腦前坐下來，打開電源，然後用手指敲著桌面等它開機。她捨不得浪費每一秒鐘。今晚時間不是她的朋友，她腦中有太多緊急事件在發燙了——妖伯瑞奇、大圖書館、她的父母、札雅娜、韋爾……

電子郵件的畫面出現了，艾琳傾向前開始打字，但一封剛寄來的信件立刻塡滿整個螢幕。

需要談話最緊急，哪裡見面？布菈達曼緹

「看來她打字的時候很匆忙。」凱推論，湊在艾琳肩膀上看。

「麻煩確認一下這個房間的編號。」艾琳不理會他的話，說道。她正在寫給考琵莉雅的信，用字遣詞不比布菈達曼緹好到哪裡去。

「A－21，義大利邪典小說，二十世紀晚期。」凱回報。

A－21義大利邪典小說二十世紀晚期，或是往韋爾世界的入口，哪個容易？艾琳把訊息寄給布菈達曼緹。

韋爾世界入口，那裡見，盡快，回覆的訊息說。

「我們要趕快了。」凱說，在那裡走來走去，好像沒看到有一張多的椅子。「如果她有緊急的事要告訴我們……」

「等我一下。」艾琳說。她在檢查網路上目前公布的事項。不幸的是，沒有類似「妖伯瑞奇死了，一切都解決了，你們大家可以放鬆心情回歸正常生活」的內容。但有些清單列舉出出入口被摧毀的世界——比她樂見的清單長——還有一份已死圖書館員的名單。她往下掃過名單，想到她可能認出某個名字，心臟就在胸腔裡痙攣。

而她確實認出兩個名字。

凱不再踱步，又從她的肩膀上盯著看。「我認識海芭夏。」他說。

那是名單上的一個名字。「我好像沒遇過她。」艾琳說。

「她的年紀比妳稍微大一點。她以前總說：你的職責不是為大圖書館而死，而是讓其他人為你的大圖書館而死——」他截斷自己的話，站直身體，接下來的話冷淡而經過修飾。「她為了服務大圖書館而光榮地獻出了生命，我不該貶低她的犧牲。」

艾琳關掉視窗、登出電腦。「我不認為複述她喜歡的笑話有什麼不好的，至少你還記得她，那不是比完全不記得她來得好嗎？」

大圖書館的陰影籠罩著她，像是在默默預示未來。說到底，當艾琳自己死了，她會留下什麼？一間久未使用的臥室裡未讀過的書，少數圖書館員記憶中無足輕重的人。還有大圖書館架上的重要書籍，要是沒有她，這些書就不會在那裡。

「來吧，」她說。「速移櫥櫃往這裡走。」

「艾琳，妳的父母——」凱沒說完，語氣遲疑。

「不在名單上，」艾琳說。「還是安全的。如果說現在還有哪裡是安全的話。」

□

布菈達曼緹在通往韋爾世界出入口所在的房間外等他們。她在一盞燈下靠著牆壁，正在筆記本上振筆疾書。幽暗的燈光使她籠罩在陰影中，看起來像一幅苗條的鋼筆素描，穿著深色鉛筆裙和外套。她一看到他們就瞪大眼睛。「發生什麼事？」

艾琳低頭看自己。她身上大致上已經乾了，但在河裡泡過水之後，她的禮服和偷來的長袍都糟得無可救藥。而她流鼻血時在胸衣上留下的痕跡，證明冷水未必能洗掉血跡。「任務出了差錯，我們撞見妖伯瑞奇。」她簡要地說。「我們逃走了。」

「唔，你們當然逃走了，否則也不會站在這裡。」布菈達曼緹不耐煩地說。「妖伯瑞奇呢？」

「他也逃走了。」艾琳提醒自己，她最近應該要積極設法改善和布菈達曼緹的關係；再加上布菈達曼緹有權知道、同行互惠等等。因此她描述了一下所發生的事。

布菈達曼緹邊聽邊冷靜地點頭，不過她握住筆記本邊緣的指節泛白。可是當艾琳說到她認出妖伯瑞奇時，布菈達曼緹幾乎把筆記本拗成對折。「妳為什麼不直接殺了他？」她質問。

「我確實考慮過，」艾琳承認。「只是沒機會。」

「妳絕對可以再努力一點。」即使光線微弱，也可看出布菈達曼緹氣得臉色發白。「從衛兵那裡搶一張十字弓，用槍，或是讓天花板砸在他頭上。」

「妳試過開槍射他的頭，還記得嗎？」艾琳記得很清楚，從布菈達曼緹的表情來看，她也是。「射了三槍，正中額頭。結果他只是晃了晃身體。而這次我煽動全帝國最高強的一群魔法師使出渾身解數，結果也只是逼得他撤退而已。我實在不確定怎樣才能殺了他。」

「龍？」布菈達曼緹提議。這次她看著凱。

「當時沒有時間找援兵。」凱抗議。

「我們晚點再來追究責任。」艾琳疲憊地說。凱現在後悔他想避免接觸當地的龍了嗎？她晚點可能會問他，但不是當著布菈達曼緹的面。「接下來這一段更緊急。」她快速複述一遍和妖伯瑞奇的對話，還有她的推論。

聽完之後，布菈達曼緹點點頭。「很合理，一定是在那個房間的其中一人。大圖書館的人可以查出妳要去哪裡……」她還算有羞恥心，微微漲紅臉，也許是想起自己過去的作為。「如果是那樣，他們會知道妳的目標是哪本書。因此正如妳說的，那就把範圍縮小到在韋爾家看到資料夾的人了。」

「顯然就是那個妖精啊，」凱說。「我不懂妳們兩個為什麼還要考慮別人。」

「單從邏輯來看，札雅娜是可能性最高的人，」艾琳說。「但也有可能是某個被操控的人，或是有人在監視我們。」

「韋爾的房間被監視？」凱哼了一聲。「妳就是不願意承認那個妖精——」

「不好意思。」布菈達曼緹打岔。她瞪著凱直到他安靜下來。「謝謝。聽著，艾琳，妳得處理一下妳的朋友韋爾。等妳有空的時候，當然不是現在。我去見過他了。」

「他有查出任何事嗎？」艾琳質問。

「有，這就是我要告訴妳的事。當然，我也轉告長老們了。」

「當然。」艾琳贊同，但因為布菈達曼緹特別提出來而覺得不快。艾琳已經不是她的下屬了，不用這類提醒。「所以呢？」

「韋爾說席爾維提到妖伯瑞奇顯然在招兵買馬。也就是說，妖精之間傳開一個消息，說妖伯瑞奇在找資淺妖精來做一些……工作。具體來說是什麼工作，席爾維也不知道，但……」布菈達曼緹聳聳肩。「我可以想到一堆事，從引開圖書館員注意、暗殺圖書館員，一路到執行他偉大的反大圖書館陰謀。席爾維還說，表現出對那份工作有興趣的人，之後都會失聯。顯然一旦加入妖伯瑞奇的計畫，就不能向任何人提起。」

「這倒是耐人尋味，不知道他提供他們什麼誘因。」

「權力。」布菈達曼緹說。「還有機會成為一個好敘事的一部分。」

「嗯，那說得通。」艾琳贊同。妖精要獲取更多權力的一種方法，就是服從於某個虛構角色的所有刻板印象。用這種方式符合模式，能強化他們內在的混沌，與宇宙自然傾向隨機的現象背道而馳。摧毀大圖書館能成就一個精采無比的故事，她酸楚地心想。腦海閃現布菈達曼緹剛才說過的話。「對，我知道韋爾的狀況不好。他在威尼斯任務中被混沌感染了。等有時間的時候，我得要帶他去高度秩序世界。」

布菈達曼緹避開艾琳的目光。「妳知道，還有另一個選項。」

「什麼？」艾琳質問。如果有方法能幫助韋爾，她又可以不違背其他的義務……

「強迫他完成整個程序。」布菈達曼緹冷冷地說。「增加感染程度，直到他徹底變成妖精。」

艾琳瞪著她。「妳瘋了嗎？」

「他絕對不會同意的。」凱說，語氣和艾琳一樣尖銳。

「不然你們以爲妖精是從哪來的？」布菈達曼緹不甘示弱地說。「而且你們到底想不想讓他活下來並保有理智？這種方式至少能讓他處於穩定狀態。執行起來並不難，讓他和別的妖精互動，或是更趨向於典型人物。他是個偵探，叫他去查案啊。」她一定是看到了艾琳臉上的嫌惡，因爲她退了一步。她的表情轉爲冷淡的笑容，對艾琳來說，這表情很熟悉，在她們認識這麼多年、互看不順眼的時候，早就看習慣了。「我是想幫你們，沒有好方法也不能怪我。」

「妳對這類事情顯然比我了解。」艾琳忍不住衝口而出。

「我有我自己的人脈。」布菈達曼緹說。

「噢？」

「與妳無關。」她說出這句話的語氣很斷然，沒留下任何商量餘地。

艾琳深吸了一口氣，把自己從發怒邊緣拉回來。她要當大人，即使在她周圍的所有人都想當小孩。她要把憤怒留給應該承受它的人。「好吧，謝謝妳提供的想法，但我不認爲韋爾本人能夠接受。」她瞥向凱，他點頭附和。「也謝謝妳轉達這項資訊。我已經用電子郵件把基本情況告訴考琵莉雅——」

「要等她回來才會看到了。」布菈達曼緹說。「目前她不在大圖書館，科西切也是，很多長老都是。」

「眞的？」艾琳眞的很意外。任何人晉升爲資深圖書館員時，基本上都已經夠老、也受過夠多的傷，値得光榮退休。圖書館員長老們不會離開大圖書館，不會回到平行世界，因爲那裡的時間會正常流逝，他們可能會有危險。就是沒有人會這樣做。她只看考琵莉雅做過一次，而那次是爲了阻止戰爭發生。如果說現在有很多長老都做了這件事……

布菈達曼緹點點頭，表情扭曲。「他們在蒐集資訊，從他們的人脈那裡蒐集資訊。知道妖伯瑞奇在與妖精合作當然很好，但如果我們找不到他，也是白搭。」

「希望佩妮穆也出外勤了。」

「妳的嘴還眞毒。」布菈達曼緹說。「對，她是出外勤了。她會玩政治遊戲，不表示她就不會做好分內工作。」

「她有找妳談嗎？」艾琳指責地問。

「我和很多人都談過了。」布菈達曼緹籠罩在很深的陰影下。「事情未必如妳所願地那麼黑白分明，而且也不是每個人都能接到好差事。」

「我可不會說這幾個月來我們的工作是好差事。」艾琳挖苦地說。

「嚴格來說，妳在接受懲罰耶，還記得嗎？」布菈達曼緹嘆口氣。「有些人因為更微不足道的理由就接到更糟糕的工作。妳沒有注意到，不表示就沒人有怨言。對，現在不是吵這個的時候，但其他圖書館員會找佩妮穆談不是沒道理的。」

「她目前怎麼說？」

布菈達曼緹猶豫了一下，然後壓低音量。「大圖書館降低能量供應，是為了把更多能量保留起來，好運送物品。佩妮穆說這是藉口，光線變暗、空氣變悶，是因為大圖書館的力量被削弱了。她說現在不光是一些出入口被燒掉，而是整個大圖書館都在朝熵淪陷。還有，很多人都注意到他們能聽見時鐘的滴答聲。」

她沉默了一會兒，三個人都側耳傾聽。艾琳能聽見自己的脈搏、自己的呼吸。她極力想聽見除了自己生命跡象以外的聲音，但無法確定。想像力提供了低語般的滴答聲，在倒數計時，但是……

「我知道，」布菈達曼緹說。「一旦你開始認真傾聽，就不能確定是不是自己有幻聽。有些人開始竊竊私語，說我們應該考慮和妖伯瑞奇談一談。只是可能，只是也許，只是可以列入考慮的另一個選項。」

「只是絕不可能。」艾琳凶悍地說。

「妳出氣的對象錯了。」布菈達曼緹說。「少數圖書館員懷疑歷史在本質上就是遭到修訂的，是贏家撰寫的。他們問我，上一回我們交手時，是不是我先向他挑釁。他們猜測他做現在在做的事，是不是有個很合理的理由，而如果我們在過程中幾乎喪命，也只能怪我們自己。誰想得到這區區幾天的焦慮，就能讓這麼多同事和朋友……」她比了個手勢，不能或不願把句子說完，嘴巴不快地扭曲著。

「和我們一起來吧，」艾琳衝動之下說道。「妳可以幫我們的忙。」這話完全是眞的，布菈達曼緹的工作能力很強，而艾琳已經不再執著於面子，試圖靠自己完成所有事。

布菈達曼緹再次迴避艾琳的眼神，嘴巴帶著諷刺意味地彎著。「我不能，我應該要待在這裡負責協調工作。很蠢吧？」

艾琳剛張開嘴想表達不可置信，卻突然冒出一個令人不愉快的假設。她們上一次合作時，布菈達曼緹的行動是來自一道祕密命令。她對艾琳使出很惡劣的詭計，結果讓整個任務都陷入危機。雖然在任務彙報的時候，艾琳並沒有很主動責怪布菈達曼緹，但事實明擺在那裡，他們的上級都能夠看見。如果布菈達曼緹現在只能負責支援工作是她受到的懲罰，艾琳追問她細節只會像在她的傷口上灑鹽。因此她改口說：「很遺憾，我覺得妳擔任外勤工作會更有幫助。」

「是啊，我也這麼認爲。」布菈達曼緹的語氣乾得像灰塵，也沒什麼遺憾意味。「好吧，如果考琵莉雅或任何人比妳早回來，我會確保妳的資訊傳達出去。祝妳好運。」

「妳也是。」艾琳趁著自己還來不及講出什麼冒失的話、毀掉這一刻的氣氛之前，趕緊轉過身去。然後她帶著凱進入隔壁房間，那裡有通往韋爾世界的門。

這個房間的光線更暗了。天花板上只有一盞幽暗的日光燈泡，他們得小心地通過地板，避開幾乎看不見的一疊疊書籍。他們朝出入口走到一半時，艾琳突然煞住腳步。

「怎麼了？」凱從沉思中驚醒，用質問的語氣說。

「我在想啊。」這一次她難得在走進陷阱之前先思考。「我上次走進這扇門後發生什麼事？我被那些狼人偷襲。不管是誰——札雅娜或誰——在韋爾的世界搞鬼，那人都知道我們是從這裡進去的。換作是我的話，會利用這項資訊。」

「了解。」凱說。他深思地打量那扇門。「現在已經過了午夜，任何東西都可能在等我們。我們可以改去另一個世界，然後我再載妳去韋爾的世界？」

艾琳考慮了一下。「我們會浪費時間，」她決定。「我們耽擱得越久，妖伯瑞奇的手下就越有機會逃走——到時候線索就斷了。」

「那我們該怎麼辦？」

顯然凱並沒有任何聰明的點子。眞可惜，因爲艾琳自己也沒什麼想法。「我們要小心一點，」她堅定地說。「我們把門打開時，要分別站在門的兩側。」她試著想像另一邊所有可能的情況。暴徒、爆裂物、毒氣、槍林彈雨。「我們要先察看再進去。」她補上一句。這不算太了不起的辦法，但至少聊勝於無。

她和凱在門的兩側就定位，艾琳小心翼翼地轉動門把，然後把門推開，打開往韋爾世界的通道。獵槍的子彈轟然一聲從他們之間及胸的高度飛過去，把鉛丸噴在房間另一側的書架和書上。艾琳不確定這顆子彈能不能殺死一條龍，但絕對能殺死一個人類。那突如其來的巨響讓她頻頻甩頭，空氣裡的嗡鳴似乎一時還縈繞不去。

她從門框後探出頭來窺探。即使因爲是晚上，房裡的乙太燈都關掉了，室內光線還是足以讓她看到最醒目的東西。那把獵槍是夠惹眼的了。它被綁在一張椅子上，一根鐵絲連接獵槍和她剛開啓的門的門把。這是教科書式手法，取自於經典凶殺案推理小說。正如同所有謀殺手法，當你眞正遇上它，娛樂價值就沒那麼高了。

「那可能殺了妳！」凱咆哮。

「也可能殺了你。」艾琳指出。「尤其是如果主謀認爲你會堅持走前面的話。」他確實很可能這麼做。她想像他胸口中了剛剛那一槍，在心裡打了個冷顫。

空氣裡有種越來越響的哀鳴聲。她不知道那是什麼，但沒有時間可浪費了。要是再耗下去，這房間可能變得完全無法通行，到時候就得改走凱提的替代路線，在過程中喪失大把光陰。「來吧。」艾琳指示，一馬當先衝進房間。

凱跟著她進去後，用腳把通往大圖書館的門踢上。這房間除了綁著槍的椅子之外，看起來空蕩蕩的。這裡只有幾座已經沒在用的展示櫃，以及靠著牆壁堆放的摺疊桌。眼前沒有其他立即可見的威脅——沒有潛伏的黑色曼巴蛇，沒有引信已經點燃的柱狀炸藥，沒有持刀埋伏的暴徒。

但是嗡嗡聲越來越大，而且聲音來自他們上方。

艾琳抬頭看。

有三個類似紙袋的淺色物體垂吊在天花板上，各以兩條皮革繫帶固定住。它們原地輕晃，每一個都吐出一團越來越大、嗡嗡作響的黑暗物質。有一把獵槍在附近擊發，任憑脾氣再好的胡蜂，也會被吵醒。而艾琳敢打賭，這些不是比較友善的種類，可以用一支蒼蠅拍趕走。前提是牠們確實是胡蜂。比胡蜂更糟的是什麼？她不想知道答案。她放棄謹慎行動，拔腿奔向門口，一邊大喊：「走廊的門，解鎖、打開！」

門鎖發出清晰可聞的喀答聲，門開了，啪地打在牆壁上，但他們的出路仍然被堵住。門口從地板到門楣，全部堆滿木板箱。顯然有人把這些箱子堆在外頭——在他們布置好獵槍和蜂窩、然後關上門鎖好之後。眞是好極了。

迴旋的深色物質化作箭頭射向她和凱。艾琳連忙舉起雙臂保護自己的臉，這完全是出於本能反應，她感覺灼熱的針刺進她的手。她在近乎黑暗中連看都看不清楚的嗡鳴生物落在她的手腕上，試圖爬進袖子裡。細微的動靜觸碰她的臉，振動的翅膀刷過她，小小的昆蟲腳停在她的皮膚上。

「風，把我身上的昆蟲吹掉！」她尖叫。

她發現自己身在迷你颶風的中心，風從她身上往外掃，好像她是音爆核心。這風讓她喘了一陣子才能正常呼吸，不過也把那些生物暫時颳走了。她的手被螫得像火在燒，她聽到凱在一旁罵髒話。這比看著一對凶猛老虎接近更糟。在這黑暗中，無法看清攻擊他們的是什麼，還和這些東西被鎖在一個房間裡……

這是專爲圖書館員設計的陷阱。好吧，她會像個圖書館員來面對。

「凱，趴下！」她命令，在那些東西嗡嗡地回來攻擊她時撲向地面。「玻璃，碎掉！玻璃碎片，**刺穿那些昆蟲！**」

她聽到凱也往地板撲落的聲音。接著伴隨著尖銳的玻璃爆裂聲，展示櫃和檯燈化爲碎片，這聲音幾乎蓋過了憤怒的嗡鳴。碎片在她頭上往四面八方飛，有如鐮刀一般畫過空氣。她伏低身體護住頭，在絕望中祈禱這一招管用。

從聲音聽來挺有希望的。一再重複的嗖嗖聲，像是箭射到東西，只是音量比較小。三聲沉重的碎裂聲，像是有人扔下大包裝的玉米穀片。然後只有微弱的嗡嗡聲，仍然很憤怒，但距離不是太近。接著一片靜默。

「牠們好像停了。」凱說。他的嗓音模糊不清，顯示他還沒有抬頭看。

「嗯。」艾琳說。她強迫自己挪開手臂，抬頭察看。滿地都是亮晶晶的碎玻璃，中間夾雜著仍在抽搐、亂爬的小東西，牠們在地上奮力揮著翅膀，一公釐一公釐痛苦而徒勞地挪動著。有些昆蟲還在房間四周飛，化作陰影中的小黑點，但牠們已經躲上天花板了。那三個窩掉在地上碎成幾大塊，被帶進窩裡的玻璃重量給壓得掉下來。「凱？你被傷得多重？」

「嚴重到夠痛的了。」凱說，他站起身拚命甩手，好像可以用物理方式把毒液甩出來。這給了艾琳一個靈感——不過最好在昆蟲的聽力範圍外測試。他刻意保持音調平穩，但艾琳聽得出他很不快。「這種謀殺方式還眞是侮辱人，小鼻子小眼睛啊！」

「我不是很確定這麼做的目的是謀殺。」艾琳深思地說。她轉向擋住門口的木板箱，提高音調讓聲音能傳出去。畢竟某人可能堆了雙層的箱子，好讓陷阱更牢不可破。「木板箱，從門口往旁邊移開。」

箱子往旁邊滑動時，她的頭有一點痛，但比起他們剛離開的世界，語言在這裡要發揮效果容易得多了。我從沒想過比起高度秩序世界，我會更喜歡高度混沌世界。

她和凱走出房間，並且把門安全地關上之後，她利用走廊燈光仔細看了一下自己的手。它們看起來……很不舒服，這是溫和的說法。她的手痛得要命，但最讓她起雞皮疙瘩的是看到兩隻手上有那麼多被螯的傷口。也或許那是毒液引起的反應吧。不過她始終不習慣看到自己身上的傷。「凱，伸出你的手，讓我試一下。昆蟲毒液，從進入的同一個傷口，離開我的身體和龍的身體。」

清澈的液體從她皮膚上的穿刺孔冒出來，她頭皮發麻地看著毒液滴到地上。她的手仍然感覺又麻又痛，但不像原先那麼嚴重，而且至少也不會再惡化了。

凱皺著眉看著毒液離開他的手。「艾琳，妳說妳不確定這是謀殺，是什麼意思？」

「這有可能是為了逼我們回大圖書館。」艾琳指出。「或是阻止其他圖書館員過來。我不知道。把它加進我們要問的問題清單吧。」她的手看起來暫時不會再滴毒液了。她把手甩乾，然後懊惱沒有任何繃帶可用。她也很後悔甩手。「總之，優先事項——我們要找到札雅娜，還有韋爾，還有辛。既然要徹查的話，當然還有李明。找到所有人最快的方式就是先找到韋爾。」

拜託讓大圖書館再撐久一點，她心想。還有讓韋爾安然無恙。

第十九章

「感謝上帝妳來了，溫特斯小姐。」辛說。他看到她和凱竟然很高興，這件事本身就讓艾琳憂慮。一般而言，督察是破例容忍他們兩人，或頂多只把他們視為有用的資源。如果他很樂意見到他們，那表示韋爾的狀況一定比她擔心的更糟。

「韋爾還好嗎？」她單刀直入地問。這時候是凌晨三點，外頭的路燈在一縷縷霧煙間僅依稀可見。在韋爾家這裡，所有燈都調到最亮，對她疲憊的眼睛來說亮得刺眼；那燈光也毫不留情地照出房間有多亂。這地方比平常還要凌亂，紙張散落滿地，好像是被人隨手丟棄。

辛皺眉。他穿著普通服裝，而不是平常穿的警察制服，艾琳在疲憊中仍然敏銳地注意到，他的領帶夾是一把小劍。「他不好，一點也不好。我可以坦率直言嗎，溫特斯小姐？」

「當然。」艾琳說，在心裡做好最壞的打算。以「我可以坦率直言嗎」開頭的句子，從來不會有好的結尾。

「我見過韋爾先生處於壓力下，我見過他沉迷在案子裡。」辛扠起手臂，「我必須承認，我甚至見過他給自己施打某些物質，而基於法律原則我得假裝沒看到。但我從沒見過他被逼到這麼走投無路。有鑑於妳對這件事瞭若指掌，溫特斯小姐——還有妳的朋友石壯洛克——如果你們能告訴我到底是怎麼回事，我會非常感謝。」

「韋爾現在在哪裡？」艾琳瞥向緊閉的臥室門。「他是不是……」她沒說完，因為她不想眞的說出「又在打嗎啡了」。

辛不自在地變換著腳步重心。「我要承認，我在他的茶裡加了一點幫助睡眠的東西。今天晚上稍早時我來到這裡，他在房間裡走來走去，一邊拋出各種理論，一邊更往抑鬱裡鑽。韋爾先生是個情緒化的人，而最近這個月來他的情緒越來越惡劣。我認識他這麼久，我還沒看過他狀況這麼糟。」

辛所說的「我認識他這麼久」這句話懸在空中，像是控訴。他和韋爾是老朋友了，在艾琳和凱出現以前，他們早已合作多年。從辛的角度來看，艾琳是個闖入者，一來就帶著麻煩事，後來還害韋爾遭逢此等厄運。

而且這全是眞的。她的罪惡感讓她嘴裡有股酸味。

「都怪我。」凱說。艾琳想要反駁，但他舉起一手阻止她。「我們誠實一點，艾琳。我才是被綁架的人，而當韋爾試著幫忙時，他曝露在有害的環境裡。所以他現在才會有麻煩。辛督察，我除了對不起之外也無話可說，我會盡力補救的。」

「你要攬下責任是你的事，石壯洛克先生，」辛說。「而且我不否認，你確實可能得負責。儘管我只是個警察，推理能力比不上韋爾先生，溫特斯小姐才是發號施令的人仍然是顯而易見的事實。是她帶你來到這裡的。而且今天稍早她的朋友也來過了，我希望能從溫特斯小姐口中得到答案。」

艾琳沒有特地去問辛怎麼知道布菈達曼緹來過，也許是韋爾告訴他的，或是管家，或是任何人。那不重要。重要的是，幾個月前，當他們在找《格林童話》時，布菈達曼緹曾對辛漫天扯謊。從那之後，辛就不太願意信任任何圖書館員了。

「我們可以坐下來嗎？」她說。「這可能要花點時間。」

至少這裡有白蘭地。他們三個都知道韋爾把酒放在哪裡。

艾琳知道辛知道大圖書館的存在，也懂得有多個平行世界的概念，不過他的了解不像韋爾那麼徹底。先前當妖伯瑞奇來這個世界作亂時，他們不得不告訴他基本事實。儘管艾琳本人沒有進一步闡述細節，她相信韋爾必定轉達了更多資訊。或許還包括艾琳的犯罪紀錄。因此她很幸運，現在不必從頭說起。她講了一遍妖伯瑞奇對大圖書館最近構成的威脅、韋爾被混沌感染，還有他們現在需要韋爾幫忙。「我們來這裡的路上，先去了一趟札雅娜告訴我們的旅館地址。」她總結。「旅館職員說札雅娜訂了一間房，但沒有待在那裡，只是用它當作收信地址。我知道希望不大，但還是得確認看看。」

「我比較感興趣的是妳說要怎麼幫助韋爾先生的部分。」辛沒有給自己倒白蘭地，而只是將就地倒了杯白開水——主要是爲了陪艾琳和凱，而不是眞的需要喝什麼吧，艾琳懷疑。「如果石壯洛克先生帶他去另一個世界，」他用懷疑的語氣講出這幾個字，不過還是勉強說出口。「那就能幫助他恢復正常？」

艾琳低頭看著自己的手，它們陣陣脹痛。她在短時間內是不會有機會睡覺了。沒關係，反正她也沒時間睡覺。

她必須找到札雅娜，而最快的方式就是請韋爾幫忙。沒問題的，他可以找到躲在倫敦的任何人。但如果她請韋爾幫忙，他有可能會徹底失控。而如果她想要救韋爾，讓凱帶他去高度秩序世界，她能找到札雅娜的機會就直線下降了。

換作布菈達曼緹就不會有任何遲疑。布菈達曼緹會知道大圖書館是最優先事項，正如同它應該也是艾琳的最優先事項才對。爲了拯救大圖書館而讓一個人類置身險境，是說得過去的。艾琳自己在偷書時，不也常常讓別人有危險嗎？那麼現在這個人是她的朋友，而且是她害他變成這樣的，就足以令她猶豫了嗎？

凱坐在她身邊，一臉憂心忡忡，不過看起來壓力不像艾琳那麼大。她很不安且驚慌地意識到他看著她的眼神，好像她揮揮手就可以解決一切。好像她知道怎麼擺平現狀。她黯然心想，她指導他的工作做得眞差勁——他不該這麼依賴她的。

「對，」她終於說。「對，我想把他帶去另一個世界會有用。」

凱點點頭。「既然如此，我就——」

他的話被一陣來自大門的搥門聲打斷。在安靜的屋子裡，這聲音響得嚇人。辛放下杯子，走到窗邊，站到一旁，拉開一道窗簾縫往外窺視。「是席爾維大人。」他回報，語氣極爲不卑不亢，他一定拚了命才控制住自己的感受。「如果我們讓他站在那裡，他會把左鄰右舍都吵醒。」

「你不能逮捕他嗎？」凱滿懷期望地說。

「我要有一兩項罪名才能逮捕他，石壯洛克先生。我想你們兩位應該不知道那位紳士最近有做什麼違法的事？」

「嗯，個人方面沒有，」凱說。「但他現在不算在擾亂公眾安寧嗎？」

「這是很難界定的那種罪名。」辛說。「讓一艘偷來的飛船墜毀在屋頂上——那才比較可能算是擾亂公眾安寧，再加上另幾條罪。」

艾琳知道他指的是她自己曾犯下的違規行為，當時全靠韋爾從中化解，他們才逃過法律制裁。眞是含蓄的指桑罵槐啊。要不是他的論點是針對她的，她眞想鼓掌叫好。「也許我直接下去請他離開，會是最簡單的辦法。」她疲憊地說。「我想他不得到某個人的關注，是不會善罷干休的。」

「交給我吧，溫特斯小姐。」辛說。她還來不及同意，他已經出了房門下樓去了。

「他很高興妳並不想讓席爾維進來，」凱說。他靠向椅背。「我也是。但我不喜歡把妳一個人留在這個世界，讓妳去找札雅娜。」

「我也不想這麼做，但如果我們要幫助韋爾，我不知道還有什麼別的辦法。」艾琳發現自己已經下定決心。「我可以讓辛幫我找札雅娜；我不會是孤軍奮戰。而你總不可能帶著所有人一起走，從你之前說過的話來看，載兩個人會有問題。」

「問題，」凱說。「嗯，是啊，問題，但還是有可能辦到。到時候我們都會在同一個地方，之後再一起去找札雅娜。」

他把這件事講得好像可以按表操課一樣。艾琳深吸一口氣，克制著自己的脾氣。「凱，『緊急情況』這個詞你是哪裡不懂？如果札雅娜是我們的目標，她已經試著殺我們好幾次——而且沒被逮到，展現出她的行動能力夠強。我們承擔不起給她任何時間去躲起來。我們沒有任何時間可浪費……」她意識到自己越講越把自己逼回剛才的道德難題中，於是遲疑了一下。

樓梯上傳來說話聲。凱皺眉頭。「聽起來不像有人叫某人離開。席爾維該不會——」

「該不會怎樣？」席爾維問道，並走進客廳。他穿著全套晚禮服，鈕釦孔裡插了一朵梔子花，看起來像剛從某個見不得光的晚宴會場過來。（嗯，也許「見不得光」並不是一望即知的事實，但這個人可是席爾維。艾琳基本上會假設他的一切都不道德。）辛跟在他後頭兩步之外，看起來很不高興。

凱沒有費心站起來。「我本來要說，我想不到任何理由會讓辛督察放你進來。」

「我也想不到任何理由，」艾琳承認。「除非和我們手上的案子有關？」

「關係很遠。」席爾維把帽子和手套拋向雜亂的桌面，它們落在一疊染血的法律文件旁邊，文件上還插著一把刀。他環顧室內，好像這裡是動物園裡某隻野生動物的巢穴。「有意思。我一向希望刺探韋爾先生的隱私，卻不得其門而入。」

「我讓你進來完全是因為你說有重要資訊要告訴我們，席爾維大人。」辛說。他的語氣仍然客氣得無懈可擊，態度也可以適用於法庭的大雅之堂，但他隱然有種怒吼的氣勢。「我要請你告訴我們，你為什麼急匆匆地來到這裡。」

「我是來阻止你們犯下可怕的錯誤。」席爾維說。他往客廳內部移動，倚在凱的椅背上。凱身體一僵，屁股往前挪，然後扭回頭望著妖精，臉上寫滿不信任。

艾琳思忖，席爾維此番前來，一方面無疑是要維護他自己的利益；另一方面，他可能真的有重要的事要說。時間正一分一秒流逝，她必須現在就知道，沒時間再耗了。「請繼續。」她謹慎地說。

「你們在考慮奪走讓韋爾先生這麼傑出的特質。」席爾維舉起一手，儘管並沒有人試著打岔。

「噢，請別打岔。你們在談論把他帶到高度秩序球界去，也就是對我這種人來說極爲不合的環境，要濾乾他的特質。我沒說錯吧？」

「你說得完全沒錯，」艾琳贊同。「對你這種人來說，那是極爲不合的環境。」

席爾維嘆氣。「你們三個都想一想我說的話——你們有沒有想過，你們的朋友韋爾先生身上早就有若干妖精成分了？事實上，他一直會遇到他該遇到的人？他的能力？他的行爲？他那似乎超越人類能力的推理本領？我一直認爲我應該更深入調查他的家世背景。」

「這太荒謬了，先生。」辛說。他選了韋爾臥室門邊的位置站著，可能是爲了阻止任何人進去；現在他滿臉冷冰冰的不認同。「韋爾先生比我見過的大部分人都更不喜歡妖精。」

「這當然很荒謬！」凱很用力地附和。他抬頭怒瞪席爾維，好像他想向那個妖精下戰帖，當下就來決鬥。唯一讓他待在椅子上的原因，一定是他懷疑如果這張椅子空了，席爾維會馬上霸占它。

「我注意到溫特斯小姐不像男士們反彈得這麼強烈。」席爾維說。他的語氣轉而偏向確認，像是拿起一把刀子撬起信封的蠟封章，留下赤裸裸的事實。

艾琳沒有否認，是因爲這種說法帶有令人不安的可信度。她和凱第一次遇見韋爾時，他就提到自己有種天賦，能在剛好的時間遇到對的人，並且知道他們對他自己重不重要。就本質來看，這實在太類似妖精所謂的敘事口吻了，還有他們把自己安插到故事裡的現象。韋爾是大偵探的典型人物，而這個世界本身又傾向於高度混沌。不像他們去過的威尼斯那麼嚴重，不過仍然離平衡狀態有點差距。她從來沒這樣想過——不過是不是因爲她喜歡韋爾，才潛意識中拒絕考慮這個可能？

「我不相信韋爾是妖精。」她說。

「也許現在不是，」席爾維同意。「但未來可就說不定了。」

艾琳想到妖伯瑞奇，以及他說的局限和自我塑造等等。她能感覺到凱用失望的眼神盯著她，因爲她沒有斷然拒絕整件事的可能性。「如果這是眞的，」她說。「你爲什麼想阻止他去威尼斯？我還以爲你會樂見其成呢。別想用以退爲進的藉口唬弄我。」

席爾維停頓了一下。「唔，我的小老鼠，我的確打算這麼說呢，不過看來我必須承認，我竟然也有弄錯的時候。」他露出迷人的示弱笑容。艾琳必須在心裡狠捏自己一把，才能抵擋想要相信他的衝動，都是他的魅惑力在作怪。他實際上是在揶揄她，幫助她恢復清醒。「我以爲韋爾撐不過去。我發現他撐過去的時候眞是太高興了，我想要好好地帶領他成爲我們的同類，那會是全世界，應該說在任何合適的世界，最簡單的事。但如果你們把他拖去一個高度秩序的球界，強迫他只能當個人類，你們不光是清洗他而已，等於是毀了他啊。你們會抹去他所有的個人特質。」

「我不敢相信妳眞的在考慮，」凱打岔。「這全是謊言——」

「並不是。」席爾維說。他傾向前，用眼神愛撫艾琳。「妳知道不是。」

「你敢發誓這是眞的嗎？」艾琳問。

席爾維點點頭，髮絲在臉旁飄揚，有如被隱形微風拂動。「我會發誓，我現在就發誓是眞的。」

「即使不是謊言，他也只是爲了自己的利益才說出來！」凱憤怒地說。「他就和札雅娜一樣壞！他們兩個只是因爲自己邪惡的執著，才主動牽扯進來。」

艾琳小心地放下酒杯，以免拿來丟某個人。「凱，」她說，她的語氣讓他驀然嚥下本來想說的話。「拜託你先安靜一會兒。席爾維大人，謝謝你對此事提供的意見。辛督察……」

「是？」席爾維和凱在說話時，辛默默地看著整個房間，像是守在老鼠洞口的貓。現在他專注地看著艾琳。

艾琳知道她要說的話不會太中聽，她已做好準備迎接衝擊。「我想我們必須請韋爾自己決定。」

席爾維開始鼓掌。「噢，非常好，溫特斯小姐。眞是減輕良心負擔的好方法。我太小看妳了，妳眞是個僞君子。妳眞的認爲他會做什麼妳不贊成的決定嗎？」

「這正是他不該決定的原因。」凱望向辛尋求盟友。「督察，你一定了解，我們需要立刻把韋爾帶走，在他繼續惡化前……你希望他變成那樣嗎？」他用拇指指著他肩膀後頭的席爾維。「我們不能冒險讓他發生那種事。」

「被稱作『那樣』讓我受到冒犯了。」席爾維表示。「不要逼我，龍。我對韋爾先生頗有好感，但並不表示我喜歡你。」

「我必須質疑妳的動機，溫特斯小姐。」辛說。他一點也沒有打算離開臥室門口的跡象。「席爾維大人的猜測應該是正確的，我相信不管他本身會承受多大的風險，韋爾先生會想幫妳。關於韋爾先生如果離開這個世界會有危險一事，席爾維大人可能是對的，也可能不對。但是現在看起來，如果他什麼都不做，似乎風險更大。」

「或許是吧。」艾琳說。她發現自己不知不覺間已經站起來了。「好吧，應該就是了。我不會比你更樂見那種風險存在。但你不明白嗎？如果我們替他下這個決定，他永遠都不會原諒我們。席爾維大人在談的是韋爾是什麼，」她努力想找到可以說服辛的說法。「他是那樣看韋爾的。但你談的是韋爾是誰。我不像你那麼了解他，我和他的交情沒有你久，我很抱歉害他惹上麻煩。在某些情況下，也許我確實會不給他選擇餘地，就下藥把他迷昏，拖著他離開麻煩。但是他有權選擇要不要冒這個險。不管我們是他的朋友或敵人，都無權替他決定。他不會因為我們奪走他的選擇權而感謝我們的。」

辛猶豫了一下，搖搖頭。「我不在乎韋爾先生感不感謝，溫特斯小姐。為了救他，我該做什麼就做什麼，即使這表示會失去他的友誼——」

「那麼幸好你不必這麼做。」辛背後的門開了，韋爾站在那裡，顯然已完全清醒。他穿著襯衫，頭髮凌亂，眼神因專注而閃著幽光，看來幾乎有點駭人。「辛，老朋友，我很感謝你剛才所說的。不過在某些狀況下，男人得自己做決定。」他瞥向席爾維。「我是說男人，不是妖精。」

「這兩者間的差別遠比你以為的要小。」席爾維拖長聲音悠哉地說。但他也用同樣銳利而專注的眼神盯著韋爾，不理會在場的其他人。

韋爾一手撫過頭髮。「席爾維大人，當我在另外那個威尼斯與一些你的同類有了近距離接觸，我發現他們不太能做出眞正的決定。他們已經做出能力範圍內唯一眞正的抉擇了，那就是選擇成為他們現在的樣貌。」

「那就發揮你的本色吧！」席爾維說。「你在這個老問題上打轉，早就讓我厭煩了。法律需要你，正義需要你——」

「是，確實如此……」韋爾猶豫了一下，一時之間，室內的空氣彷彿稠得像蜂蜜，充滿了潛力，充滿了選項。「但是有某個人需要我的幫助，也是不爭的事實。」

他深吸一口氣。現在他的眼神和聲音都更穩定了。「如果我純粹爲了智識方面的好奇心而接案，我會成爲自己這類人淺薄的典型人物。我明明有能力幫一個向我求助的朋友。溫特斯，就一個人類與另一個人類的角度來說，妳對我有什麼要求嗎？」

「有。」艾琳堅定地說。凱看起來好像他腳下的地面被抽走了，或是要給大圖書館的某本書在開口抱怨自己被半途攔截偷走。辛謹愼地看著韋爾，但至少他目前爲止還沒有出面干涉。席爾維閉著嘴，這毫無疑問是種好現象。「我需要你幫我找到某個人。」

「那麼請坐下吧。」韋爾說。「席爾維大人，謝謝你抽空前來關心，但我現在有緊急調查案件要處理。別讓我們耽擱你了。」

席爾維甩門離去。

第二十章

「我的筆記在這裡。」韋爾說，大步走向桌上一疊文件。文件周圍是亂糟糟的地圖、服飾帳單、威脅信和報紙。韋爾豪邁地用手一揮，把它們全都掃開，艾琳還得趕緊接住以免它們掉下桌。「綜合來看，札雅娜從某個異國動物供應商那裡買了侵入溫特斯家的蜘蛛，在數家銀行存款和提款，努力避開席爾維大人，還有目前幾幫受雇打手的動態……儘管還沒有確切結果，卻有了明確的調查方向。」

「哪個異國動物供應商？」艾琳問。她有了一個不愉快的念頭。「除了蜘蛛和胡蜂之外，札雅娜還有買其他東西嗎？」

「哪種胡蜂？」韋爾問。

「這種。」凱從口袋掏出一個有點破爛的樣本，是之前攻擊他們的胡蜂。牠的身軀仍然被一塊玻璃碎片刺穿。毒針看起來比艾琳預期中還大，她的手彷彿受到提醒，又開始陣陣脹痛。

「啊！」韋爾捏著牠的一邊翅膀，把牠拎起來察看。「這不是胡蜂，而是中華大虎頭蜂！牠的體型很特殊。」

「我個人很慶幸外面沒有很多五公分長的虎頭蜂在亂飛。」艾琳打了個冷顫說。「那對找到她有幫助嗎？」

「這證實了我所懷疑的事。」韋爾傾向前，戳了戳倫敦市地圖上的一個點。「哈洛德百貨公司可以買到很多東西，但這不是其中之一。她一定是去貝爾格拉維亞地下街購物了。」

辛在點頭，但艾琳和凱互換了一個不解的眼神。「貝爾格拉維亞地下街？」艾琳問。

「位在貝爾格拉維亞區的一處商場，」韋爾說。「那裡有人在販售稀有動物，而且常是很危險的動物。那裡有幾個攤商遊走在法律邊緣，不過考慮到商品價格和買家社會地位，警方也很難介入。」

辛陰鬱地點點頭。「那位女士是觸犯了幾條法律，但我總不可能帶幾個警察，把貝爾格拉維亞地下街像玩具一樣整個翻轉過來，搖一搖看會掉出什麼東西。我絕對申請不到搜索令的。恐怕我們這回得低調行事，溫特斯小姐。」

「但你覺得我們可以在那裡找到有關札雅娜的線索嗎？」艾琳直搗重點問道。

韋爾點點頭。「我去拿外套，馬上就來。」

辛下樓去叫計程車了，凱把艾琳拉到角落。「我很擔心。」他用有點洩氣的語氣說。

「我也是，」艾琳附和。「擔心很多事。」例如她是不是剛剛因爲強迫韋爾參加這場調查，而毀了他。當她堅持要讓他選擇的時候，早就知道他不會拒絕她了。而凱和辛都堅持要想辦法幫助韋爾。如果她迫使他留在這裡幫她是毀了他的話……她一想到就覺得很不舒服。她這個時候不需要凱來質疑她，她光是質疑自己都來不及了。「我們現在要討論的是哪一件事？」

「我在擔心妳的動機。」凱防禦性地扠起手臂。「妳在對待札雅娜上已經展現出不理性的態度了。」

對艾琳來說，要思考札雅娜背叛自己的事，遠比思考她自己可能背叛了韋爾要來得輕鬆多了。

她的音量降到有如耳語，但她能聽見自己冷若冰霜的語氣裡帶著怒氣。「什麼時候變成你是我的上司了？什麼時候輪到你來批判我了？你以爲就因爲我把札雅娜當成朋友，就會打她兩下手心就放過她？」

如果凱能有辦法不著痕跡地往後退的話，他看起來很想這麼做。「妳之前就聽信她的話了。」他試著說。

「之前她有一套可信的說法，聽起來合情合理。她幫過我，我同情她的遭遇。」

「妳同情一個妖精。」

「我只是人類。」艾琳的憤怒——對札雅娜，也對她自己——像是腹部的一團酸液。「因爲如此，正如你顯然馬上就要指出來的一樣，我會犯錯。我信任了一個比我更擅長裝無辜的人，我害我們兩人都有危險，還置大圖書館於險境。」*而且我剛才把韋爾也推入險境。*「不需要你來告訴我，凱。我完全能靠自己看出這一切。」

「不只是這樣而已。爲了逮住她，妳還寧願冒險讓——」凱截斷自己的話，但他瞥向韋爾臥室門的目光等於替他說完下半句。

「我是想在決定之前盡可能蒐集所有事實。」艾琳回答。「就因爲布菈達曼緹說……」

一段回憶出乎預期地蹦了出來。在大圖書館與布菈達曼緹和凱對話時，布菈達曼緹提到韋爾可以變成完全的妖精。當時凱毫不遲疑地說韋爾絕對不可能同意。但是凱並沒有問任何問題，也沒有表示韋爾不可能變成妖精。他根本連停下來思考都不需要，這表示他早就知道有這個可能性了。

「你知道那是選項之一，」她木然地說。「韋爾變成完全的妖精。你明知道，卻沒有告訴我。」

凱還來不及試圖否認，他眼神閃現的罪惡感已經洩了底，他自己也知道。「對他來說那會比死更糟糕，」他抗議。「現在還是如此。」現在他也壓低了音量。

我一直就認為凱是會為了保護他愛的人而說謊的類型，現在他說謊的對象是我，我又為什麼這麼不是滋味呢？「這不是由你來決定的事。」

「就是。」他又露出傲慢的態度。「妳會放心讓一個喝醉酒的人來決定該怎麼拯救他自己嗎？如果我沒有能力決定，難道妳不會替我做正確的決定？」

「那不是重點，」艾琳說，她的怒氣還在，被那種不理性的被背叛感給燒得更旺了。「韋爾明明有能力決定。」

「被混沌感染到那種程度的人是不可信賴的。」凱低頭看著她，在那一瞬間，她感覺到一種疏離感還有非人類的驕傲，先前和他叔叔見面時，他叔叔也散發出這種氣勢。

她可以和凱再爭辯一百年，而那只是在白白浪費口水。她不會淚眼汪汪地看著他，說「如果你真的是我朋友，就會和我站在同一陣線」。她從未期望她的友誼是這種性質的。

艾琳深吸一口氣，嚐到了空氣和韋爾房間的熟悉氣味。紙張、墨水、化學藥劑、咖啡、扶手椅的舊皮革、總是縈繞不去的悶熱菸斗煙霧。「我老實告訴你吧，」她說。「我也沒遇過這種情況。我或許曾在工作方面面臨失望，但我從來沒有真的被我以為是朋友的人背叛過。」我也從來沒有犧牲過朋友，沒有像這次一樣。

凱夠懂人情世故，沒有說出類似「嗯，顯然札雅娜不是妳朋友，從來就不可能是，現在就證明了」的話。他只是點點頭。

「你說對了，我對這件事的感受是有點不理性。」她的憤怒就像鋸子的刀刃，已經磨利了，隨時準備好劈裂一切。她已經厭倦了和他意見分歧，厭倦了爭論相對的道德問題，厭倦了在大圖書館有難時還在浪費時間。時間一分一秒在流逝。「可是不用擔心，我不會讓那種情緒阻止我得到我們需要的資訊。已經沒有時間了。我需要抓到札雅娜，我需要知道我能依靠你。你相信我的判斷力嗎？」

「我就是因爲夠相信妳，才會當著妳的面說出這些話。」他輕觸她的肩膀，盡力擠出笑容。「可是請妳務必小心，我並不想訓練一個新上司。」

艾琳正準備想個聰明的回應，這時韋爾從房間出來，他已經穿戴整齊，正把外套披上肩。他催促他們下樓，辛已經設法在這三更半夜找到一輛計程車了。

□

貝爾格拉維亞地下街一點也沒有遮遮掩掩的意思，他們的計程車司機一看到地址就知道在哪裡了。當他們抵達時，臨街的房屋都一片漆黑，沒有開燈，窗簾緊閉。但是整條路上的地下室公寓都亮著眩目的乙太燈。路人都成雙成對或三五成群地行動，極少有人落單；即使在倫敦的這個精華地段，夜晚仍然是很危險的。

「它是一百多年前建立的。」韋爾解釋。他用手勢比向一整排優雅的淺色房屋，它們黑色的鐵製陽台倒映著街燈光芒而顯得亮晶晶的。「萊爾馬廄街。這些房子全屬於同一個貴族家族所有。不幸的是，那個家族的繼承人對撲克牌和骰子並不像他以爲的那麼在行，最後整個家族的房產都拿去抵押。他們後來和一個財團簽訂合約，以微不足道的價格將整排房子的地窖永久租給對方，不過他們可以保有樓上的房屋。」

「而那個財團至今仍擁有合約。」辛附和。他把大衣領子翻起來抵擋夜風，說話時小鬍子在衣領上方豎立著。「儘管現在上方房屋已經住著許多不同家庭了。韋爾先生，現在你打算怎麼辦？主要出口有兩個，各在地下街的一端。我們可不希望才剛走進一個出口，獵物就從另一個出口跑掉。」

「你覺得札雅娜可能就在這裡？」凱問道。

「有可能，」韋爾說。「可能性不高，但不是不可能。或者我們也可以問問可能見過她的攤商。畢竟她是個妖精，即使她不需要更多寵物了，她還是可能抗拒不了來購物的衝動。」

他指著街道另一端，指著人行道上一片方形亮光，那是由一扇打開的門透出來的。「那是地下街的兩個入口之一，另一個就在我們旁邊。有可能供應皇帝巴布蜘蛛、中華大虎頭蜂和蛇——妳確實提過她喜歡蛇吧？——的店家，大約有三間。如果我們有兩個人走這個入口，另兩個人走另一道門，就可以分頭往中間會合。我們沿路檢查攤商，如果那位小姐在的話就可以攔截她；就算沒看到她的人，也可能可以查到她的收貨地址。」

艾琳並不是很情願地和辛一起走向較遠的那個入口。辛很專業，沒有表現出來，但她認爲他也不是很開心。可是韋爾提議分工合作，凱也同意了。

我和辛是不是該在合作過程中發掘對方優點、建立良好關係？她非常清楚辛有什麼優點。他聰明、專業、正直，對韋爾發揮的影響力應該比她好。問題比較偏向辛不喜歡她——因爲她是來自另一個世界的偷書賊，不只一次違法亂紀，而且還害韋爾身陷危險。說眞的，她也沒什麼可辯解的。

街道另一端那道敞開的門也使得光線流向門外霧茫茫的夜晚，還伴隨著一股混雜的氣味——最顯著的是廉價薰香的味道，其中隱含著乾草、霉和動物糞便的氣味。門內的房間小而簡陋，只有一盞乙太燈照明，而且看起來是用儲物櫃改造而成的。兩個魁梧的男人坐在桌子後面，穿著大衣、裹著圍巾，看不出個人特徵。桌上擺著個現金盒，很顯眼地提出邀請。

「多少錢？」辛問。他已把帽子壓低遮住眼睛，而且和那兩人一樣，用圍巾把嘴巴和下巴包起來。艾琳從韋爾的房間裡借了備用的大衣和面紗，也把自己包得密不透風。整件事已經瀕臨荒唐的邊緣了。如果貝爾格拉維亞地下街一般的服裝標準是這樣，難怪會把時間和現金花在這裡的都是一些有錢無腦的人。不過這確實提高了他們在這裡找到札雅娜的機會，她一定很愛這裡。

「一人五基尼金幣。」右邊的男人說。他沒有討價還價的意思，只是單純地陳述事實。艾琳修正了一下她對這地方客群的看法，把他們有錢沒處花的尺度往上調升。

辛和艾琳往現金盒裡投了錢，然後左邊的男人點點頭，示意他們走進內門。

他們一踏進去，裡面一片嘈雜，而撲面而來的氣味使得艾琳把臉上的面紗裹得更緊一點。這條由一個個地窨組成的長廊光線並不充足——偶爾才出現一盞的油燈不是被調弱了，就是被五顏六色的燈罩給變暗了，因此地下街另一頭完全被陰影籠罩。地窖本身比她預期中寬敞，她意識到這些地窖的縱深一定是從街道這端一路延伸到房屋後花園的另一端。攤商在每個地窖中央擺放攤位，有如一座座小島，或者彼此緊挨著貼在牆邊。有的展示水槽和水族箱，裡頭裝著蛇、蜥蜴和魚。有的攤位則有蓋著紗網的箱子、蜂箱或籠子，甚至是被細牽繩拴住的動物。角落裡有一對白色貓頭鷹，用黃澄澄的眼睛睥睨室內，像一對被觸怒的神祇，牠們的腿用成對的鍊子拴在飼主桌子上。購物者的打扮從奢華到可笑都有，但由於現在是半夜，外頭又起著霧，大部分的人都裹著笨重的大衣。

「先去沙耶特小姐的攤位，」辛說，朝右邊牆壁點點頭。「我相信她是主要昆蟲供應商之一。」

他們要去的攤位很顯眼，就夾在右邊的盾甲蜥和左邊的暹羅鬥魚之間。這個攤位的貨架上擺滿小籠子，每個籠子裡有一隻或一對昆蟲，籠子本身用紗網和蠟封住。這攤位附近充滿掙扎昆蟲發出的嗡嗡聲。這些籠子擺得有多整齊，攤位老闆就有多邋遢，她一頭花白的長髮糾結地披散在臉旁，和她破爛的披巾與米色連衣裙簡直都混成一堆了。他們走近她時，她狐疑地瞄著他們。

「皇帝巴布蜘蛛，」艾琳直接切入重點。「還有中華大虎頭蜂。」

女人噘起皺巴巴的嘴唇。「現在訂，大虎頭蜂要一個星期才會到貨。不過我可以給妳蜘蛛——現在市面上多得很。」

艾琳差點忘了他們之前賣蜘蛛給寵物店的事。親眼見證自由市場經濟的運作還眞有意思。「哎，討厭，」她盡力裝出上流階層的口音。「有人告訴我可以在這裡找到中華大虎頭蜂。如果是因爲別人先向妳訂了，我相信我可以出更高的價碼……」

攤位老闆搖搖頭，打斷艾琳。「不管是誰和妳說的，他們錯了。這種虎頭蜂得向國外訂。你不可能在這種氣候下養牠們，這裡沒有人會先訂來備著，看看有沒有人剛好要買，尤其是我更不會做這種事。這樣做沒有意義。在這座商場裡，唯一有可能在一週之內替妳弄到牠們的人，就是司耐斯。如果妳要找大虎頭蜂，妳可以在再過去兩個地窖，也就是地下街中段找到他。」

艾琳瞥向辛，他點點頭。聽起來這個攤商過去一個月內沒賣過大虎頭蜂。司耐斯——他也是韋爾提到的賣家之一——似乎更有可能。「謝謝。」艾琳說完繼續前進。

在這條地下街很難直線前進。攤位擺設的方式非常隨意，模式很明確地是由理性往混沌演化。買家都圍在攤位四周看商品，而不是讓出通道讓別人通過。辛和艾琳得繞一個大圈避開一個攤位，那個攤位老闆正在對一群想買犰狳的顧客大吼——聲稱最近的痲瘋病恐慌讓他不可能進口犰狳。有一對穿著大衣、和守門人很像的男人，已經從人群間推擠而過，趕往騷動現場。不消說，他們是地下街內部的保全人員。

他們又得在第二個地窖暫停。一個戴著有如昆蟲複眼大眼鏡的女人，正在大聲嚷嚷抱怨。顯然她新買的獵豹寶寶波西沃太喜歡吃她的食物和啃她的手指了——她要求要換一隻訓練得比較好的。受抱怨的主角獵豹寶寶被她用一根銀鍊子拴著跟在她身後，牠正一邊啃著鍊子，一邊盯著隔壁攤位的一缸缸食人魚。那個女人和她的祕書，再加上攤位老闆和所有看熱鬧的人，把路完全堵死了。辛和艾琳必須費盡千辛萬苦繞過他們，前往第三個地窖。

就在這時候，艾琳認出一張臉。

那張臉並不十分特別，而且從她上次見過以來，那張臉上多了被打的黑眼圈。那是戴維的臉，也就是稍早之前綁架她的狼人之一。他正在和韋爾提到的其中一個攤位老闆交談。更重要的是，由於他們是從側面靠近，他似乎沒有注意到她。

她把辛拉到一邊，表面上是為了仔細看看幾隻鴨嘴獸，實際上正一邊偷偷盯著戴維，一邊喃喃向辛解釋。她很慶幸四周瀰漫著動物氣味——這應該可以降低他認出她的機會。

戴維在抱怨有一筆訂單沒有如期到貨。那筆訂單——一對已交配成功的射毒眼鏡蛇——顯然因為當地盛行風向的關係，從曼德勒運送出海後延遲抵達。戴維嘟嘟囔囔地抱怨這一切造成很大的不便，但攤位老闆只是毫不在意地擦拭著他的單片眼鏡。

「這可能是陷阱。」辛喃喃道。艾琳點點頭，她也有同樣的想法。札雅娜可以輕易安排一個已知的手下出現在艾琳和凱面前，引誘他們進入準備周全的埋伏地點。不過話說回來，他們來這座市場是因為韋爾推測札雅娜會在這裡買東西。她派手下來，而不是親自出馬，也很合理。戴維可能是真的來買東西。

「我來跟著他，」艾琳繼續壓低音量說。「你可以向攤位老闆打聽那筆訂單的貨應該要送到哪裡去。然後你去找韋爾和凱，讓他們來找我。我會試著留下我去了哪裡的線索。」

辛眉頭深鎖。「這可不成。」他說。艾琳轉頭瞪他，但他微微搖頭。「溫特斯小姐，我知道這事很嚴重，但萬一這個叫戴維的傢伙一出去就上了計程車呢？或者萬一等我找到韋爾先生和石壯洛克先生時，妳已經到了好幾條街之外了呢？讓妳獨自行動對整個狀況沒有幫助。我們查出他要貨物送到哪裡，然後大家一起去比較好。」

艾琳咬緊牙關。「我們幾乎已經沒時間了，我不認爲我們還能再等下去。要是他離開我們的視線，或者地址是假的——」

「溫特斯小姐。」辛握緊她的手臂，當她看向他，在他眼裡看到眞誠的憂慮。「想清楚，小姐。正因爲事態如此緊急，我們才不能冒任何險。妳是這裡唯一可以到妳的大圖書館的人，我們不能冒險失去妳。」

「你很清楚，換作韋爾就會一個人跟蹤他。」艾琳碎唸。

辛嘆口氣。「確實如此，溫特斯小姐，確實如此。而我也會對他說一樣的話，小姐。妳的行事風格與他一樣，並不會讓我的人生變得比較輕鬆。稍微有點自我保護的意識，會讓妳的所有朋友都輕鬆很多。今天晚上不適合分開行動，讓妳在霧中失去蹤影。他們如果無法掌握妳的行蹤，因而陷入麻煩，也不是好事。」

他說得有理。艾琳把一直存在的焦慮感壓制下去，她始終感覺自己浪費的每一秒，都是大圖書館經不起失去的時間。「那好吧。」她同意，語氣試著不要太不滿。

幾分鐘後，靠著一大筆賄賂金，他們拿到了一個地址。

第二十一章

收貨地址是一間倫敦東區的倉庫。計程車把他們放在離倉庫兩、三條街的地方。

「札雅娜會有後門可逃，」艾琳說，重複著已經在車上講過好幾次的論點。「而且我們知道她有跟班，甚至可能是比戴維像樣的跟班。我們不能冒險從前門進去時讓她從後門跑掉，反之亦然。」

「屋頂是什麼樣子？」凱問道。

「我可不敢信任這一區的任何屋頂。」韋爾說。即將展開行動的此刻，他看起來完全正常，艾琳幾乎可以說服自己他狂熱的眼神只是錯覺。「沒有機會先檢查過的話，最好不要走屋頂。我和你一樣不喜歡溫特斯說的分頭行動點子，石壯洛克，但看來這是最好的選項了。」

「那由我來引開札雅娜的注意力。」凱提議。他昂然而立，全身散發年輕王子和指揮官的氣勢。「艾琳繞到後門去，用語言打開門鎖，可以發揮更大的功用。」

艾琳一直希望他表現出獨立自主和決策的能力，但不是在這個節骨眼。她這個時候不需要和人辯論，她要操心的事已經夠多了。「凱，你可能沒有發現——札雅娜不喜歡你。」

「那又如何？她是妖精，會很歡迎衝突場面——」

「我說的不是要迎合她對戲劇的熱愛。」艾琳說，想到妖精有多喜歡對仇家宣示永恆的敵意，然後又整天著迷般地編織與那個仇家的對手戲。「我想要表達的是她真的誠心誠意不喜歡你。我想假如她看到你在射擊範圍內，可能會認眞試著殺死你。而換作是我，她會想先談一談。」

「而妳當然也想和她說話。」凱冷冷地說。

「如果你知道還有什麼方法能從她身上得到資訊，你就發發善心告訴我，不要耍嘴皮子浪費我的時間。」艾琳凶悍地說。「還有，撬開門鎖就和語言一樣有效，你並不需要我才能開鎖。」她考慮說「三票對一票」，因爲韋爾和辛已經同意了，但她不希望凱做得心不甘情不願。再說，他們也不是採取民主制度。「各位男士，請務必小心。如果札雅娜預期到我們會來，她可能認爲我們理所當然會走後門，因而把所有陷阱都設在後門。」

韋爾點點頭。辛看起來像在自問爲什麼他會在這裡──而且即將爲了她衝向危險──不過他也點頭。凱好不容易發出不情願的應和聲。

「好了。」艾琳看了一下錶。「你們有十分鐘可以就定位，然後我就去敲門。」

她終於敲了倉庫側門時，遠處的教堂鐘聲響了五次。頭頂的天空顏色開始稍微變淡了，但街道上仍瀰漫著濃霧。

倉庫內沒有回應。

艾琳走到一旁，像韋爾會做的一樣審視這個區域。人行道上有道弧形泥土痕跡，顯示這門最近才開過，並排的兩道輪轍則表示有個很重的東西被推進去或拖出來。這也代表如果這裡是札雅娜的基地，她在裡頭確實有一批嘍囉。札雅娜不是會親自操作沉重手推車的人。

她試了試門把，身體依然站在門的一側。鎖著。好吧，這不礙事。「倉庫門鎖，打開。」

在這個時間，街上夠安靜，她能聽到鎖裡的桿鎖簧卡到定位的聲音。她等了一會兒，看看裡面有沒有人會有反應，但沒聽到任何動靜。她在心裡交叉手指祈禱，一邊把門拉開，往裡窺視。

她鬆了一口氣，門上沒有連接任何獵槍、魚叉或斧頭之類的凶器。門內的房間是個普通的小辦公室，儘管時間這麼晚了，牆上的一盞乙太燈仍然亮著，室內桌椅俱全。房間另一端有一扇門通往倉庫內部。

艾琳想到或許有可作為罪證的文件或發票，便走向辦公桌，但她朝最上面的抽屜伸出手時卻猶豫起來。首先，那是設陷阱最方便的位置。而且她心中冒出另一個想法。這個時間，乙太燈為什麼會亮著？若非因為有人剛剛還在這裡，就是因為某人——例如艾琳——是預期中的訪客……

「好吧。」她說，環顧四周。她的聲音在寂靜的房間裡似乎太響了。「札雅娜？我來看妳了。」有很長一段時間，沒人回應，艾琳能夠想到各種自己把計畫搞砸的原因。然後札雅娜的聲音從內門後方傳出：「親愛的，在這裡！」

艾琳小心翼翼地靠近，望向門內的房間。一股熱氣撲面而來。門內空間很大，將近有整個倉庫內部的三分之一，室內溫度高得有如溫室。牆上和天花板上釘了厚厚的黑布，遮住了窗戶也擋住了通風口。許多籠子和植栽容器以謹慎設計過的間隔放置，之間散布著大型電圈式暖器和刺眼的乙太燈。一切看起來非常不安全。房間中央有兩張貴妃椅，貴妃椅之間隔著一張小桌子。

札雅娜舒適地臥在離門較遠的貴妃椅上，一手支著下巴，默默注視著艾琳。她穿著貼身的黑色緞料禮服，衣襬從貴妃椅邊緣垂下，讓她有種毒蛇般的氣質。「請進。」她喃喃道，眼神嘲弄。「我的寵物都很安全。」

「我記得妳以前替妳的恩主照顧蛇。」艾琳不確定她想從那些籠子之間走到札雅娜面前。離她最近的植栽容器裡的蠍子看起來太活躍了，也太大了，讓艾琳不敢靠近。

「我確實偏愛蛇，」札雅娜承認。「但我也喜歡別的寵物。」

「喜歡到要養這麼多？」艾琳手一揮，把所有籠子和植栽容器都含括進去。

「欸，我可能有點失心瘋了。我本來只是去小小購個物，先從幾隻小的開始，而妳也知道是怎麼回事。」札雅娜聳聳肩。「王爾德不是說『過度帶來的成功是無可比擬的』嗎？我想我要用大虎頭蜂來試驗看看這句話是不是眞的。」

「不幸的是——唔，我想對妳來說是不幸啦，對我不是——結果不成功。」艾琳說。她不理會自己想問札雅娜是在哪裡讀過王爾德的衝動。「畢竟我還在這裡。」

「我確實希望妳能撐下來，親愛的。」札雅娜伸手拿起桌上的其中一瓶酒。「要喝點什麼嗎？不勉強，我保證。」

「沒下毒？」

「這我也保證。」札雅娜承諾。「親愛的，我了解妳現在對我可能有點疑慮，但如果我們要繼續隔著整個房間大聲嚷嚷，怎麼能好好說話呢？妳不能過來坐嗎？我不會在妳走過來的路上殺妳的——那會破壞一切。」

這是艾琳心中也這樣認爲的同一套邏輯——她不會殺我，因爲她想幸災樂禍地看著我——但是實際面臨這個狀況，她還是感到惴惴不安。「好吧。」她同意，感覺從自己的聲音聽得出提防的意味。「但妳要了解，我現在有點氣我自己。」

「爲什麼？」札雅娜問。「還有，妳要喝什麼？」

艾琳開始小心翼翼地穿過籠子和暖器，把她膨大的裙襬拉得貼近小腿。她的洋蔥式穿法——大衣加上禮服——讓她感覺又悶又熱。「嗯，我應該要專業一點，不該一下子就中了苦肉計。」

「可是我很有說服力啊。」札雅娜得意地說。「說句公道話，親愛的，我們有段淵源，而我做好了萬全的準備。」

「噢？」艾琳試著讓語氣聽起來只是稍感好奇。「妳這裡有白蘭地嗎？」

札雅娜用力搖頭，黑色髮鬈亂糟糟地披在肩頭。「白蘭地太無聊了。我有龍舌蘭、苦艾酒、琴酒、中國白酒、伏特加——」

「白蘭地才不無聊。」艾琳抗議。她感覺時間像沙子般從手中滑落，急得心癢難耐。但是札雅娜越放鬆、越專注在艾琳身上，那三個男人就越容易不被察覺地闖進來。把這事視爲軍事行動，有助於艾琳壓抑怒氣。「妳喝酒不會喝太兇了嗎？」

「誰需要肝臟？」札雅娜拿起一瓶酒，上頭的標籤是「頂級阿姆斯特丹琴酒」，她把清澈的液體倒進兩個酒杯。「現在，親愛的，坐下來吧，我們聊聊。我相信妳有很多問題要問我。」

艾琳坐到札雅娜對面的貴妃椅上，兩人之間隔著桌子。「我也許應該開門見山。札雅娜，妳就是想殺我的人，對不對？」

「我絕對是其中一個。」札雅娜說。她把一個杯子推過桌面給艾琳。「也許還有其他人，這我可不知道。」

「爲什麼？」艾琳試著讓語氣平穩，想和札雅娜一樣輕鬆而淡然地對待這件事，但她話要出口前卻扭曲變形，講出來的語氣很尖銳。「也許是我太笨，但我完全沒發現我們是這種關係。」

「哪種關係？」

「要殺掉對方的關係。」

札雅娜歪著頭，一臉疑惑。「唔，就實際層面來說，我們是這種關係沒錯，但那不表示我們就得惡言相向。這是個很大的挑戰呀！」

「挑戰。」艾琳木然說。她伸手去拿杯子，手上被螫的地方在脹痛。

札雅娜點點頭。「妳是我的靈感，親愛的艾琳。我們在威尼斯相遇時，妳是那麼冷靜，那麼有自制力，那麼完美的探員！我對妳說的話至少有一件是事實。我的恩主把我趕出來了，他叫我滾，他就像是譬喻層面上的放狗趕我，而事實上也眞的放狗趕我！他說我該更主動一點，更有警覺心一點。因此妖伯瑞奇給我工作的時候，我心想，我可以做得更好。我可以和妳一樣厲害！」

艾琳盯著杯中的琴酒。她不太有勇氣喝一口，儘管此時此刻用酒精來麻醉自己是非常誘人的想法。「妳知道，札雅娜，通常聽說我是給人靈感的老師，會讓我高興又自豪，但現在我對這件事的感想有點五味雜陳。」

札雅娜喝了一大口琴酒，舔了舔嘴唇。「我明白，妳因爲輸了而有點沮喪。不過別灰心嘛！也許下一次妳會贏啊。」

「如果我死了，就不會有下一次了。」艾琳覺得她還是得特地指出這一點。「而我還沒死，所以說我輸了好像言之過早。」

「這就像下西洋棋時被將軍一樣，」札雅娜說。「當下一步棋你就能將死對方，即使對手還沒有同意，仍可以說你贏了。妳進來以後前門就鎖上了，隔壁有我的人，如果我大叫，他們就會衝過來。我的腳下有個按鈕，親愛的，它連接到所有籠子的門。只要我啓動它，所有籠子都會打開——而我向妳保證，我有些寵物的毒液生效的速度很快。我已經服用解毒劑了。所以妳瞧，我確實贏了。」

這是個耐人尋味的理論狀況，艾琳寧可不要走到實際驗證的地步。「好吧，」她同意。「嚴格來說，我猜這確實算是將軍，而我沒辦法立刻把我的國王移走。眞可惜，我還期望先得到一些答案，而不會有，嗯……」她扭動手指，暗指毒蛇。

「嗯，我們或許能安排一下。」札雅娜說。她的語氣有種狡獪、討價還價的意味。「嚴格來說，我的合約寫的是『殺死或從自由行動狀態中移除』，所以只要我讓妳不能礙事，親愛的，應該就滿足條件了。」

「妳和妖伯瑞奇簽的合約。」艾琳了然地點頭。

札雅娜微笑。「我不可能告訴妳內容，親愛的。那是背叛，而……姑且說那對我有壞處吧。」她試著用開玩笑的語氣說，但聲音裡藏著緊張不安。

「怎樣的壞處？」

「永久性的壞處。」札雅娜嘆氣。「幾乎可以這麼說，他對我們保持忠誠或避免被抓這兩件事毫無信心。說到這個，妳是怎麼知道來這裡找我的？我是在等妳出現沒錯，但還是不知道妳怎麼辦到的。」

艾琳需要捏造一個可信的理由，以免讓札雅娜想到可能會有援軍出現。「我用了語言。」她撒謊，賭札雅娜不知道語言能做什麼或不能做什麼。「我從大英圖書館的中華大虎頭蜂身上一路追蹤到這裡。」不管怎麼說，那些男人跑到哪裡去了？她很需要救援，或至少是引開注意力的目標。

「噢。」札雅娜說。她看看周圍的籠子和植栽容器。「該死，我沒想到。我眞慶幸妳沒有在蜘蛛身上試這一招，要是妳那麼早就發現我，一切都會被破壞。」

艾琳很想抓著札雅娜的肩膀，對她尖叫說這不是某種遊戲——大圖書館可能被摧毀，艾琳可能喪命。對她說這些事不是僅僅發生在虛空裡，而是會有眞實效果的。她看到自己的手在抖，趕緊把琴酒放下，以免弄灑。「我了解那會縮短整個過程。」她贊同。那些男人爲什麼還不來？

札雅娜嘆氣。「親愛的，我感覺不到妳有強烈的參與感耶，妳只是一直分析。難道妳不想賭咒要復仇之類的嗎？畢竟我確實背叛妳了。我知道如果妳以爲我遇上麻煩，妳會想保護我，就像妳對那條妳救的龍一樣……對了，他人呢？」

「我叫他回家了。」艾琳說。她對這個提問早有準備。「他待在這個世界太冒險了。」

「這應該算好事吧，我參與這件事可不是想和他的家族開戰。」札雅娜給自己又倒了些琴酒。

「他的占有欲眞的超強的，眞是乏味的人。」

「有些人可能會說妳這叫五十步笑百步。」艾琳挖苦地說。

札雅娜嘟嘴。「艾琳，妳這話很不公平耶。我並沒有怕妳發生危險，或是阻止妳做圖書館員的工作。完全相反。這就是爲什麼我不想讓……任何人殺了妳。」

「但是如果妖伯瑞奇摧毀大圖書館——」艾琳試著說。

札雅娜一臉茫然不解。「妳可以另外投靠一個恩主啊，不是嗎？原來的妳還是不會變。」

「看來原來的妳也是不會變的。」懊恨與憤怒爭相出頭，艾琳一時希望自己可以笨到去喝那杯琴酒。那或許有助於她看開一點，札雅娜只是個喜愛操弄別人的妖精，她也只想當這種角色，她只對玩遊戲本身有興趣，不關心爲什麼要玩這個遊戲。艾琳想起被摧毀的出入口和死去圖書館員的名單。他們是眞實的。和那一點相比，她曾喜歡過札雅娜、把她當朋友看的事實，重要性差不多等於……嗯，等於一隻死掉的中華大虎頭蜂。

「那現在呢？」札雅娜興致勃勃地傾向前。「告訴我吧，親愛的。妳在思考一項超級毀滅性的反制之計嗎？妳會不會從桌子對面飛撲過來攻擊我？還是妳會逃進倫敦的夜色之中？」

「逃跑沒什麼用，」艾琳說。「妳大概會叫狼人來追殺我。」

「噢，討厭——被妳猜中了。也許我可以把妳丟進蛇穴？我們以前在家鄉常常這麼做，事後我們會喝雞尾酒。」

「妳有蛇穴？」

「就在隔壁。」札雅娜證實。「或者我可以用鐵鍊綁住妳之類的。」

「也在隔壁嗎？」艾琳傾向前，雙手按在飲料桌上，若無其事地把兩根大拇指滑到桌子邊緣底下。「不用擔心，我明白妳在這件事上沒有選擇的餘地。反正妳就是這種人嘛。」

札雅娜看起來被傷到了。「親愛的艾琳，妳講話不太厚道。」

「我沒有那個意思。」艾琳放棄為自己的情緒分類了，而安然接受她可以同時對札雅娜既生氣又懷有憐憫，這兩種心情不是互斥的。「真的沒那個意思。」

「可是我們是朋友啊。」札雅娜露出今晚到目前為止最有人性的笑容。「妳不記得了嗎？我們在威尼斯一起游泳，妳和我說起以前的學校的事？」

「而妳喝醉了，抱怨妳每次都得給蛇擠毒液，而且從來沒機會勾引任何英雄。」艾琳附和。這番對話已經發展到必須做出尷尬決定的時刻了，她再也不能苦等那些男人出現。「很抱歉妳失去了恩主。」

「算了吧。」札雅娜不屑地說。「這幾個月我玩得比之前幾十年都開心！我就是為了這個而存在的，親愛的。」

艾琳點點頭表示理解。接著她把桌子往上一掀，連同酒瓶一同砸在札雅娜身上。

第二十二章

桌子翻了過去，伴隨著酒瓶酒杯碎裂的巨響。札雅娜氣得大叫，把桌子從身上推開，但她身上已經沾滿伏特加、琴酒和其他昂貴的烈酒。滿地都是碎玻璃。艾琳跳起身，趁著對方還搞不清楚狀況，一把抓住她的肩膀，將她拖離貴妃椅，然後丟到地上。「不准按任何鈕。」她說。「不准放出蛇或蠍子或任何東西。」

「衛兵！」札雅娜尖叫，她的聲音隱含著恐慌。「衛兵！給我過來！」

遠端的門打開了，凱站在那裡，身旁是韋爾和辛。「恐怕他們都沒空，」他說。「我們可以嗎？」

艾琳才剛開始享受札雅娜的表情，就聽到一聲喀答。她不敢稍微放鬆對札雅娜的注意力，只用眼角餘光瞄向聲音來源。有一個籠子的門開了，一條很長的青蛇試探地扭身滑出牠的監禁處。更多喀答聲響起，就像一座紙牌屋以極慢的速度崩塌，那是其他籠門打開的聲音。

「那是警醒開關，」札雅娜惡狠狠地說，她緊張地撫摸自己的喉嚨。「如果我的腳從按鈕上移開，它就會被觸動。妳以為我很笨嗎？現在放我走！」

「不行，」艾琳堅定地說。「沒有這個選項。妳要告訴我實話。」

札雅娜突然跳起身來，但她沒有衝向艾琳，而是想逃。艾琳早就預期她會有某種反應，但對方的速度還是讓她吃了一驚。結果她用極不優雅的橄欖球擒抱術撂倒札雅娜。她們兩人一齊倒地，在滿是酒液的地上翻滾。在近到令人不安的距離外，傳來昆蟲沙沙的腳步聲。

艾琳設法壓制住札雅娜，用膝蓋頂住她的後腰，把她一條手臂往後扭。「妳別想逃，」她粗聲說。「別再浪費時間了——」

札雅娜好像噎到了，她用空著的手亂抓脖子，努力想吸到空氣。她的喉嚨周圍開始出現一串用語言寫成的文字，深色的字母浮上皮膚表面，像刺青一樣。在札雅娜掙扎時，艾琳能從她的髮絲間辨認出幾個詞。**背叛。俘虜。死亡。**

那對我有壞處，札雅娜的聲音在艾琳記憶中迴蕩。*永久性的壞處。*

艾琳不再壓制妖精，讓她翻身仰躺，並且歪著頭仔細查看那串語言。它像套索一樣收緊，文字由細細的線條增強為填滿的圖形，就像瘀青一樣黑乎乎地印在札雅娜喉嚨上。札雅娜拚命搵抓，但她的手指抓不到任何東西，她的胸部劇烈起伏，掙扎著想呼吸。

「發生什麼事？」凱在艾琳肩膀後頭質問。

「妖伯瑞奇阻止她開口的陷阱。別讓蛇來煩我們。」艾琳說。她在腦中搜尋能用什麼語言來阻止這個機制。她現在能讀到完整的句子了，那些字化為一個致命的圓圈緊緊箍住札雅娜的脖子。**在我背叛你，或被逼供，或被俘虜之前，我將死亡。**

艾琳張開嘴，但她還來不及試著用語言破解妖伯瑞奇寫的死亡句子，突然因為一個想法而停住了。妖伯瑞奇派札雅娜——和其他妖精——出來殺害圖書館員，他會預期到圖書館員想要審問他們。

他會預期到有人利用語言來拯救札雅娜。

她不理會後方傳來的悶響和撞擊聲，只是在口袋裡摸找零錢，她找到一先令銀幣。這個合用。既然不能用語言來破解語言，就得另想辦法來破壞這句子。她腦中沒什麼計畫，而是偏向順從直覺，她用大衣袖口包住手指，然後捏起硬幣。

「我手裡的一先令銀幣，溫度升高到像火一樣燙。」她命令。

滾燙的金屬燒黑了她大衣的布料，冒出縷縷白煙。札雅娜現在幾乎沒在掙扎了，她的眼神空洞，呼吸只剩微弱的咻咻喘氣聲。艾琳用膝蓋壓住札雅娜的左手腕，以免她手臂抬起來，用空著的手抓住對方頭髮，把她的頭往後拽，露出脖子，然後把熾熱的硬幣壓在她脖子上的「死亡」。

札雅娜慘叫。艾琳咬著牙繼續把硬幣壓在札雅娜的皮肉上，看著那一圈灼傷的肉蓋過底下的字。

札雅娜喉嚨周圍的語言套索像生物一樣扭動，它最後的動詞被弄掉了，被迫變成無效的句子。然後句子斷了，文字迴旋消失。札雅娜突然又能呼吸了，她大口大口吸著氣，從眼角湧出淚水，身體整個癱軟下來。

「艾琳。」凱焦急地說。她轉身，看到他踩扁一隻蠍子。他指著一簇藍色火焰，起火點是灑酒精流到了燃燒式暖器的位置。火苗開始沿著地板蔓延，艾琳趕緊退後躲遠一點。「我們得離開這裡。」

「我可以把火撲滅。」艾琳控制住自己說道。她丟下硬幣，札雅娜的脖子被硬幣灼傷的部位出現一個紅色烙印。「給我一點時間……」

「也許讓這個地方燒掉還比較簡單，」辛提議。「我通常不喜歡縱火，但有鑑於這個地方有這麼多致命生物在亂竄，或許這牽涉到公共衛生。」

「辛說得有理。」韋爾贊同。他停頓了一下，用殘餘的桌子把一條眼鏡蛇打飛。「我建議我們撤退，然後通知消防隊。」

「我不反對。」艾琳趁著還沒有任何人改變心意，很快地說。她越快遠離火焰、蛇、昆蟲等等有的沒的——並且能夠審問札雅娜——越好。「然後我們可以得到一些答案。」

□

半小時後，他們置身附近一間酒吧的二樓。他們通知了消防隊（而且消防隊及時趕到，火勢沒有波及左鄰右舍），札雅娜的嘍囉都被拘押在倫敦警察廳，札雅娜本人則坐得直直的，要求來杯琴酒。

艾琳已經把房間搜了一遍，將任何印刷物都丟到外頭的走廊上。她希望這麼做能降低妖伯瑞奇來攪局的風險。她更迫切希望他以爲她還待在聖彼得堡的監獄裡，不會試著找到她。

韋爾把乙太燈調亮、拉上窗簾，阻絕來自外頭倉庫的火光。消防車和人群的聲響透過窗戶隱約地傳進來。札雅娜像塊布簾披在房間中央的一張搖搖晃晃的椅子上，坐在那裡撫順她的裙褶，脖子上的新烙印鮮紅顯眼。艾琳面向她坐著，凱站在門邊，辛和韋爾則戒備地走來走去。

儘管失去了寵物，大概還包括現金庫存，札雅娜的好心情已完全恢復了。不消說，那是因爲她現在是眾人關注的中心，這是所有妖精都難以抗拒的。「我想我可以試著投降看看，親愛的，」她提議。「我現在要殺死妳可難了。」

「妳確實盡力了。」艾琳同意。「我要特別讚賞妳的努力。而且我剛剛救了妳的命。」

「但也是因爲妳逮住我，我的生命才會有危險。那現在呢？」札雅娜詢問地偏著頭。「妳要把我關起來嗎？」

「『宰了妳』聽起來更恰當。」凱冷冷地說。艾琳事先已經和他說好，由他來扮黑臉，她扮白臉。但是從這語氣聽來，她擔心他的殺氣未免太重了。

札雅娜搧著睫毛。「你是在威脅要冷血地殺了我嗎？在執法人員面前？那不是違法了嗎？」

「妳說得對，女士。」辛說。「我聽到這類威脅眞是無比震驚。石壯洛克先生，我先失陪一會兒，我應該去看看消防隊員那邊的情況。我可以回來的時候再和我說一聲。」

「不用費事了，」札雅娜酸溜溜地說。「我懂你的意思。那麼，艾琳，妳說妳要我投降，我現在投降了。接下來如何？」

「和我說說妖伯瑞奇，」艾琳說，唸出這名字讓她嘴裡苦苦的。「他在做什麼？」

「想辦法摧毀大圖書館啊，親愛的。」札雅娜說。停頓了一下後。「……噢，妳想聽細節？」

「對。」艾琳捺著性子說。「還有，札雅娜，我要清楚聲明。我饒了妳一命，作爲回報，我要完整的眞相，我要妳主動積極地告訴我眞相。」

「饒了我一命？」札雅娜嘟嘴。「我知道妳確實破壞了妖伯瑞奇的詛咒，而且我確實給妳惹了一些麻煩什麼的，但妳眞的會殺我嗎？」

「會。」艾琳說。她很費力才吐出這個字，且直視札雅娜的眼睛。「聽著，我老實和妳說。對我來說，大圖書館比妳重要。如果情勢所逼，我會把妳交給龍族，或是賣給席爾維大人，或是親手開槍射殺妳。這三件事都可能要了妳的命。在這個房間裡，我是唯一眞的有意願讓妳活命的人。」她看到札雅娜眼中有懷疑，於是切換成用語言說話，使說出口的話成爲承諾和實話。「如果妳不告訴我我想知道的有關妖伯瑞奇的事，我會殺了妳。」

札雅娜在椅子上向後縮，好像艾琳是毒蛇，而她是遭受威脅的受害者。也許是語言的作用，又或者是因爲艾琳的表情。「不要！」她叫道。「拜託！」

「韋爾。」艾琳伸出手。「請給我你的槍。」

韋爾不發一語地把槍放在她手心。

他不認爲我眞的會動手，他以爲我只是虛張聲勢來嚇唬她。

艾琳想到大圖書館陰暗的走廊和房間，想到起火燃燒的出入口和死亡圖書館員的名單。她舉槍對準札雅娜。

札雅娜盯著手槍，不再像平常一樣把玩自己的長髮髮了。她的手緊握住椅子扶手，呼吸急促而焦慮。「我——」她吞口水。「好啦！」她離開椅子，忽地跪到艾琳面前。「我告訴妳我知道什麼，而且我發誓我會說實話。我投降，我眞的投降了。」

艾琳把手槍遞還給韋爾，試著讓飛快的心跳和緩下來。眞是千鈞一髮。她從來沒想過自己是那種眞的會爲了情報而不惜殺人的人。她或許能提出幾個有說服力的威脅，但都只是虛張聲勢。發現自己準備好取人性命，而且如此輕易、毫不猶豫地執行，眞是令人不愉快的驚喜。「站起來，」她疲憊地說。「請妳回到椅子上。我接受妳的投降，但妳得告訴我完整的眞相。」

札雅娜從地上爬起來，溜回椅子上坐著，她的絲襪奇蹟般地沒有刮破。「他在做的是——」

有人敲門。「有一位先生要找石壯洛克先生！」樓下的酒吧女侍喊道。

艾琳轉頭——唔，每個人都轉頭——瞪著凱。就連札雅娜都似乎很感興趣，不過可能是因爲這個插曲減輕了她的壓力。

凱本人看起來十分錯愕。「我沒告訴任何人我在這裡啊。」他抗議。「我怎麼辦得到？我根本不知道我們要來這裡。」

這可能是個狡猾的計謀，目的是進房把他們全殺了。也可能是眞的有訊息要傳給凱，如果是的話，幾乎可以肯定訊息是來自他的家人或李明。而如果是那樣，艾琳也需要聽一聽。「我們看看是誰吧。」她提議。

好奇的酒吧女侍帶來的人正是李明，他一如往常身著俐落的灰色服裝，一手提著公事包。他並沒有眞的環顧房間一周並嫌惡地聳聳鼻子，但顯然只是基於禮貌才沒有這麼做。「殿下，」他對凱說。「希望我來的時機不會造成不便。」

「我隨時歡迎你到來。」凱說，他受過的宮廷禮儀訓練此時發揮作用，他關上門，把酒吧女侍關在外面。「我們正在審問這個妖精。」

「我可以協助嗎？」李明詢問。

艾琳用眼角餘光瞄札雅娜。她看得出這妖精重新評估情勢，然後往椅子內陷得更深。「其實呢，李明大人，札雅娜正準備詳細說明妖伯瑞奇的計畫。」讓龍族知道現在的狀況是好事嗎？從各方面而言，艾琳看不出這會是壞事。他們從來沒和妖伯瑞奇合作過，因此就現況來說，他們算是盟友。「如果你要告訴凱的事可以再等一下，可否請你先讓她說完？」

「我很樂意。」李明說。「這和殿下最近調查過的一個世界會不會有點關係——我聽說那裡有些騷動？」

「啊，對，我本來就打算和你講那件事。」凱馬上接著說。「也許等我們處理完眼前的事再說？」

李明點點頭。他站在凱身邊，比他高了兩、三公分，就眼前來說，打扮也體面得多。他們就像同一組雕像的其中兩尊，被凝結在大理石中，但準備好隨時掙脫，他們的力量受到束縛和控制，卻永遠存在。

艾琳把注意力轉回札雅娜身上。如果凱是因爲他們的俄國之行而惹上麻煩，她可以晚點再處理。「妖伯瑞奇在做什麼？」她直白地問。

「那和宇宙論有關，親愛的。請聽我說——我不確定怎麼解釋比較清楚。我知道妳的大圖書館與很多球界都有連結，對不對？」

艾琳知道「球界」是妖精對平行世界的稱呼。「是啊，」她認同。「所以呢？」

「嗯，對我的族類來說比較舒適的球界——就是伊絲拉阿姨會說屬於高等球界的……妳還記得她嗎？」札雅娜等艾琳點頭。「它們到了某個程度會變得很不穩定，連對我們來說都很危險。我承認我不確定，但我猜天秤另一端的情況也是一樣？」她望著凱和李明。「有沒有什麼地方井然有序到僵化，連你們到了那裡都會喪失自己的個性？」

凱和李明互看一眼。最後李明開口了，而且顯然很謹慎地措詞。「的確，人類至少需要些微的混沌，才會呈現出人的樣貌。但是有一些世界是徹底靜止的，它們對現實的運作是必要的，但不是人類或龍族可以生存的環境。它們確實太過僵化。」他再次沉默——不過不確定是因爲某種隱然的尷尬，覺得竟也有秩序過頭的這種情況，還是因爲他不願意透露更多。

「我可以接受現實的兩端都很危險，」艾琳說。「所以這些不穩定球界和妖伯瑞奇有什麼關係？」

札雅娜用手梳理頭髮。「我眞希望妳抓到的是眞的很懂這件事的人。就我對妖伯瑞奇的解釋的理解，親愛的，是他用某種方法把其中一個很不穩定的球界與其他較穩定的球界連結在一起。而他用的方法是利用那些穩定球界的獨特書籍，他搶在妳的大圖書館前先偷到手。」

她雙手在空中揮舞，試著找到正確的說法。「想像有一張鍊子組成的網子，而妳的大圖書館是網子中心的一個球體。它所能影響的所有世界，都用鍊子和它連在一起。而那些鍊子是用特殊的書、獨一無二的書所擁有的力量創造出來的。親愛的，我知道妳有多愛妳的書。所以如果某本書從某個世界被拿走，保存在大圖書館，就會形成一條連結，鍊子也就出現了。你們把這些鍊子看作通往大圖書館的出入口，你們是不是稱之爲穿越口？」

札雅娜等艾琳點頭，才繼續說。「所以大圖書館掌握來自某個世界越多的書，它們之間的連結就越強。可是這時候，妖伯瑞奇把他自己的球界，那個不穩定的球界帶過來了。他從大圖書館其中一個現有的『衛星世界』——姑且這麼稱呼吧——偷了一本書，但那本書沒有去大圖書館，而是被他用來和他的混沌世界連結。他一遍又一遍重複做這件事——不，我不知道頻率多高，但我的印象是那是他偉大的長期計畫之一。」

札雅娜喘了一口氣。「但是宇宙不允許一個世界同時和兩個影響力中心連結；這不符合自然規律。因此對妳的大圖書館來說，問題產生了，這些新連結正在把不穩定的球界拉到妳的大圖書館的位置。現在妖伯瑞奇不穩定的領土，實際上以一種形而上的方式逐漸取代妳的大圖書館。有越多其他世界開始和不穩定的球界同步，這種取代效應就會越穩固。所以，假以時日，妳的大圖書館通往其他世界的出入口就會整個炸掉——即使妖伯瑞奇並沒有攔截那個世界用來連結的書籍，也是一樣。他正在利用球界接管所有的連結。」

艾琳感覺自己臉上的血色盡失。「怎麼可能會這樣。」

「唔，妳說呢，親愛的。」札雅娜聳聳肩。「我怎麼知道什麼可能、什麼不可能？不過聽起來滿合理的。不是有某種法則是說，同一個空間不可能同時被兩件東西占滿？督察？」

辛皺起眉頭。「我想這比較偏向科學原理的範疇，而不是法律原則，女士。」

「但如果這件事是現在進行式，」艾琳說。「那麼如果——」

「不是如果，是何時，親愛的。」札雅娜糾正她。「聽他說話的語氣，這絕對是遲早的事情。」

「那麼當它達到……徹底同步的時候，會發生什麼事？」艾琳把話說完。她的口腔很乾。

「唔，他說有兩種可能。」札雅娜皺眉，像在仔細回想對方確切的用字。「第一是不穩定的球界會藉著奪取大圖書館和其他世界的所有連結，把它推擠出時空之外。妖伯瑞奇的新領土會把大圖書館踢到完全觸碰不到的地方，讓它徹底成為一個到不了的地方等等。第二個可能是，這過程會直接炸掉大圖書館和不穩定的球界兩者。他的想法其實很矛盾，因為第二種可能聽起來更有效——可以徹底摧毀大圖書館。可是那表示他會失去所有書。」

「還有幾個問題，」艾琳說，這潛在的毀滅格局之大，她仍然需要時間消化。「妖伯瑞奇有沒有說要怎麼中止這個程序？」

「親愛的，他沒有那麼笨。的確，我們都立誓服從他、執行他的計畫，而他也威脅我們，如果我們不聽話，會面臨生不如死的命運。他也在我和其他人身上都施加那道約束，所以我們如果被逮到或背叛他的話，我們就會死等等之類的——可是就算是這樣，他也不會什麼都告訴我們。」

艾琳遺憾地點點頭。「我破除了妳身上的約束，表示現在妳有不服從他的自由了？」

「或者妳是在拖時間。」凱意有所指地說。

「我承認，如果他此時此地就把大圖書館炸了，那我所有的問題都解決了。不再有利益衝突！」札雅娜愉快地對艾琳笑道。

艾琳光是想像就覺得胃裡翻攪。「我們還有多少時間？」她直白地問。

「我不知道。」札雅娜說。「我真的不知道——我發誓。但我覺得時間應該不多了。」她的表情很友善，甚至帶有同情，但她不是真心能體會艾琳的心情。

如果大圖書館被摧毀，我會受傷害，她了解以上的概念，艾琳心想。只是她並不真的知道我「為什麼」會受傷害，或是會受多嚴重的傷害。

不遠處的火勢現在已經被撲滅，火災和消防車的聲音都沒了。街道還沒開始因清晨的活動而活起來。就目前來看，一切都很安靜，同時艾琳考慮著該如何修飾下一個問題。

「妳能帶人去他不穩定的球界嗎？」她終於問道。

札雅娜的笑容消失了。「親愛的，那是非常、非常糟的主意。」

「但妳沒說不能。」

札雅娜咬著下嘴唇。「讓我想一想，我不是在拖時間。我猜或許可能……」

艾琳點點頭。「很好。」他們可以組一支圖書館員突擊隊，中止妖伯瑞奇所做的一切，並且如果運氣好的話，還可以順便除掉妖伯瑞奇。問題解決了。不可否認，這是很粗略的計畫，但比起半小時之前，這個計畫已經多了百分之百的內容。她轉頭看李明。「抱歉耽擱了，你有訊息要給凱？」

「是給殿下的，但也有給妳的意思在裡面。吾主知道反正殿下也會把情報轉告妳。」李明對艾琳快速露出理解的微笑。他把公事包放在陳舊的桌上，打開來，露出裡頭寫了字的文件。寫出文字所用的黑色墨水彷彿能吸引光線，好讓他們能看見那些文字，這件事賦予它一種病態的尊貴感。「我們有一項提議——」

這時候空氣振動了一下，好像它是被一隻魯莽的手狠敲的鼓面，被混沌污染的大圖書館力量嗡嗡作響，波濤般漫過整個房間。

第二十三章

李明的公事包整個掀開，好像有一隻看不見的手把蓋子往後翻。公事包裡文件上的字在扭動連結，移動和重組著不穩定的圖案。李明往後躲，他背後的凱也退後，兩人臉上有相似的極度嫌惡的表情。紙張互相沙沙摩擦，像一窩胡蜂嗡嗡響。

艾琳到現在已經嚐夠妖伯瑞奇法力的滋味了，而這次他的力量似乎蓄積到了危險的程度。

「打開窗户！」她大喊。

同樣的事也在狼人洞穴裡發生過，只要聚集三個要素：某種書寫形式、圖書館員和妖伯瑞奇的力量。妖伯瑞奇再次鎖定了她在哪裡——而這次李明的文件給了他腐敗的力量一個施力點。如果這是一封訊息，也是會要人命的那種。

韋爾拉著窗閂，但它已經鏽到不會動了。「卡住了。」他冷靜地回報。不過他不像艾琳一樣可以感覺到蓄積的力量，也不像龍族一樣對它那麼反感。「辛，試試你那一邊——」

「沒時間了，退後，各位男士。**窗戶，打開！**」

室內的兩扇窗戶都猛然敞開，把窗閂從凹槽內扯出來。這是上下滑動的那種窗戶，它們升到最上面，力道猛得把玻璃都震裂了。碎玻璃簌簌地落在窗台上再掉進房間，寒冷的清晨霧氣湧了進來。

紙張上的文字已經化為源源不斷的語言，彼此糾纏、沒有意義的字彙，不組成眞實的句子，連合理的短句都沒有。公事包在桌上顫動，像是遭到電擊般在原地抽搐，嗡嗡的能量聲現在已清晰到連韋爾和辛都聽得見。

艾琳用她慘不忍睹的裙子包住手來保護它們，然後把公事包的蓋子關上。她碰到公事包的時候被震了一下，那是一種迴蕩在她骨頭裡的疼痛，她很慶幸自己只是短暫接觸到它。「凱，」她命令。「幫我抬桌子！」

幸好凱立刻領悟她的意思。他咬著牙抓住桌子一邊，她則抓著另一邊。他們一齊奔向窗戶，把公事包連同文件倒向外頭空曠的街道。

爆炸把窗戶僅剩的玻璃一概震碎，一道炙人的熱氣畫過空氣。屋內每個人都抱頭閃躲，連李明都不例外。然後是寂靜，只有破掉的玻璃掉在地上的叮叮聲。

外頭開始傳出模糊不清的叫嚷聲，還有許多人打開窗戶的碰碰聲，他們探出身來察看情況，或是抱怨，或兩者兼有。

艾琳甩甩手，試著讓它不再發麻。「眞抱歉，毀了你的文件，」她不是很有誠意地對李明說。「希望裡面沒有什麼太重要的東西？」

李明鬱悶地望向公事包的方向，然後聳聳肩。「沒什麼太重要的。」他說，艾琳分不清他是不是在反諷。他繼續說：「只是一些關於大圖書館可能向吾主和他的兄弟請求保護一事的協議草案。我想剛才是妖伯瑞奇的干擾行動吧？」

「嗯，是啊。」艾琳贊同，這算是機械化的回答，因爲她大部分的心思注意到他們已經進入政治上的危險水域了。對大圖書館來說，爲了生存，請求龍王施惠絕對是一種選項。但那表示他們將失去至關重要的中立立場。不管龍王們把話說得再好聽，從那一刻開始，大圖書館將成爲他們的依附者。而那些協議就算承諾再大的自治權，大圖書館遲早會開始接受差遣。

她瞥向凱，看到他皺著眉，顯然內心也在作同樣的推演。她不能責怪龍王們利用這種局勢，這是很實際、符合政治邏輯的做法。統治者看到有機會時，就是會有這種反應。那也表示此時此地，談到協助對抗妖伯瑞奇，李明能提供的幫助是有限的……

而且，剛才妖伯瑞奇看見了多少？她不知道就這類連結而言，遠端——不管是大圖書館或妖伯瑞奇——可以得知這一端的情況到什麼地步。也許妖伯瑞奇只能感覺到她在，而他的行爲在抽象意義上等同於往房間裡丟一顆手榴彈。或者也許妖伯瑞奇能看見現場還有誰，例如札雅娜。那樣的話……

艾琳罵了一句髒話，不理會在場所有男士愕然的表情；他們顯然以爲她格調沒這麼低，或是根本拒絕承認世上有這種字眼。然後她抓住札雅娜的肩膀。「札雅娜，妳能不能帶我去妖伯瑞奇的球界？就現在？」

札雅娜困惑地眨眼睛。「嗯，也許吧，也許可以，親愛的，但爲什麼這麼著急？」

「因爲我不知道妖伯瑞奇能不能知道妳在這裡。他剛才攻擊的目標是我。」艾琳指著窗戶，她把文件從那裡丟出去。「如果他知道妳也在這裡，如果他意識到妳在分享他的計畫——」

「但我沒辦法呀，妳揚言要殺了我……」札雅娜抗議。

「隨便啦。總之妳確實告訴我們了，他才不在乎原因。現在我們知道發生什麼事了；如果他知道的話，會想辦法阻止我們。而妳的人生可能會短而精采，不過主要是非常、非常短。」艾琳轉向其他人。「很抱歉，我想我們別無選擇。札雅娜必須現在就帶我們去。」

「艾琳，」札雅娜小聲地說。「我覺得這個主意非常令人興奮，親愛的。而且妳說得沒錯，一旦妖伯瑞奇發現我對妳說了什麼——或者只是我可能告訴妳任何事，一旦他發現我還沒死，他一定會用很可怕的手段殺了我。不過妳的計畫有一個很小很小的問題。」

「什麼呢？」艾琳咬牙切齒地問。

「是關於『我們』的部分。我可以到妖伯瑞奇的球界，我大概可以帶一個人同行，但也就這樣了。」她兩手一攤表示歉意。「親愛的，我不是關提斯大人或席爾維大人，或任何強大的妖精。」如果我是的話，就不會落入這個處境了。這話不用她說，大家都懂。

「那就帶我去。」凱說，上前一步。

李明的「殿下，使不得！」與艾琳的「絕對不行！」還有札雅娜的「不可能」撞在一起。

艾琳用手勢阻止凱抗議，然後問札雅娜：「爲什麼不可能？」

「他是一條龍，」札雅娜說。「要移動他比較困難。我甚至不知道我能不能移動他。再說，我也不覺得他會喜歡那裡的混沌程度。」她露出令人不愉快的微笑。

「那我自己去——」凱開口，然後又驀然打住。艾琳想起他在不同世界間穿梭的情況，那和他們先前與妖精同行的方式截然不同，他自己也知道。他的旅行方式要怎麼和札雅娜的技巧相互配合——而如果沒有她領路，他怎麼知道要去哪裡？

凱和韋爾互換眼色。辛看到了，說：「韋爾先生，你該不會考慮——」

「他不會的。」艾琳說。「韋爾，我很看重你的能力，但如果我們之中只有一個人可以去妖伯瑞奇的球界，我能做的事會比你多。要去的人是我。」她向札雅娜伸出手。「我們最好現在就出發，別光顧著站在這裡講話。」

凱七竅生煙地站在那裡，顯然在考慮乾脆敲暈艾琳，或是把她壓制住，而不是任由她華麗轉身去進行自殺任務。「這很可能是詭計，她可以把妳引誘到那裡，再邀功說是她逮到妳。」他用令人驚訝的自制態度說。

「是嗎？」艾琳問札雅娜。

「我不否認有這樣想過，」札雅娜說。「但是妖伯瑞奇會相信嗎？還是他會乾脆把我們都殺了？親愛的——親愛的大家——」她的手勢把整個房間的人都包括進去。「我發誓我只會把艾琳帶到妖伯瑞奇的球界，我沒有打算賣掉她之類的。」

「賣掉」這個詞惹得凱抽搐了一下。也難怪，他先前差點就被賣掉了。「妳說妳只能帶一個人，是實話嗎？」他質問。

札雅娜一手按著心口，另一手握住艾琳的手。「是實話，我發誓。」

當他們兩人針鋒相對的時候，艾琳已經想出一個計畫。不是什麼了不起的計畫，但現在也只能將就著用了。「凱，我要你替我辦一件事。」

「什麼事？」凱狐疑地問。

「我這不是爲了把你支開，好讓我能衝向危險。」艾琳說。從他迴避她目光的神態來看，他剛才確實是這麼想的。「我需要把這項資訊傳給其他圖書館員，你可以替我做這件事。」

「但我進不去大圖書館，」他指出。「妳得帶我去才行。」

「凱，你不要給我故意裝笨。」艾琳聽得出自己的語氣有多尖銳，於是逼自己冷靜下來。這不容易。對於她即將要做的事的焦慮，正在啃食她的控制力邊緣。「幾天以前，你說你可以在不同平行世界裡找到我。你認識考琵莉雅，而布菈達曼緹說她在外面出任務。去找她。盡可能去找所有圖書館員，不管他們是學生，還是正式圖書館員。」

「我對妳比對他們熟，所以要找到妳比較容易。」凱斷然地說。「妳確實在故意支開我，我不接受。」

「你有更好的主意嗎？」

「我相信她能想出某個辦法帶我一起走。」凱瞥向札雅娜的眼神，幾乎和她回應他的眼神一樣不友善。「她只說要移動我比較困難，不代表不可能。重點是能去妖伯瑞奇的球界。」

「那裡的本質就是高度混沌。」艾琳惱火地大叫。「你都沒在聽嗎？凱，你是條龍，那是你最不該去的地方。」

「溫特斯小姐說得沒錯，」李明走到她身邊表達支持。「殿下，你該明白，如果溫特斯小姐把你帶到一個高度混沌世界，會是什麼情形。你在那裡幾乎沒辦法維持眞身，更別說幫她了。更糟的是，她這麼做完全是爲了忠於她自己的組織。你叔叔不會認同的，你父王更會降罪。」

凱張開嘴，又閉上。韋爾和辛在角落竊竊私語，即使艾琳聽不出他們在講什麼，也顯然可以看出辛正盡力說服韋爾打消某個念頭，而那個念頭是什麼也不難猜想。

抱歉，韋爾，這一次你不能喬裝之後偷偷跟來了。

「我們得走了。」艾琳說。她試著不去想她這麼急著走的主要原因，她耽擱得越久，就能想到越多這是個壞主意的理由。她早先拿來攻擊布菈達曼緹的各種形容詞，現在都回來對著她叫囂。魯莽。愚蠢。危險。一個人和她明知道不可信任的妖精走，直闖大圖書館頭號敵人的私人地盤，而且那人已經和她結下了梁子……也許是兩個梁子，要看妖伯瑞奇對冬宮事件怎麼解讀了。不可能更糟了。

不，這個說法需要修正。還可能更糟。這是機會，一個機緣，但除非艾琳能及時把握。她伸手握住凱的手捏了捏。「我信任你。去警告考琵莉雅，警告其他人。等我到了妖伯瑞奇的球界之後，我會強行打通往大圖書館的通道，讓我們的援軍能過去，或是我會找到某個方法做記號，再帶人過去。」她知道從高度混沌世界可能沒辦法連通大圖書館，但那只是另一件她試著不去想的事。還有，不知道她在那裡能不能發揮作用，但她很快就會知道了。

他回握她。「艾琳，爲我做一件事。」

「什麼?」

「用語言告訴我妳會回來。」

噢，眞不厚道。她瞪著他，但他不肯鬆開她的手。「有這個必要嗎?」

「我聽了會好過一點。」

「你什麼時候變得控制欲這麼強？」

「毫無疑問是耳濡目染向他的老師學來的。」韋爾評論。「溫特斯，這是一項有勇無謀的行動，但我認同妳別無選擇。告訴我們妳打算回來，這似乎是妳為了讓我們安心最起碼能做的一件事。」

「我全心全意打算回來找你們。好了，滿意了吧？」她用語言說的話，對他們和對她自己來說都是承諾。她很想抱怨她不知道他們幹嘛這麼不高興，畢竟要冒險犯難的人是她。但她捫心自問，又不得不承認，如果要去的人是他們，她一定會竭盡所能跟著一起去。這時候捫心自問是沒有任何幫助的；這樣她就沒辦法心安理得地抱怨他們保護欲過盛，反而讓她覺得理虧。

「一點也不滿意。」凱把她拉進懷裡擁抱，他的力道大得幾乎弄痛她了。「我知道我勸不住妳，」他在她耳邊喃喃道。「可是等妳回來，我們要談一談未來的打算。」

艾琳嘆氣，回應他的擁抱，並試圖說服自己這只是習慣，而不是真的需要這樣的安慰。「只要別忘了準備白蘭地。」她喃喃回應。

凱放開她，但李明走向前，臉上的線條異常嚴肅。通常他很滿足於——或至少看起來滿足於——擔任背景角色，只向凱提供建言。也許他有什麼至關重要的建議要說？

「這是難以想像的，溫特斯小姐。」他說。房間突然變冷了，乙太燈在燈座裡像垂死的蒼蠅嗖嗖哀鳴，同時變得明亮而透明。「妳不能去。」

這不是什麼有建設性的提議。「看來這是最好的選項了。」艾琳開口。

李明做了個短促的截斷手勢。看起來很像法官在聲明判決有罪時會做的動作。「這個妖精不可信任。即使她發誓她說的是實話，還是靠不住。妳這是讓妳自己和所有仰賴妳的人都冒著風險。吾主不會贊同妳採取這個做法。我就不贊同。」

「抱歉，」艾琳說。「我很感謝你的意見，但是——」

「現在不是講客套話的時候了。」李明臉上掠過一片熟悉的鱗片圖案，就像河面結的冰。外頭颳起一陣風，窗戶喀答作響。他美麗、疏離、不可侵犯，完全確定自己在做什麼。「我不允許這種愚行發生。」

「那不是你可以決定的。」艾琳凶悍地說。

「任何理性的人都有權及責任阻止妳自取滅亡。」現在冷風多了一股刺骨的寒冽，帶來即將來臨的冬天和結凍溪流的嚴酷滋味。艾琳從沒思考過李明的力量可能有多大。他一向表現得像僕人或顧問，一向待在陰影中。這可能是她犯的一項嚴重錯誤。「妳是大圖書館的資淺僕役，這個責任應該留給其他人承擔。吾主會禁止妳做這件事。殿下，協助我抓住她。」

札雅娜在顫抖，用手臂抱住自己。怒氣為艾琳保暖；她斜睨著凱，看他如何回應。

但凱躊躇不決。

艾琳知道在他眼裡，這一切非常明確。這件事的邏輯很有說服力。艾琳正讓自己陷入險境——她的判斷有瑕疵，她對現況的評估不正確。為了她好，他該阻止她。他保障她的安全，等於是為大圖書館服務。一切都合情合理，然而這仍然是他哪怕光是用想的都算是最大的背叛，以致於他無法懷著這念頭看著她而不感到羞愧。

艾琳轉頭看李明。「你可以試著抓住我，」她的聲音和越來越強的風一樣冷。「你不會成功的，我一定要上路。札雅娜。」她握住妖精的手腕。

李明點點頭，彷彿並不意外，然後他伸手要抓艾琳的肩膀。

凱在李明碰到她的前一秒抓住他的手腕。裹在李明手上的寒氣擦過艾琳的皮膚，有如初雪，她往旁退開，拉著札雅娜一起走。

「等一下。」凱說，他的語氣突然充滿上對下的權威意味。但他說話的對象是李明，不是她。「我允許她這麼做。」

「殿下，這是愚行……」李明抗議。艾琳和札雅娜快步朝門口走去，艾琳扭頭往後看，發現雖然兩條龍誰也沒動一下，卻是僵立原地在較勁。這不光是禮儀問題，而是兩股自然力量，兩人每分每秒都更不像人類，他們皮膚上冒出了鱗片，眼睛閃著龍族的紅光。外頭狂風怒吼，拒絕讓目標通行。

艾琳沒再浪費任何時間。她對韋爾和辛點頭道別，接著便離開房間衝下樓梯，札雅娜緊跟在後。外頭的街道充斥著風，它像具體有形的東西滾過去，讓窗戶喀啦作響、窗板砰砰作響，還把霧扯開，露出逐漸亮起的天空。艾琳沒有放開札雅娜的手，生怕她在某個轉角後消失，再也不回來。「所以我們怎麼去那裡？」她問。

札雅娜嘆氣。「妳牽著我的手，我們走路去，親愛的。或者可以用跑的。我沒辦法變出一匹馬，更別說一輛馬車了。恐怕這趟路程會很累人。」

「妳可以在路上告訴我妖伯瑞奇的球界是什麼情況。」艾琳提議。她們左轉進入一條陰暗的小巷，這是艾琳在正常情況下會避開的地方，但札雅娜毫不遲疑地跑了進去。

「它大致上很像一座圖書館，」札雅娜喘著氣說。「我不確定它是本來就長那樣，還是他把它布置成那樣，還是因爲它在往妳的大圖書館的位置移動才越變越像圖書館。我告訴過妳，形而上學眞的不是我的強項。眞的很難懂。」她向左轉，進入另一條小巷。這條巷子有光滑的灰色混凝土牆壁，牆的高度比她們的頭高出許多，而倫敦這一區不可能有這樣的街景。風已經停了，空氣又悶又熱，瀰漫著油臭味。

「唔，妖伯瑞奇有警衛嗎？」艾琳問。

「我沒見過。」札雅娜微微蹙眉，優雅的眉毛之間出現一條細紋。她已經放慢速度，由跑步轉爲快走。「我是說，那裡有一些人，但他們只是人。妳知道吧——還是妳從沒那麼深入混沌過？當你進到太裡面時，正常人類不會擁有太多眞實人格。當你需要他們成爲背景的一部分時，他們非常配合，但沒有太多留下來的力量，如果妳懂我的意思。和他們合作不像與其他妖精合作一樣有意義，甚至是龍族或像妳一樣的圖書館員都比他們強。」

艾琳想像她所說的，在心裡打了個冷顫。那些人沒有眞實的人格，只是供妖精的心理劇所使用的布景或角色。「妳要小心一點，」她嘲諷地說。「照這樣下去，你們會說服自己說，如果妖精眞的贏了、混沌接管所有世界，但因爲錯失了和其他人有趣的互動，歸根究柢你們還是輸了。聽起來眞是弄巧成拙。」

「也許吧，親愛的，但我們絕不是唯一矛盾的種族。」札雅娜又往左轉，她的眉頭皺得更深了。

她們走在灰色石牆間，她們腳下的卵石地面沾著晨露而潮濕。紫丁香垂掛牆頭，在清晨的空氣裡散發甜香。「李明不是說有地方太過有秩序、太過機械化，以致於連龍族和人類都無法生存嗎？有些人一直在說想要開戰，好讓他們支持的那一方獲勝。但歸根究柢，他們眞正想要的只是自己那一方稍微占上風。沒有人希望自己那一方徹底勝利。」她停頓了一下，考慮這項陳述，然後澄清：「應該說沒有神智清醒的人這樣想。」

「是啊，阻礙就在此了。」艾琳喃喃道。她試著回想這句話出自莎士比亞哪一部作品。希望不是某齣悲劇。「我只希望能回到書本之間。」

「這件事結束之後我們可以去獵書，」札雅娜提議。「可以從那條銀龍的私人圖書室偷書——」

「絕對不行。」艾琳趕緊說，以免札雅娜越說越離譜。「再說，妳也不能當圖書館員。」

「我覺得你們大家的成見未免太深了。」現在通道已經窄到她們必須一前一後地走，不過艾琳還是抓著札雅娜的手。「我爲什麼就不能偷書呢？」

艾琳考慮了各種理由，都是以「這事不是只有偷書而已」開頭，卻又一一駁回它們。「因爲妳得立誓效忠大圖書館。」她說。「永久、隨時隨地、生前死後都要效忠。難道妳能做到嗎？札雅娜。」

札雅娜笑了，但笑聲有點勉強，而艾琳看不到她的表情。「好中肯呀，親愛的！我只是個輕佻、自戀、渺小的蜉蝣而已，妳眞了解我。」

艾琳有點想踹自己一腳，竟然在必須依賴札雅娜找到妖伯瑞奇的球界時，還說錯話得罪她。另一方面，也覺得自己的罪惡感不太合理。她承認和妖伯瑞奇合作對抗我們，承認想殺我和凱，而我卻因爲傷了她的感情而覺得難爲情。這種反應既不合邏輯也不聰明。「很抱歉。」她說。不管那是不是札雅娜應得的，感覺向她道歉是個好主意。她禁不起對方在這個時候與她反目成仇。「我知道妳是在做妳的工作。我也很抱歉給妳烙印，那是我能想到唯一救妳的方法。」

札雅娜摸了摸脖子上醜陋的灼傷。「下次盡量加點藝術美感吧，親愛的。這是我僅有的要求。」她們沉默地走了一段路。艾琳想要走快點，但決定速度的是札雅娜。這妖精的步伐變慢了，她逼迫自己前進，像是逆著強風在掙扎。空氣濃稠而窒悶，像是夏季尾聲，充滿塵土和乾草及過熟水果的氣味。札雅娜臉上全是汗，她用空著的手撥開臉上的髮絲，低聲咒罵。

「我能幫忙嗎？」艾琳打破沉默問道。

「不能。」札雅娜聽起來像跑馬拉松跑到一半的人。「我就說了要帶人一起走會很困難。繼續走就對了，繼續前進。」

現在兩邊的牆是紅磚材質，她們必須側著身體才能從牆面之間擠過。艾琳覺得好像聽到牆壁後方傳來機械聲，響亮的幫浦擠壓聲和齒輪轉動聲。

札雅娜停下來，艾琳踮起腳尖，越過她的肩膀看看前面有什麼。她看到牆上嵌著一扇小門，金屬材質，看起來很不起眼，似乎一點都不重要。門上很不搭調地開了個投信口。

「啊，」札雅娜說。「我們到了。」艾琳還來不及阻止她，她已經把門打開。

第二十四章

看到門後堆滿了磚塊，還滿掃興的。磚塊用混凝土固定住了，有些地方甚至結了蜘蛛網。就艾琳所見，這道門可能早在幾十年前就被磚頭封死了。

「之前不是這樣啊。」札雅娜說。她歪頭從另一個角度看，但那並不會使得磚塊奇蹟般消失。

「任何人想要進入這個球界，都會來到這裡嗎？」艾琳問。「還是妳上次就走這道門，所以這次還來這裡？」

「不完全是，親愛的。」札雅娜若有所思地揉揉鼻子。「這個球界比較像是一輛行駛中的馬車，而我們跟在旁邊跑，試著跳上去，這裡是你可以從馬路爬進馬車的點。我知道這是很差勁的明喻——還是隱喻？」

「是明喻，」艾琳說，她很高興聽到一個自己能回答的問題。「妳用了『像是』。」

「明喻，好。」札雅娜說。「基本上就是這樣。如果有人想和我用同樣方式到這球界，就會從這裡進去。這樣看起來妖伯瑞奇很不歡迎訪客。」她的語氣在暗示，既然她和艾琳已經努力過了，或許可以光榮地轉身離開。

「投信口呢？之前有嗎？」

札雅娜點點頭。「我們可以用它來傳遞緊急資訊給他。」

「就像我之前做的——嗯，差不多。而且可以合理推測，他也不想讓圖書館員進到這裡。」艾琳大聲說出所思。「所以如果我是他，會針對使用語言的人設陷阱，以免某個圖書館員叫磚塊讓開。」

「他沒給我們什麼機會，」札雅娜沒什麼幫助地說。「我們該怎麼進去？」

「但他不希望我們進去……」艾琳開口，又突然停住。妖伯瑞奇劫持的是個高度混沌世界。在高度混沌世界裡，故事會成眞。沒有一個故事的敘事會如此結尾，於是主角取巧地把自己關在一座城堡裡，直到他的計畫實現——劇終。他可以用磚塊把門堵死、可以設陷阱，但是在任何典型的故事中，入侵者終究會進入城堡的。「我們現在在高度混沌區域裡嗎？」

札雅娜擺擺手。「是呀，沒錯。不像威尼斯那麼混沌，但比妳之前住的世界混沌。我們現在所在的球界，和這道門後的球界之間，梯度很大呢。」

「妳認爲我們可以從牆壁的某個位置進去，而不必走門嗎？」艾琳問。

「不行。」札雅娜說得頗爲堅決。「至少我不知道要怎麼辦到。」

艾琳點點頭。「好吧，我們需要站後面一點。」

札雅娜看來警覺又頗感興趣。「親愛的，妳要做什麼？」

「用蠻力取代謹愼。」艾琳有種不好的預感，覺得試著將語言直接用在障礙物上，可能會觸發某種陷阱。如果你預期會有圖書館員闖入，這是符合邏輯的做法。而且毫無疑問，一定會有警報。但如果她打得夠快、夠重，也許會成功。她退後一步，集中精神。「我兩側牆壁的磚塊，砸開擋住那道門的磚牆！」

在高度混沌世界使用語言，有好處也有壞處。正面來看，語言更容易生效，威力也更大。但負面是相對之下艾琳必須犧牲大量能量。這就像把一輛沉重的手推車推下山坡；一旦它開始動，就眞的勢不可擋。但你要控制它或讓它停下來也困難得多，因此你推的第一下是有代價的。

兩側牆壁發出低沉轟鳴。它們在原處震顫，苔蘚和塵土從牆上瀉落，窸窸窣窣地掉進艾琳和札雅娜所站的狹窄通道。然後，隨著雷鳴般的巨響，磚塊有如子彈射過空氣，撞上擋住門口的那道牆。前幾塊一撞上它就碎了，但磚塊接連不斷地撞擊，使得牆上出現裂痕。摻雜著紅磚粉末的粉狀混凝土飄下來，形成一團窒人塵霧，艾琳和札雅娜都不禁掩住臉。

連續猛撞半分鐘後，擋住門的牆崩塌了。最後，一塊磚塊像子彈射進玻璃板一樣穿透它，留下往四面八方延伸的裂痕；接著更多磚塊也穿透了牆，使得空隙越來越大，磚塊落在門的另一側，在磚牆垮下的隆隆聲中發出咚咚巨響。越來越多磚塊飛進去，直到門口障礙物消失，只剩下殘缺不全的混凝土和破磚塊，像拼圖板邊緣一樣圍繞著門框。飛射的磚塊終於停了。

「現在！」艾琳咳著說，在粉塵瀰漫的空氣裡，她的聲音很不爭氣。她勾住札雅娜的手臂，拖著她前進，踉踉蹌蹌地跨過碎磚塊前往那道門。她心中突然升起一股恐懼，想拖慢她的腳步。萬一她錯了怎麼辦?萬一一進那道門就會立刻慘死呢?萬一妖伯瑞奇在另一邊等著呢?

唔，如果他在的話，應該會被磚塊打到臉。她咬著牙拉札雅娜一起走，跨進了門檻。

沒有任何東西爆炸。艾琳仍然活著，可以自由行動。她決定認定目前爲止的任務極度成功。

門內的空間出乎意料地大。遠端牆面上有一個個水晶做的圓球，正散發淡淡的光，這光滲透磚塊揚起的粉塵照亮許多書架。艾琳腳下踩的是深色木地板，看來歷史悠久，不過打過蠟。這地方簡直就像大圖書館的某個房間，她猜想這是有意爲之。遠處有個時鐘在滴答響，在滯重的靜默中像是低沉而規律的脈動。

有三條走廊從這房間延伸出去。「我們要走哪一條？」艾琳問札雅娜。

「我不知道耶，親愛的。」札雅娜說。「隨便選一條？」

艾琳在腦中擲銅板，選了右邊的走廊。它幾乎是立刻就連到了一間比較小的房間；這房間有好幾個平面出口，但也有一道弧形橡木樓梯，貫穿了天花板和地板。這裡也一樣，四壁都是書架。

她好不容易抵擋住誘惑，沒有去細瞧那些書，她提醒自己現在最重要的是趁任何保全人員趕到前，趕緊遠離入口。但是又經過幾間房之後（左邊兩個、上面一個、右邊三個、前面兩個），她終於讓步了，暫且停下腳步看看書名。她看到的東西令她皺起眉頭。「這些字詞都沒有道理，這不是我所知道的任何語言。是用英文字母拼字，但我不認得這些詞。札雅娜，妳知道這是哪種語言嗎？」

艾琳抽出一本厚書給札雅娜看。那是用深藍色皮革裝訂的，拿在手裡很重；儘管書頁看起來很乾淨也很牢固，卻有一股令艾琳皺起鼻子的餘味。那不是很很明顯或很討厭的臭味，而是類似你家中某處有塊腐敗的食物，你無法循著淡淡氣味找到它在哪裡，但那種氣味卻會慢慢滲透整個空間。它代表了不衛生。

札雅娜隨意瞄了一眼書。「我不認得，親愛的。也許是密碼？」

艾琳瀏覽另幾本書，但它們都印著同樣亂七八糟的字母。不是用語言寫的，也不是艾琳所知道的任何語言。她甚至不確定這是不是正式語言。「這是座眞實的圖書館，」她說，在這有回聲的房間裡把聲音放得很輕。「還是只是圖書館的布景？」

「有差嗎？」

「我不知道。」但是有個令人憂慮的念頭特別讓艾琳忐忑不安。如果這不是眞實的圖書館——如果這裡所有的藏書都只是垃圾——那麼她眞的能從這裡創造通往大圖書館的通道去找幫手嗎？那將會沒有幫助。

「這地方像座蜂巢，」她說。「它是三度空間。」

「建築物通常都是三度空間。」札雅娜指出。

「我的意思是，我們目前經過的所有房間，都有往上和往下的出口，也有同一平面的出口。」艾琳解釋。「而且我們目前經過的所有房間都大同小異。妳以前來的時候是這樣嗎？」

「重要的東西在更裡面，」札雅娜說。「我沒看到太多部分，但是有一個開放空間，超大的空間，正中央有個圖案上面放著一座時鐘——還有很多樓梯。有人問過那是什麼，但沒有得到答案。不過這裡，我們現在在的地方，當時是不一樣的。當時它沒有那麼……」她揮揮手。「那麼明確。」

艾琳試著理解這是什麼意思。「妳是說和妳上次來的時候相比，這裡的混沌程度變得比較低了嗎？」

「對，就是這樣！」札雅娜說。「現在它穩定多了。不知道爲什麼。」

艾琳也好奇爲什麼，同時她還好奇別的事，而其中最重要也最神祕的，就是爲什麼她們仍然安全無恙。目前為止沒有任何人在追殺她們的跡象，而沒有警報聲也沒有追兵，讓她越來越不安。她們能如此輕易闖進這裡實在太不合理了。她的疑心病認為妖伯瑞奇在監看整個地方，可以看到她們的一舉一動，而他只是在等待適當時機攻擊。

疑心病的問題在於如果你讓它主宰所有決定，那麼你會錯過一些極好的機會。艾琳回顧了一下優先事項。她已經找到了妖伯瑞奇的藏身處，也知道他的計畫了。下一步是打開往大圖書館的通道，把隱喻上的重砲帶回來。

「既然哪裡都行，倒不如就這裡吧。」她說，主要是自言自語而不是對札雅娜說話。她走向距離最近的一道門，伸手握住門把，集中她的意志力。這是事情會非常順利或極端波折的關鍵點。「通往大圖書館。」

用語言說出的話撼動空氣，那扇門和鉸鏈皆在顫動。木頭門框嘎吱作響，彎折地拉伸，艾琳感覺到連結快要形成了。它吸走她的力量，有如一個開放性傷口，它就在那裡，可謂就在伸手可及之處。再過去一點，再近一點……

房裡的所有門砰然開啓，艾琳剛才握的門把猛然從她手裡被抽走。札雅娜及時把艾琳往後拉，她才沒被門打到。即將成形的連結現在斷了，就像一條拉扯過度的繩子啪地斷開。室內所有燈光突然大放光明，然後又減弱成微亮。艾琳感覺有十幾隻眼睛朝她這裡看過來。

沒有人進到房間，完全沒有。但是有一道影子映在牆壁上，它有過長的四肢和彎曲的頸部，是一個不存在的人投射的影子，遠處傳來腳步聲回音。當那道影子碰到架上書籍時，它們就在原處腐爛，變成朽敗的慘白青綠色。

「啊……」有個濁重而陰冷的聲音低聲說。「告訴我，蕾，要找的東西爲什麼總是在最後找的地方？」

「無生命物體的惡意吧。」艾琳回答。她的嘴巴很乾，話語堵在喉嚨裡。才幾秒鐘的時間，最好的可能變成了最壞的結果。她想要像孩子一樣撒賴，尖叫「不公平」。「妖伯瑞奇嗎？」

「不然還會是誰？」影子朝她伸出手，它在地板上是呈平面的，伸出的手指變長爲爪子。艾琳和札雅娜趕緊退離它。當那影子縮了回去，地上出現一層厚厚的霉。

「你有可能是他的一個僕人。」艾琳的嘴巴自動發言，而她腦中正試圖想出有建設性的下一步。她總是採用「往任何方便的方向逃走」這個經實驗證明爲有效的選項，但她的理智表示這只是短期解決辦法。她需要更好的計畫。「但如果你是妖伯瑞奇，你在哪裡?你的身體呢？」

「總是這麼多問題啊，蕾。」妖伯瑞奇的笑聲在室內滴落，好像它是有形的東西，笑聲中還摻雜著遙遠時鐘的滴答聲。「這是我喜歡妳的其中一點。」

「而你幾乎不回答我。」

「我可以把自己裝進各式各樣的容器裡，皮膚、身體、圖書館……」影子從牆邊離開，沿著地板朝艾琳和札雅娜張開手臂。黑暗的肢體在地上繞著她們打圈子，在另一端會合，形成一個直徑兩、三公尺的圓圈，把札雅娜和艾琳包在中間。

「我來敲你的門的時候，你花了很長時間才回應。」艾琳在心裡回顧語言中她所知道的所有用來指稱「影子」的字彙。不過如果她能影響它，妖伯瑞奇還會使用這種形體嗎？他和她一樣了解語言的能耐，也許比她更了解。

「我可能要花一點時間才能集中精神。已經幾乎要午夜了，沒有什麼玩遊戲的時間了。妳們兩個就像小飛蛾，在我的圖書館裡飛呀飛，就和飛蛾一樣難抓。」地上的影子顏色變深了，一邊迴旋一邊朝她們的腳靠近。「但獵捕到此爲止——」

艾琳就在等這個。「燈光，變得強而亮！」她大喊，用手遮住眼睛抵擋突然而來的強光，牆上所有壁燈都立刻變得像正午時分的陽光一樣耀眼。

但是影子並沒有消失。它像是牆上和地上的一片黑色污漬，和乾掉的墨水一樣平坦而扁平，但即使被燈光從各個角度照著，它還在。而且仍然在朝她們漫過來，現在只離三十公分了。妖伯瑞奇黏稠的笑聲再次從牆上滲出來。「愚蠢的孩子，妳眞以爲我沒有想到嗎？」

驚慌激發了艾琳的想像力。就算她打算要求某件不可能發生的事，那又如何？那道影子的存在本來就已經違背常理了。她眞心希望宇宙能贊同她的想法。「地板，固定住那道沒有身體的影子！」

整個房間都在搖晃，遠處那個時鐘的滴答聲停了一下，有如卡住的唱片。架上的書紛紛滾下來，發出嘩啦啦巨響。疼痛像一根尖錐在艾琳腦袋裡扭轉，預告她即將面臨可怕的頭痛，但前提是她還能活到幾分鐘之後。她的鼻孔流出一絲鼻血——但影子停下來了。她振作了一下，縱身跳向那個黑圈之外。她落地時腳跟碰到了影子外緣，結果她腳下的地板化爲充滿霉的粉塵。

艾琳滑了一下，雙手和雙膝著地，她感覺手指底下的地板在顫動，於是趕緊又爬起身。她或許能抵擋影子一陣子，但絕不可能一直持續下去。札雅娜比艾琳優雅地跳出來，已經跑出離她們最近的門了。艾琳追過去。

「往哪走？」札雅娜質問，驚恐得瞪大雙眼。這個房間和她們剛離開的房間大同小異，只是架上的書都是紫色皮革書皮。對應羅盤指針的每個方向都有一道門，而且還有一道貫穿上下的弧形梯。

「都是妳的錯！」

艾琳其實無法爲自己辯解，她早就在想不知道札雅娜什麼時候會說出這句話。她決定即使她其實沒有答案，但仍把焦點放在第一個問句上。「試試看往上吧。」她提議，一馬當先衝上樓梯。她的腳踩在木階梯上發出很大的聲音；她們倆都無意爲了低調而犧牲速度。

樓上的房間完全是一樣的模式，不過架上全是綠色書皮的書。那不健康的顏色似乎在嘲弄她們兩人，其晶亮的翠綠色像是蒼蠅的身體。札雅娜環顧四周，咒罵一聲。「妳應該直接把燈光弄滅的，」她怪罪艾琳。「他在黑暗中不可能還有影子……」

「然後我們必須在一片漆黑中找路。」艾琳不甘示弱地回道。「現在燈是亮著的，但我們要找路都已經夠困難了。」

「親愛的，他會殺了我。」札雅娜現在顯然冷靜下來了，但艾琳感覺她那像是一鍋嗤嗤冒泡的驚慌，只是倉促地用蓋子鎖住而已。「妳也是，不過說實話我比較擔心我自己。想想辦法吧！」

不必是大偵探也看得出來，札雅娜對這整件事有了好幾種後悔的理由。「我們繼續移動。」艾琳說，語氣聽起來比實際上冷靜。「如果他得先找到我們才行，我們就讓他追得辛苦一點。」她指著更高的樓梯。

「然後呢？」

好問題。在這個由妖伯瑞奇控制環境的圖書館裡，她要怎麼和他鬥法？這整個地方都是眞正的大圖書館的變形版，這裡的書全是胡謅的，每個房間難以分辨差異，連目錄都沒有……

她們往樓梯上跑，妖伯瑞奇的聲音從建築深處朝她們傳來。「我很驚艷。」他喃喃道。

「他是說眞的嗎？」札雅娜問。

「才怪。」艾琳說。

「我怎麼會不驚艷呢？妳找到這裡，妳說服妳的同伴幫妳。我本來就覺得妳很行，但我不知道妳有那麼行。」

艾琳沒有很專心在聽他說的內容。妖伯瑞奇要不就是又在試圖說服她加入他，要不就是單純在耍弄她們兩人，一旦她們放下戒備，就會發生可怕的事。這兩種可能對她來說都沒有用處。當她和札雅娜跌跌撞撞進入下一間房，她看到札雅娜的臉。突然間，一種令人不愉快的念頭讓艾琳挺直腰桿，就好像有人突然拽她的頭髮。*我們兩人之中，他想說服的是誰？萬一札雅娜聽他的話怎麼辦？*

她得盡快找到這地方的中心，她需要地圖。但她手邊只有一本本胡說八道的書……不過仔細想想，它們是這地方很重要的一部分。她可以利用這一點。

札雅娜尖叫一聲指著某處。那道影子正從樓梯移上來，枯樹枝般的長手指鋪在地上，朝她們伸過來。她們狂奔。

她們衝進下一個房間後，艾琳抓起架上的一本書。它在她手裡似乎陣陣抽動，書皮是暗橘色，顏色很像腐爛的秋葉。她翻開書，但內容就和她先前看過的那些書一樣沒有意義。

「現在是看書的時候嗎？」札雅娜沒好氣地問。

「要看是什麼書了。」艾琳牢牢抓住它。「**我現在拿著的書，帶我去這座圖書館的中心！**」她手裡的書在抖動，彷彿想掙脫，但接著便確切無疑地往她們左邊的門拖曳。但就在同一刻，影子來到她們在的房間，從地板一直延伸到天花板的一半。它朝艾琳伸出手。

「**燈光滅掉！**」艾琳扯著喉嚨喊道。房間裡的每一盞燈，再加上她的聲音能到達的相鄰房間的燈，都滅了。她被徹底的黑暗籠罩。艾琳伸手去握札雅娜的手，感覺她的手溫熱而顫抖。然後有東西在碰她的肩膀。「說眞的，蕾，」妖伯瑞奇的聲音貼在她背後用氣音說。「妳以爲那樣能阻止我嗎？」

艾琳依照她手中的書指引的方向，往那道門猛衝。她的聲音傳得很遠；她和札雅娜跌跌撞撞地摸黑通過兩個房間，才進到一間有光線的房間。書拖著她往下樓的樓梯走。她聽到身後的札雅娜震驚得倒抽一口氣，趕緊回頭看是怎麼回事。

「親愛的，把它脫掉！」札雅娜指著艾琳的大衣。「快點。後面有東西……」

被妖伯瑞奇碰過的地方……艾琳在驚恐之下飛速行動，扭身脫掉大衣讓它掉在地上。大衣肩部有一片霉，形狀有點像手掌，而且以肉眼可見的速度在擴散。她嫌惡得打了個冷顫，然後扭回頭試著瞇眼看自己背後。「還在嗎——有沒有透過去？」

「我覺得這袍子上頭也有一點。」札雅娜仔細看著它說。艾琳把袍子也脫了時，她噘起嘴唇。

「好了，親愛的，應該可以了。幸好妳穿了這麼多層。」

那些霉現在成長的速度變快了，在大衣上聚集成令人厭惡的長條狀灰白色，就和這個房間架上的骨白色書皮顏色一樣。「我們得繼續走，」艾琳說。「如果我不使用語言，而且不待在同一個地方，他就要花更多時間才能找到我們。我猜是這樣，希望是這樣。」

「我想不出他為什麼要花這麼久時間。」札雅娜說，她們正聽從書本的拖拉跑下樓梯。遠處時鐘的聲音似乎和她們奔跑的腳步聲遙相呼應，規律的滴答有如不懈的追兵。「如果他能看到這裡的一切，為什麼不能直接伸手把我們捏爆？」

「我不確定，但我沒有想抱怨。」書帶她們往右走，直直通過三個房間之後又往下。現在拖拉的力量變強了。「我想我們接近了。」

「妳要知道，這可能是陷阱。」札雅娜的語氣與其說是緊張，不如說是深思。

「有些事值得冒險。」

「對妳來說是，親愛的。」札雅娜瞥了一眼她們經過的紫藍色書，然後聳聳肩。「我是喜歡人的人，不是獵書者。」

「要是我能當個純粹的獵書者該有多好。」艾琳神經緊繃，從那不堪負荷的書架發出的每個嘎吱聲或低鳴都會讓她驚跳，每到一個新房間，她都會緊張地打量陰影處。時鐘聲音好像變大了，每一聲滴答都是即將降臨的厄運的腳步聲。「我的生活裡只有書的時候，我很開心！」

「是嗎？」札雅娜聳聳肩。「我不是法官，親愛的，但是在我看來，妳和那些朋友在一起時似乎過得多采多姿。不知道我們還能再見到他們嗎？」她這問題只是隨口一說，假設性問題，而不是認真擔心。

「我這一生大多愛書勝過與人相處。」艾琳尖銳地說。「我喜歡某幾個人並不會改變什麼。」

「妳喜歡我嗎？」

按照常理，艾琳應該要說「當然」來安撫札雅娜。但是因爲正當理由，她還在氣札雅娜屢次想要謀殺自己，而且還與妖伯瑞奇共謀摧毀大圖書館。她就各方面來說都有理由不假辭色地回應：畢竟，我爲什麼要喜歡做出那種事的人？最後艾琳說：「超出我應該喜歡妳的程度。」

下一個房間很不吉利；目前她們到過的房間中，這是第一間全放黑皮書的。這房間沒有樓梯，只有兩道門——她們進來的那道，以及另一端的一道。

「看起來眞令人興奮。」札雅娜說。

「這不是我會選擇的形容詞。」艾琳朝遠端的門走去。「準備好臨機應變。」

她用仍在她手裡的橘皮書輕戳那道門。

她頗爲驚訝地看到門立刻就開了。門後是一片寬敞的空間，遍地都是一小堆一小堆不靠牆的書架，高度各不相同，有的只有到腰部，有的高達幾層樓。她看到大約八百公尺外的遠處，有一片縱橫交錯的樓梯和光點，構成類似鏤空藝術品的視覺效果。整個地方奇大無比——大到她以爲她們經過的這串蜂巢狀建築中不可能容納得了。空間往兩側延伸，當她抬頭看，覺得好像看到在高得不可思議的天花板上，懸吊著許多書架。血紅色燈光從某個看不見的照明設備投射出來，盈滿整個空間，在深色木地板上熠熠發亮。背景音傳來時鐘的滴答聲，幾乎不可覺察地加快了速度。

「這裡不可能沒有某種警報，」艾琳輕聲說。「我們要快速安靜地行動。」

「去哪裡？」

「中間，不然還有哪裡？」

「他會預期到我們去那裡。」

「那也沒辦法。」艾琳深吸一口氣，把書夾在腋下，跨過門檻。

那聲音就像有一千支牙醫的鑽子戳進一千顆無辜的牙齒。它撼動整個區域，讓人耳道刺痛。架上的書嘩啦嘩啦地掉落；從高處掉落的書有如受驚的鳥兒一樣翻滾，鮮豔的封面和淺色的書頁刷刷翻動，最後突然砸在地上。艾琳不情願地放棄詭祕行事的期望，直接跑了起來。

「驚訝吧。」妖伯瑞奇在她後頭說。

艾琳及時回身，看到一排像喬治亞式宅第一樣高的書架朝她倒下來。它的移動速度不符合正常重力，像是有人把手指彎下來觸碰掌心。書架的影子遮蔽了紅光，她根本沒有時間閃躲，沒有時間使用語言——

札雅娜從後面推她，讓她往前栽。艾琳失去平衡，倒地後又慌忙繼續翻滾，希望能保持移動，避開那可怕的撞擊。接著書架撞到了地板，衝擊力使她又飛出三公尺。她撞到另一座書架底部，才疼痛地停了下來。書架上的書在小型餘震中掉下來砸在她身上，她機械化地舉起一隻手臂來保護頭。

寂靜。

她抬頭看。

札雅娜被書架邊緣釘在地上，她的下半身被壓住，底下有一灘往外漫開的鮮血。

第二十五章

艾琳連滾帶爬地趕到札雅娜身邊。一切都很安靜，只有時鐘還在無情地數秒。沒有更多書架倒下來，她腳下的地板沒有裂開，沒有任何事物要來取她性命。

當然不會有，她在憤怒和悲傷的情緒中想道。還不到時候。妖伯瑞奇要先看我看著她死去。

「札雅娜。」她輕聲喚道，摸著對方手腕。她還有脈搏，但那灘血在擴散，在紅光中呈現黑色。「札雅娜，撐住，我幫妳把它弄開。我要把妳拉出來，然後……」然後什麼？語言可以暫時封住傷口或扳正骨頭，但無法治療，也無法起死回生。

「親愛的？」札雅娜眼睛睜開了，但視線失焦。她輕輕咳嗽，試著呼吸，然後伸手握住艾琳的手。

「是，我在這裡。」艾琳努力用安撫的語氣說。「很抱歉我拖妳下水。撐住就是了，讓我──」

「不要浪費妳的能量了。」札雅娜喃喃道。「妳會需要它的。」她握緊艾琳的手，無聲地表示：我們都知道我快死了。「妳知道好笑的是什麼嗎？」

「什麼？」艾琳立刻說，札雅娜的聲音變弱了。她的眼睛是乾的，憤怒在她心裡聚積，滾燙如岩漿，現在沒有任何東西可以讓她的視線模糊或從目標上分心。

「我並不需要推妳，」札雅娜眨眨眼，像快睡著的小孩。「我可以一直欺騙妳，我可以讓他殺了妳。」現在她的聲音幾乎聽不到了，細得像一絲線。「我不懂……」

她的呼吸停了。時鐘繼續滴答響。

「眞奇妙。」是妖伯瑞奇的聲音。艾琳抬起頭，看到那個影子四仰八叉地癱在她上方毀壞的書架上。它有九公尺高，扭曲而駝背，因此頭部可以垂下來朝向她。「我招募的妖精都有充分理由痛恨大圖書館，他們都因爲圖書館員做過的事而吃盡苦頭。當札雅娜特地要求要對付妳時，似乎是理想的安排。她爲什麼改變心意了？」

艾琳放開札雅娜的手。「人爲失誤？」她猜測。她的裙襬沾到札雅娜的血，不過在紅光下，那血看起來是黑的而不是紅的。

「她的？」

「你的。她實在不是會痛恨任何人的那種類型。」艾琳想到這裡，覺得腸胃一陣扭絞。「她的個性比我好太多了。」

「妳這句話的重點是過去式。」她可以感覺到影子在看她。不，不光是影子，這整個地方都是，妖伯瑞奇想辦法把他自己嵌在裡面了。「我想我該給妳個機會，蕾。我們還有幾分鐘時間，然後時鐘會走到午夜，大圖書館就會……停止。妳來是爲了加入我嗎？這是妳在這裡的原因嗎？」

「我……」艾琳故意沒說完，把清晰可聞的啜泣聲吞回去。她必須演得夠像，機會只有一次。

「我以爲我們能阻止你。我以爲……噢，札雅娜……」她用力咬自己的舌頭逼出眼淚，然後彎下腰去，把死去女人的頭摟在懷裡。艾琳利用札雅娜的身體和她自己的裙襬作掩護，手悄悄在地上遊移，直到摸到濕淋淋的那灘血。她藉由觸感和記憶，開始用指尖在地板上描畫。這是故技重施，她自己也知道。如果妖伯瑞奇把注意力放在她的動作上，而不是眼淚，他可能也會發現。但這是她僅剩的招數了……

時鐘的滴答聲似乎正在評判，在倒數最後的裁決時刻。「我很失望，蕾。」妖伯瑞奇的聲音在她四面八方耳語。「我以為妳有遠見，我以為我可以重用妳。但妳沒有從錯誤中學到教訓，妳一錯再錯。妳被放在天秤上衡量，結果證明毫無價值。妳有什麼遺言嗎？」

這是個艾琳可以試著用語言說什麼的明顯機會。她能感覺到身體底下的地板在顫動，不再像原本看起來那麼穩固，只是在等待把她吞沒，讓她連一個詞都來不及說完。書架居高臨下地恫嚇著她，準備砸下來把她壓成肉泥。空氣中充滿期待的嗡鳴。

艾琳僅有的想法是：我或許花了點時間才從錯誤中學到教訓，但終究是學到了。妖伯瑞奇倒是一點都沒學到教訓。她盲目地用血淋淋的手指在地上畫出最後一條長弧線，用語言寫出完整字句。

沒有妖伯瑞奇。

力量無聲地向外爆開，衝擊波讓艾琳一時喘不過氣，直接飛回不久前她才靠過的書架邊。她腦袋嗡嗡作響地倒在那裡，試圖找回清晰的神智，試圖站起來移動。剛才那種存在感，那種即將有所行動的預示感，現在已從地板和她周圍的書架中抽離。她猜對了——但願如此。妖伯瑞奇原本占據整座圖書館，而由於這圖書館是抽象定義上的一個整體，那麼如果語言使他被某一部分排除在外，就表示他也會被鎖在全部之外。至少會維持一段短時間。這是合理的，或者說她迫切地希望這合理，尤其是當她被驚慌激發力量，然後又被輕微腦震盪驚呆的時候。

有濕濕的東西沿著她的臉往下流。她舉起右手去摸，然後想起她手指上還有札雅娜的血，於是改用左手。不意外，她鼻血流得很嚴重。

遠處傳來某種聲響，比時鐘的低沉脈動來得沒那麼規律和精確。是腳步聲。

驚慌抓住她的心臟用力扭轉。她再次掙扎著要站起身，腦袋仍然一片空白，因爲過度施力的後續效應而嗡嗡作響。她必須靠在書架上才能站直身體，就連這個動作都吃力無比。

那個聲音是妖伯瑞奇本人的肉體，或是某個受到信任的僕人。在他們追上她之前，或是在妖伯瑞奇能再次讓自己的存在充滿這座圖書館並殺死她之前，她必須走到這座迷宮的中央。

艾琳拖著腳從兩座書架間走過，盡力放輕腳步。她沒有回頭看札雅娜。她沒有時間向死者道別，或許下爲對方復仇的最後承諾。對不起，札雅娜，她心想。妳原本希望妳的故事有這樣的結局嗎？還是妳寧可活下去？這就是入戲太深的壞處……

她強力一拽，把自己的心思從病態的放縱拉回現實。她開始移動後，注意力和平衡感也跟著回復了。她都已經撐到這裡了，札雅娜犧牲生命送她來到這裡，艾琳不會讓妖伯瑞奇在這時候勝利。

儘管她身高不夠，或說位置不夠高，沒辦法看到在她和中心點之間的圖書館整體布局，不過還是有大致概念。從中心有許多主要路徑往外散射而出，所謂的路徑即沒有書架的空間，它們就像蜘蛛網上的輪輻；在主要路徑之間穿插著書架之間的較窄空隙，彼此間隔不規律。

她後方的腳步聲現在停了。她覺得好像聽見有個聲音在說話，很遠又很微弱，她聽不清楚內容。

如果我是妖伯瑞奇，會怎麼做？我會知道我想去中心點。所以會搶在我——該死的代名詞——前面到那裡，等著伏擊，或是我會爬到高處，在一個可以往下看到我出現的位置……

她停下來，沿著周圍的書架往上看。它們像摩天大樓一樣高——以它們的尺寸來說高得超出現實，在結構上是不穩固的，這種物體應該早在還沒放上書之前就會傾倒才對。就她所見，沒有人站在頂端看著她。還沒有。

艾琳迂迴地朝中央前進，不時往旁邊轉彎，避免一直走在書架間的單一通道上。她試著結合安靜與人類速度的極限。妖伯瑞奇也許很快又能進入這物質環境了，到時候她會成為地表上一抹污漬。

她轉了個彎，躲在陰影中往左右察看。沒有妖伯瑞奇的蹤影。但有某件事不對勁，她的直覺發出警告。

等一等。根據書架的角度，那裡不該有影子才對。表示那影子是由她上方某個不規則的東西投射出來的。表示……

「**書，在我上方形成屏障！**」她大喊，而就在同一瞬間，上面有個聲音朝下面喊道：「**書架，壓扁那個女人！**」

書和書架在她上方相撞。艾琳在如雨般的木頭、紙頁和灰塵中狂奔找掩護，一邊在心裡咒罵對手的善於謀略。她能做什麼來阻止？她需要到上面和他位於同等高度，或是想辦法躲起來不讓他發現。

她再次仰望超高的書架。她確實有一項優勢，她在地上，重力就是她的優勢。

「蕾，妳準備好投降了嗎？」妖伯瑞奇對她喊道。

艾琳把背部貼向她現在的庇護物。一本不熟悉的書的角落金屬鑲邊戳進她的肩膀，她往旁邊挪，把那本書從架上取下。這能用。「你要大喊『出來，出來，妳在哪裡』嗎？」她回答。

「如果妳要把這變成童話故事，我會使它成爲警世類的童話故事。」他嘲弄地說。周圍影子沒有任何動靜，她完全不知道他在哪裡。但她剛才看見的影子是由一個實體投射出來的，而現在和她說話的是人類嗓音。稍早前的那個東西聽起來完全不像人類……看來妖伯瑞奇又回復成人形了。就某些方面比較不危險，就其他方面則更危險。「妳有沒有讀過《披頭散髮的彼得》？」

門開了，他跑進去，那高大、細長、紅腿的剪刀人！「我父母不喜歡讓我讀恐怖故事。」艾琳一吋一吋往旁邊挪，瞇眼看著周圍書架的頂端。時鐘的聲音現在更響了。她祈禱那不是表示她的大圖書館離厄運又更近一步。「所以我當然讀過。」

「聽起來妳是叛逆型的，我應該早點招募妳才是。」找到他了，在她左邊書架上有一個邊緣呈弧形的影子，那書架有兩層樓高。他整個人趴著，讓他的影子可以小一些，可是現在她已經看到他了，就能追蹤他的動態。「我開的條件仍然有效。」

艾琳把她拿著的書湊到唇邊。「我還是不明白你要我做什麼。」她說，試著像在和他談判。「我又不是唯一的年輕圖書館員，更絕對不是史上唯一遭到降級的。你要說服我，不會在我一走出藏身處時就殺了我。」

「妳是我能找到唯一讀過《格林童話》那篇故事的人。」

「那對你有這麼重要嗎？」

「有啊。是這樣的，蕾，我要找到我兒子。」

「我兒子」乍聽之下毫無道理。《格林童話》那篇故事提到的是他妹妹的孩子，又不是他的孩子，艾琳的第一個念頭是妖伯瑞奇一定搞錯什麼了。但接著她腦中的概念各自歸位，於是她嘴裡嚐到膽汁的味道。*他的兒子。他妹妹的兒子。他對自己的妹妹做了什麼……*

也許妖伯瑞奇預期到她會有這種反應，因爲他停頓了一下才繼續說。「大圖書館不讓我見他，蕾。難道我沒有權利見我自己的骨肉嗎？」

這句陳述有太多不對勁的地方，艾琳發現自己無法回應。她從暫時的驚愕中醒過來，對著手中的書悄聲說：「**我拿著的書，飛上去把那個男人從他所在的位置打下來！**」

那本書像彗星一樣往上射，挾帶上升的力道刮過她的手指。上方傳來一聲：「**書架，掩護我！**」還有物體撞擊的悶響。

但艾琳已經跑了起來。「**灰塵，把我藏住！**」她大喊，並拉起一片破爛的薄紗蓋住口鼻，抵擋揚起的灰塵。

她用空著的手扶著走道旁的書架以免撞上。她流著淚拚命眨眼，想要看到自己在往哪裡跑。用這個方法藏住自己確實有些困擾，不過至少妖伯瑞奇看不到她。

在他失去耐性時，會乾脆把這一區的書架全部推倒，她有種大難臨頭的預感。*繼續跑吧。*

令人訝異的是，他沒有像先前一樣——讓她沉進地板，再召喚各種混沌力量來攻擊她。要是艾琳想毀滅他，她一定會無所不用其極。

除非……她是不是漏掉什麼線索了？妖伯瑞奇一手創造了這個地方，或至少是在一個妖精世界裡建構出這個地方，而這個世界因為太深入混沌了，根本沒剩下任何確切的現實。他用非常特定的方式打造出它，這是不是表示，他不能隨意地在這裡釋放混沌力量，就像瘋狂科學家不能在自己的實驗室裡引爆炸藥？這能解釋幾個疑點。

不過如果妖伯瑞奇追上她，這也救不了她。即使他會為了要她告訴他……他兒子的事，而饒她一命。她忍不住在心裡瀏覽一串她認識的男性圖書館員，好奇他們會不會就是那個神祕兒子。不可否認，她更善於討論他們的文學品味，而不是來到大圖書館前的過往，但她實在不認為他們任何一人會有那種歷史。

灰塵形成的濃霧讓艾琳幾乎和妖伯瑞奇一樣什麼也看不見，因此當她跌跌撞撞地進入中央區域時，她嚇了一跳。即使她還沒辦法看清楚，但她意識到前方是一片開放空間，還有某種黑色樓梯與亮光構成的巨大結構。

「書架！」她上方傳來憤怒而尖銳的叫聲。「擋住她！」

她兩側的高聳書架鞠躬般往下折，隨著它們轟然落地，書架和書也像土石流般傾瀉而下。滿天都是書頁齊飛，混雜著灰塵，有如巨大雪花在翻滾。她得慌亂地往後縮才沒被倒塌的書架砸中，於是她的去路扎扎實實被堵死了。她得從書架上翻越，或是繞路——兩種都既花時間又會曝露行蹤。

原本一直在她腦海深處騷擾她的某個想法，此時終於浮出水面。這是高度混沌世界。妖伯瑞奇使用語言時，主要是表達他的意圖，而不是精確地描述。我也是一樣。我能把這一點發揮到什麼程度？

她咬著牙做好迎接衝擊的準備。「**地板！在阻礙物底下打開，讓我能通過！**」

地板發出呻吟，然後隨著刺耳的嘎吱聲和碎裂聲分開來，就像傷口邊緣一樣往兩側拉開。結果傾倒的書架底下出現一條空隙，狹窄、凹凸不平、陰暗、充滿碎木刺……但是看起來大得足以讓艾琳通過。艾琳默默祈禱妖伯瑞奇看不見她，而他下一句話不會含有諸如「密合」、「砸扁」或「擠壓」等動詞，一邊從裂縫中擠過去。她必須低著頭側身扭動，而她每喘一口氣，都覺得被撕開的地板在朝她靠近，好像馬上就會密合。

她從另一頭出來，如釋重負地喘口氣。現在灰塵沒那麼濃密也沒那麼刺鼻了——也許是書架擋住了灰塵，或只是灰塵自己沉澱下來——總之她能看見妖伯瑞奇的圖書館心臟地帶有什麼建築。

那是由交錯縱橫的金屬樓梯和書組成的鏤空圖案，粗估寬度大約有九十公尺。樓梯彼此交纏，無視於扶手或支柱等漂亮的束縛，在轉角處達到數層樓高。書本在深色金屬間閃著光，以某種模式散布在整體結構之中，而且本身就會發亮。在書和樓梯構成的圖形中央擺著那座時鐘，它仍在滴答響。它是一塊懸浮在空中的暗色鐘面，其上有象牙白指針，正在朝午夜位置逼近。它沒有散發任何光澤或亮光，反而是一個無限黑暗的點，在艾琳的想像中，如果黑洞有了具體形體並縮小成這種大小，看起來就會像這座時鐘。而且它的秒針越走越快，那並不是艾琳在幻想。

然後時鐘會走到午夜，妖伯瑞奇說過。她幾乎已經沒時間了。

各種選項在她眼前一字排開。讓時鐘停下來或是把書搬開是最明顯的選項。艾琳跑向離她最近的樓梯，當她往上奔，她的腳步踏著金屬階梯發出響亮聲音。疲累已消失，現在她離成功已經很近了。

她來到第一個樓梯平台，那裡有一本書在等待，在展示。她在面臨生命威脅時，腦中有一部分總是會分心，而現在那一部分忍不住好奇這是什麼書。這一定是妖伯瑞奇偷來的獨特書籍之一。它是從哪裡來的，作者是誰，書名是什麼——當這一切結束後，她有沒有機會讀它？

這時她看到書的周圍有一個細緻的籠子。金屬格柵的間隙寬到她能審視那本書，並讓書的光芒透出來，但絕對不夠讓她把書取出來。籠子本身甚至沒有明顯的鎖頭，更別說鑰匙了。金屬中嵌著語言的詞彙，但她不認得它們——是她從未學過的詞彙。

「蕾！」妖伯瑞奇喊道。艾琳抬起頭，看到他走向互相連綴的開放式樓梯，在空中的一座書之橋上漫步，他經過之後腳下的書便滾落到地上。

在整場瘋狂追逐戰中，這還是她首度真正看見他的肉身。他很高，骨瘦如柴——前提是這具肉體很像他原始的樣貌，而不只是又一副偷來的皮囊。他枯瘦的身軀外披著有兜帽的黑色長袍（眞是老套），布料在風中翻飛，風也把書頁和灰塵颳過整片書架構成的地景。他的褐髮間摻著白髮，髮量稀疏有如剃髮的修士，但他走路的步伐就像年輕人一樣穩定。

她考慮用語言扯開他腳下的書，讓他掉下去，但這似乎是太明顯。再說，他可以直接命令那些書回來。她從未像這樣對決過。出招時必須讓對手不能直接逆轉結果。

躺在籠子裡的書彷彿在嘲弄她。「怎樣？」她回應。她可以命令所有籠子打開，讓那些書飛出來嗎？但是花時間下達這種命令，能讓妖伯瑞奇喊出完整句子來反擊。

他跨下書橋，站到較遠的一道樓梯上，離她足足有二十公尺遠，且比她高出五公尺。「妳青少年的叛逆結束了沒？」

「沒有。」艾琳回嗆。她伸出手摸籠子，但一感覺到金屬中的混沌力量帶來的麻刺感，就趕緊縮回手指。「靠近一點，我示範給你看。」她可以命令金屬樓梯綑住他嗎？她能說什麼讓妖伯瑞奇不能反擊？

「我要告訴妳一件事。」他的句子變短，變簡潔了。他是怕她中途反擊嗎？「妳家鄉的世界？妳父母？我會找到他們。妳礙到我了，他們要付出代價。」

好個小家子氣又惡意的威脅。但其中隱含的純粹惡毒、他語氣的堅定惡劣，像把刀割向艾琳，讓她不禁畏縮。「你沒機會那麼做。」她回敬他，沿著一段橫向走道往旁邊挪移。如果她能走到時鐘那裡，或許可以做點什麼。

「噢？真的嗎？我有幾百年生命可用，我很擅長我的工作。」妖伯瑞奇保持距離，卻開始與她平行移動，顯然打算一直擋在她和時鐘之間。

艾琳笑了。這不是很愉快的笑聲，卻提振了她的精神。「你不懂，我父母是圖書館員，他們可以永遠躲開你！」

令她訝異的是，妖伯瑞奇竟然停下腳步。「他們是什麼？」他問。

「圖書館員，就像你和我。」她好奇自己說了什麼，竟然讓他失去了鎮定。「所以，你懂了吧……」

這時候她清楚地看見他的臉，結果她的話在嘴裡蒸發了。他才不是震驚或不安，他是覺得好笑。

他的臉呈現出那幾百年的歲月，而歲月在他的嘴巴和眼睛周圍留下殘酷的線條，清晰得就像語言本身。他說話時語氣充滿可怕的和藹。「蕾，我親愛的，我最親愛的小姑娘。那不可能。問我最清楚，兩個圖書館員是不可能生孩子的。」

艾琳眨眨眼。這句話一點道理也沒有。「但你說你有兒子……」

「所以我才會知道。」他又開始走路。「妳不知道那要付出什麼代價。我得要把她帶到混沌深處才可能做到。費了那麼大工夫，結果生出來的兒子被你們霸占著不讓我接觸。」他的嘴巴咧到不可思議的寬度，語氣低沉到變成吼叫。「所以不要用這種說詞來侮辱我。」

「你愛相信什麼都隨你。」艾琳沒好氣地說。現在她離中央的時鐘更近了。不幸的是，所謂的近是指她要往下掉落五公尺，才能從另一道平面繼續靠近。謹慎加上語言是可以辦到，但有妖伯瑞奇在那裡從中作梗，又讓她卻步。「我知道——」

「妳顯然什麼也不知道。」他打斷她。「也從來沒有人告訴妳。不用說，那是怕妳傷心，也是爲了讓妳保持忠誠。蕾，妳是孤兒之類的嗎？還是被人從搖籃裡偷走？」現在他走得更快了，他的腳步與時鐘的滴答應和著。「要不是妳給我惹麻煩，我甚至可能同情妳。我知道發現自己的人生建立在謊言上是什麼滋味。」

「眞的嗎？那你的故事是什麼？」這是很蹩腳的反擊，但艾琳已經盡力了。她大部分的心思都在想，她竟然不是自己以爲的人。因爲儘管有許多合理的反駁，例如「他在說謊」、「我何必相信他」，還有「他想擾亂妳」，卻有一個相反的根據——那就是當她說她是兩個圖書館員生的孩子時，他看起來眞的很訝異。她敢發誓那不是裝出來的。

就算她不是她稱之爲父母的人所生的孩子，又有什麼差別嗎？即使她的身世是謊言，那個謊言有這麼嚴重嗎？

「大圖書館聲稱它維護了混沌與秩序之間的平衡，但那是謊言。那是用來讓孩子安靜和順從的說詞。」他們現在處在同一個高度，他停下腳步，朝她望過來。「如果妳加入我，我就告訴妳眞相。」

艾琳想起幾個月前她讀到的《格林童話》故事中的一句話，關於妖伯瑞奇和他妹妹的。「和『大圖書館的祕密』有關嗎？」她問。「就是『以烙印的形式附著在我們背上……』的祕密。但就算大圖書館有祕密好了，那也不代表它就是個謊言啊？」

「盲目的信念只是奴役的代名詞。」妖伯瑞奇說。「你們說你們在維護某種平衡，但實際上只是讓凝滯狀態永存不朽。醒醒吧，蕾！張開妳的眼睛。如果妳太盲目而無法從較宏觀的角度看事情，難道妳交給大圖書館的書也沒有爲妳帶來任何感應嗎？大圖書館吞噬它們、保有它們，永遠不放它們走。看看妳旁邊的書。」他指著離她最近的金屬籠，裡頭有一個用紫金相間緞帶紮起的卷軸。他的語氣充滿驕傲和貪婪，每一個字都流淌著蒐藏家的欲念。但他說話的語氣彷彿預期她會理解他的渴望，他擁有這些無價之寶的喜悅。或許她確實能理解。「完整的《馬比諾吉昂》故事集，」他繼續說。「包含〈基爾烏克與奧爾溫〉的完整故事。所有冒險故事！還有那一本。」他指著他的左邊。「雨果的《巴黎聖母院》續作——《奇空霍涅城堡》……還有這裡的其他書，幾百本，全都獨一無二。妳在別的地方絕對看不到的書，在任何蒐藏品中都傲視群書的書。」

「你是偷來的。」

「我不偷，大圖書館也會偷。金屬，固定住她的腳！」

他在使用語言時，語氣和表情都沒有變化，艾琳猝不及防，她所踩的階梯湧上來包住她的鞋子，纏繞她的腳踝。她滿心懊悔，意識到自己被剛才的對話分散了注意力。被書和祕密給誘惑了。還有更好的誘餌嗎？不消說，她可以像妖伯瑞奇一樣輕鬆命令束縛解開，但那會讓他有時間做出更可怕的事。

時鐘響亮地走著，空氣似乎因爲越來越強的力量和張力而輕輕顫抖。更多撕下的書頁從空中飄過，像巨大的飛蛾浮在空中。

「不會痛的。」妖伯瑞奇說，他的語氣佯作安慰，但他的眼神充滿她先前看過的殘酷興味。

「什麼東西不會痛？」一定有解答。她必須拯救大圖書館。拯救書。拯救她自己。

「混沌。在某個臨界點，身體要不就接受它，要不就自我毀滅。我的身體接受了它，看看我現在多厲害！」他伸出雙臂，像是要擁抱時鐘、扭曲的樓梯，以及這座瘋狂圖書館。「妳要加入我，或是死。告訴我，蕾，來到抉擇的終點是不是讓人如釋重負？而且知道遊戲要結束了？妳現在可以放鬆了，別再當妳父母的工具。」

他講話很流暢，像是完全沉醉在自己說的話裡，但他的眼睛始終緊盯著她。他在等她使用語言試著讓自己掙脫或是殺了他。

艾琳深吸一口氣。何不暫且先答應他？她的理智建議。爭取時間，告訴妖伯瑞奇他想知道的一些事。博得他的信任。實際一點，妳和布菈達曼緹說過，光是害死自己一點意義也沒有。

這裡的書獨一無二，是妖伯瑞奇多年來竊取的成果。爲了拯救這些書，做任何事都值得吧？即使那代表她要賣身爲奴，背叛大圖書館……

不，這是優先順序的問題，她意識到。這些書是優先事項；她自己的生命也是優先事項。但大圖書館、所有圖書館員，還有那裡的所有書，是優先中的優先。

「你說得對，」她說。「確實如釋重負。**紙張！燃燒！**」

第二十六章

艾琳的叫聲在迷宮般的樓梯之間迴蕩。書本全像小小的新星一樣點亮，接著像星辰的核心一樣燃燒。整個過程沒有猶豫，不是由書頁邊緣慢慢著火，或是由小火逐漸燒旺。它們就像很樂意燃燒一樣地化為火球。飄在空中的書頁也著火了，帶著新的能量飄蕩，周圍的書架也因為受到衝擊而搖晃，架上的書都在原處起火燃燒。

時鐘指針發出刺耳的軋軋聲響，然後停住了。

「不！」妖伯瑞奇尖喊。他看著她的眼神，好像她才是罪犯、怪胎、瘋子。「**火，熄滅！**」

在那一刻，艾琳深恐他會成功撲滅火勢。但是當他用語言稱呼火時，它似乎以新的氣勢燒得更旺。她想起自己和凱被壞掉的出入口困住時，她試著讓火熄滅的情形。也許是因為混沌和語言綜合起來的結果，也許是妖伯瑞奇自己創造的力量在反撲。

也許她應該在他把注意力轉回她身上之前，趕緊遠離是非之地。

「**金屬，放開我的鞋子！**」她嘶聲說，樓梯不再箍住她，她的腳重獲自由。

她身旁的卷軸在籠子裡枯萎成一團灰燼。它曾是獨一無二的文件，是只在單一世界裡存在的某個故事的孤本。而現在她摧毀了它，連同幾百本其他的書。她在過去的人生中曾因為許多理由感到羞愧——瑣碎的小事、社交方面的失誤、失禮、愚蠢的舉動——但直到現在她才真正體會到什麼叫恥辱。

她試著把這念頭推到腦海深處，也大致成功了；她環顧四周看可以往哪裡跑。看起來選項很少，而且越來越少。火以一個大圈向外擴散，從一座書架跳向另一座書架。著火的書頁就像感染源一樣帶著火亂飄。高聳的書架開始傾斜倒塌，因爲它們的底部已被燒空。

就眼前來說，她決定先遠離妖伯瑞奇。他仍然在對火焰和時鐘大吼大叫，好像音量便足以逼迫它們服從。她沿著走道匆匆移動，殘破的裙襬在越來越高的溫度中唰唰擺動。她隨意選擇樓梯，沿著整個樓梯結構外圍跑，尋找離開的出路。

時鐘現在很安靜，妖伯瑞奇也是。唯一的聲響是越來越響的火焰吼叫聲，還有腳步踩在金屬台階上的噹噹聲。白色的煙一縷一縷地飄過空中——暫時還很稀薄，但越來越濃密。

「燒書魔！」妖伯瑞奇嗓音中純粹的憤怒和背叛讓艾琳又湧生新的羞愧而瑟縮。讓她羞愧的不是因爲他說出這句話，而是因爲他說出了她自己的想法。有一部分的她——很蠢、很不講理的部分——甚至覺得她剛才做的事應該受到死刑懲罰。「蕾，妳將因此而嚐盡苦頭！」

就恐嚇來說，這不是艾琳接到過最特別或最令人膽寒的恐嚇，但這句話背後的憤怒和惡意給了她更強烈的逃命動機。不幸的是，她現在來到整個結構的一個角落，只能選擇往上或往下。往下讓她能回到地面，或許有機會逃走，前提是她有辦法穿過那些燃燒、崩塌的書架。那也會讓妖伯瑞奇占據高度優勢，可以用語言丟下障礙物和詛咒來對付她。往上嘛……唔，一旦她往「上」走，就沒有什麼地方可去了。她會被困住。除非她可以像妖伯瑞奇之前那樣，建造出一座書橋？

從高處墜落是最快速容易的死法之一，一絲冰冷的絕望向她指出。只是提醒妳一聲。

她不能失去希望，她不能放棄。

「**煙，嗆死那個女人！**」妖伯瑞奇喊道。

淡淡的煙變成類似固態，聚集在一起湧向艾琳的臉。

「**空氣，把煙吹開，不要靠近我！**」她急促地說。

第一縷煙碰到她的臉，掠過她的嘴唇，更多煙在後頭聚集，圍繞著她飄浮，往上飄向她嘴巴。一陣勁風把煙吹散，讓她能呼吸，但是流動的空氣無法眞正予以定義，也無法持久。一縷縷的煙又開始集結，她衝上樓梯，用一片破破爛爛的裙子掩住口鼻。

她經過另一本籠中書。它已經被燒成灰燼，一柱油膩而濃郁的黑煙從書的屍體往上飄。她覺得呼吸越來越困難——不光是因爲妖伯瑞奇命令來對付她的煙，也是因爲空氣中充滿其他的煙。煙像緞帶一樣纏繞金屬樓梯，然後聚爲一團膨脹的雲飄向遙遠的天花板。現在她已經不可能看到妖伯瑞奇了。

這絕對是任何圖書館員眼中的地獄，到處都是燃燒的書、煙和火。她本來應該繼續跑，但現在沒有地方可去。

艾琳咳嗽，感覺肺都燒了起來，嘴裡充滿灰燼的味道。她必須反守爲攻。「**樓梯，在那男人腳下分開。**」她大喊。

回應她的是金屬倒塌的哐噹聲，但沒有人體墜地聲或慘叫聲。該死。她沿著一段很長的開放式走道跑，經過更多書籠，然後驀然停步，因爲妖伯瑞奇的身影就在她前方，隱隱約約出現在煙霧之後。

他正張嘴準備說話，這時外側的書架那裡突然傳來巨大的帶有刮擦聲的低吼，一個影子籠罩住他們兩人。他和艾琳都轉頭去看。最高的一座書架開始傾倒，幾乎是以慢動作斜落向樓梯結構的中央部分。書架上的書紛紛滑出，朝四面八方散落，而書架本身正搖搖晃地砸向他們。

他們沒有時間繼續互相攻擊，而且就連語言都無法阻止那個正在倒下的龐然巨物。兩人都轉身朝相反方向狂奔。

然後它撞到了樓梯。

震波沿著錯綜複雜的樓梯結構蔓延，書架的木材被金屬截斷，挾著龐大的重量壓垮走道。艾琳被震倒在地，她以絕望激發的力量攀住走道，而走道正一邊顫抖一邊往側面傾斜。她沿著走道爬行，被煙嗆得猛咳，直到爬到比較平的表面時，才有辦法站起來，然後她回頭看。

即使煙霧瀰漫，她還是能看到那座倒塌的書架把樓梯的中央結構剖爲兩半。殘餘的交纏樓梯和走道仍屹立在——好吧，應該說斜靠著——兩側，但是中央部分，也就是原本放著時鐘的位置，已經成了一大疊木頭和紙張。被毀壞的書架像一座熊熊的篝火，每分每秒都燒得更旺、更高。

「蕾！」妖伯瑞奇的聲音越過劈啪的火焰聲傳來，「妳沒有贏！」

「看起來我是贏了。」她喊回去。事情演變到這個地步，他們兩個可能都快要慘死了，互相叫囂實在很愚蠢又沒有意義，但是能當最後一個發言的人感覺還是很痛快。

「就算得等一千年，我會找到我兒子的。」有一會兒，她能看到他的剪影映著火光，他的長袍在熱風中鼓動。「他會替我報仇，而妳將和我一起死去。」

「你不可能三個願望一次滿足。」艾琳說，與其說是在和妖伯瑞奇說話，倒更像在自言自語。熱氣和煙讓她站不穩身子，她必須靠著扶手才能站著。也許放手讓自己摔下去最輕鬆吧，反正她是逃不出這個地方了。她倒不如坦然接受，讓事情速戰速決。「我不認爲那行得通……」

有個影子映在她身上，她抬頭看看是不是有另一棟建築要倒向她。

但那不是建築，而是一條龍。是凱。紅光使得他的藍色飛翼都被染成了紫晶色。在煙和光影交錯中，好像有個模糊的影子攀附在他背上——是韋爾嗎？她不確定。

看見凱的震驚像是一波冷水打在她臉上，把艾琳所有的絕望都沖走了。現在最重要的是引開妖伯瑞奇的注意力。「**金屬，抓住妖伯瑞奇！**」她尖叫，把全部意志力都灌注進去。「**護欄，刺穿妖伯瑞奇，煙，弄瞎妖伯瑞奇……**」

她一邊喊，一邊已經跑向距離最近的高處。她下不去地面，反正地上也沒有能讓凱降落的空間，所以她得盡可能爬高，並且祈禱。她聽到妖伯瑞奇在後方憤怒地大喊相反的話來防衛。他剛才站的位置有煙在繚繞，很快地，那煙濃稠得就像倫敦的大霧。

就在她左邊剛好有一個高處，它原本是樓梯組成的小塔，現在則是半坍塌的一大堆樓梯，整個構造以危險的角度傾斜著。艾琳一點一點地往上爬，一手攀附著樓梯，另一手拚命揮。她眞希望手上有旗子可以打信號，但她的禮服實在沒剩多少了，沒辦法再撕下布料來揮舞。

那條龍從高空往下衝，並且轉了個彎，直直衝向艾琳所在的半塔。他看起來移動得很緩慢，幾乎像是懶洋洋的，張開飛翼來滑翔，但艾琳還來不及眨眼，他已經飛完一半的路了。

「**樓梯互相解開。**」妖伯瑞奇的聲音隔著火聲傳來，艾琳腳下的台階在顫動。螺絲從孔洞中脫出，接合處都散了開來。她感覺腳下的金屬在震動，它之所以保持現在這樣，是因爲結構已經毀損，現在只是堆疊在一起。但有某個東西鬆脫了，伴隨著一聲可怕巨響，半塔開始往旁邊滑。

她開始墜落。

凱翻身側飛，一邊飛翼朝地、一邊飛翼朝天，當他切過空氣經過半塔時，韋爾抓住艾琳的手腕。她整個人撞在凱的背上，他的鱗片刮著她的臉頰，她的手臂和肩膀都被扯得發痛。韋爾大喊要她抓牢，但她根本沒有東西可抓。她把手指戳進龍身，風急速掠過她。凱再度翻身，回復成水平狀態，於是她往他的背部中央滑。韋爾坐在他頸部後方，亦即之前她坐的位置，他正一手攀著凱，一手抓著她的手腕。

「護欄，捅破那條龍的肚皮！」妖伯瑞奇尖喊，聲音從呼嘯的風聲中隱約傳來。

艾琳想要用語言喊些防禦的話，但她喘不過氣，也沒時間說話。一條條金屬掙脫破損的樓梯，朝上飛向凱。他扭轉身體，在空中流暢地旋轉滑行，成功躲掉好幾支護欄，但其中一支畫破他的底側，還有一支戳穿他的左翼。他痛喊出聲，聲音有如雷鳴撼動空氣。

「帶我們離開，石壯洛克，」韋爾喊道。「我抓牢她了。」

凱掙扎著要增加高度，飛離妖伯瑞奇所在的中央煉獄，但他的動作遲緩而吃力。「這裡有太多混沌了，」他呻吟道。「我需要更多時間……」

另一組就地取材的標槍呈弧線朝他們飛來，凱降低高度讓它們從頭上飛過，潛入兩座像公寓一樣高、仍然屹立的書架之間。他兩側的飛翼末端都擦過書架，刷下了如雨般的書本。他受傷的飛翼在滴血，艾琳看得出他得盡力伸著受傷的飛翼滑行，而不是像另一邊飛翼一樣可以靈活動作。

他沒有重新飛高，他連維持現在的高度都很勉強了。她感覺到他的肌肉在她身體底下鼓動，還有他的呼吸既長又帶著顫抖，彷彿很吃力。他有辦法帶他們飛出這個地方嗎？

但是既然他有辦法來到這裡，既然他現在還能保有意識和行動力，就表示這裡並不像她原先所想的那麼深入混沌。艾琳可以再一次嘗試連通大圖書館。沒有妖伯瑞奇附身在這個地方並從中作梗，她或許勉強能打通通道。而韋爾……唔，他們並沒有眞的試過帶他進入大圖書館，現在則是只許成功不許失敗。就算得赤手空拳地在世界之間撕扯出一條路，她也會把他拖進那裡。

「凱！」她大喊。「看左邊那裡！遠端的牆邊，你有看到一道門嗎？你能帶我們過去嗎？」

「可以。」他用低沉的聲音說。他振翼飛向她指的位置，繞著範圍越來越大的火外圍飛。艾琳往下看，看到火已經蔓延到札雅娜被書架壓住的地方了。

「溫特斯，妳成功了嗎？」韋爾質問。

「我希望我成功了──」凱落地時艾琳被打斷了，他停在地上，飛翼往後拉。他的左翼並不像正常情況下那麼靈活，而且他再次發出痛苦的呻吟，用力跺了一下腳，震得艾琳牙關格格響。她急忙從他的背上滑到地上，地面一陣搖晃，她依靠在離她最近的書架上。

韋爾很快打量她全身。「沒有嚴重的傷勢？」他問。凱在他後頭變身，周圍的光在伸縮消長。

艾琳搖搖頭。「沒有，都是輕傷。讓我──」

地面再次晃動，這次晃動的模式更精確、更有目標，好像有條巨大的蟲子在地底蠕動。這時艾琳被一種冰冷的驚恐從腳底襲向大腦，貫徹全身，因爲她意識到，既然札雅娜躺的地方已經著火了，那麼艾琳在那邊地上寫的符號可能已經被燒掉了。也就是說，妖伯瑞奇可能再度寄居在他的圖書館地面和家具裡。

她甚至沒有先等察看完凱的傷勢，就直接走向那道門。「通往大圖書館。」她在倉促著急的情況下命令，把所有力量都灌注在這句話裡，並且握住門把。

冰冷的金屬在她手中斷斷作響，充斥著一股類似靜電的能量，不過力量更強大也更危險。這道門不想通往大圖書館，或是大圖書館不想讓這道門通往它。又或許艾琳幻想這些人性化的情緒是沒道理的，這現象純粹代表從高度混沌世界一路通往大圖書館難度太高。

門試圖攀在門框上，哪怕她死拉活拉就是不開。她感覺得到連結，知道她又連通大圖書館了，但門依然緊閉著。地板如波狀朝他們湧來，像海嘯一樣慢慢隆起，書架紛紛傾倒，書不斷掉落。

她在稍早之前嘗試打通往大圖書館的通道，卻失敗了。可是她不打算在這時候輸掉，不會讓冒著生命危險來救她的兩個朋友喪命。

「打開！」她命令。

門猛力打開，拉扯著鉸鏈發出尖銳的木頭摩擦聲，連火焰的怒吼和倒塌的書架都蓋不過它的聲音。門後是條沿路擺著書架的陰暗走廊，令人想念的熟悉感。

韋爾把搖搖欲墜的凱推進門內，然後在門口停住了。他的表情是純粹的不解，他推著空氣，兩手按壓門口的空隙，好像有一面隱形的玻璃擋在他和安全的另一側之間。

他仍然被混沌感染，艾琳醒悟，好像她從一部默片的字卡上讀到這句話。大圖書館不讓他進去。她以爲，她希望，但那都不夠。她得實際有所作爲。

她曾有一次藉由喊出自己的名字來驅逐混沌，把所有不是艾琳的東西逼出體外。我是艾琳，我是大圖書館的僕人，當時她用語言這麼說，而語言移除了任何與這句話相悖的東西。她一直猶豫要不要在韋爾身上試這一招，是因爲她害怕萬一她沒辦法精確地描述他，會傷害到他，或甚至毀滅他。畢竟他不是圖書館員。

但是現在已經沒時間了。而且在這個地方，語言會回應她的意圖，而不會計較確切的用語。她只能放手一搏，並且祈禱。她這一生所學到的，都是語言讓它的使用者能形塑現實。但如果現實說韋爾不能進入大圖書館，那麼她要改變現實。

她抓住韋爾的手。「**你的名字是派瑞格林．韋爾，**」她說，她清脆的嗓音蓋過了書本掉落和地板震動的隆隆聲。「**你是人類，而且你是倫敦最偉大的偵探！**」

衝擊波像個低沉的管風琴音符，在她的骨頭裡嗡鳴，使她腳下一個踉蹌。韋爾像被一陣狂風吹襲般往後仰。混沌力量從他周身洩出，把他腳下的地板化爲碎片，把空中飄飛的紙片變成灰燼。他單膝跪地，臉色蒼白——他們兩人臉上都沾滿灰塵，他大口大口地喘氣。

她抓著韋爾的手，拖著他往前，同時她自己也衝進門。他跟著她進去了。

她眼前的世界模糊一片，她幾乎沒辦法保持站立。韋爾和凱都在對她大叫，扶穩她搖搖晃晃的身體，她周圍的世界在大力搖晃，讓她看了反胃。她眨眨眼，看到面前的門開著，眼前是一片有如煉獄的場景，大火吞噬著書本、書架和地面和天空，風尖嘯著要復仇。

她得做一件事。對了，那件事。

「門，關上……」

門砰然關閉，那聲悶響沿著擺滿書籍的走廊迴蕩，截斷了所有火焰和憤怒，把他們三人留在寂靜和黑暗中。

然後，慢慢地，燈光一盞一盞地重現光明。

第二十七章

「溫特斯，兩手按住那裡。」韋爾把她的手拉過去，固定住軟布墊，接著包紮凱腹部的傷口。艾琳努力集中精神，但實在太耗神了。她就只是跪在那裡充當一支好用的手術鉗，讓韋爾負責用撕破的襯衫布條包紮，而凱則負責流血。那些傷口並不會致命，但挺嚴重的，而且可能會留下疤痕。

「希望你叔叔對你跑來這裡不會太不高興。」她說，恍恍惚惚順著這思維得出符合邏輯的結論。

「感謝妳分散我們的注意力啊，溫特斯。」韋爾說，他跪著往後靠，在剩餘的破布上擦了擦手。他似乎只停頓了一下就振作起來，再一次充滿沉著與控制力。「我想那座煉獄代表妳成功了？」

「在我看來是夠成功了。」凱說。他試著動一動包紮起來的手臂，痛得直皺臉。「艾琳，對不起，我應該對妳更有信心才對。」

「事情和我計畫的完全不一樣。」艾琳承認。她現在覺得腦袋比較清醒了，不過極度疲憊。她對那些書做的事，像個鉛錘壓在她腦海底部，把其他所有成就都往下拖。她燒了它們。獨一無二的書——永遠不會重現的故事——她把它們全燒了。應該還有別的辦法，一定還有別的辦法。假如她更努力，假如她更聰明，也許她能想到既能拯救那些書又能阻止妖伯瑞奇的方法。

她意識到凱的道歉應該獲得更好的回應才對，於是她勉強露出笑容。「我差點就死了，好幾次都是。」她說。「李明說得對，這實在太魯莽了。我沒有料到你們兩個會來，眞的沒料到。謝謝你們。」她的聲音在顫抖，她得咬著嘴唇才能忍住不哭出來。

讓艾琳訝異的是，伸出手臂環住她的肩膀、安慰地緊摟她的人是韋爾。她讓自己放鬆，向自己保證只要一下下就好。我不是太脆弱，只是靠在他身上一會兒，等到我恢復體力。

「我們應該早點趕到的。」凱堅定地說。

「那個女妖精怎麼了？」韋爾以學術性的好奇語氣問道。

艾琳喉間像浮起一個腫塊。「她死了。」她說，不敢看他們兩人。「有一座書架倒下來的時候，她把我推開。要是她沒有推那一把，我早就死了。她把我安全地帶到那裡，但是……」

「把妳的同情心留給不是屢次想殺妳的人吧，溫特斯。」韋爾犀利地建議。「她很清楚自己在做什麼。就算她沒活著出來，她也只能怪她自己，這局面是她造成的。」

艾琳用手臂抹了抹刺痛的眼睛，她整張臉都沾滿灰燼。「信不信由你，就算是那樣我也不會比較好過。」她知道她應該試著態度好一點，但她的耐性已經見底了。「我寧可她活著出來，即使你覺得她『不配』。」

「那妳的妖伯瑞奇呢？我希望是死了吧？」韋爾問。

「我也希望，我希望他被燒焦。」艾琳被自己的恨意嚇了一跳。

「和他的書一起。眞可惜救不了那些書。」凱說。

她遲早都要認罪的，還不如現在就先練習一下。「那是我的錯。」艾琳說。「是我放的火，我命令它們燃燒。」她聞得到自己渾身散發的灰燼味，不禁病態地想，不知道其中有沒有獨一無二的籠中書的灰燼。感覺灰燼已經深入她的皮膚，那是不可挽回的罪孽印記，比任何紅字都更永存不朽。

韋爾聳聳肩。「可惜，不過顯然很有效。」

「是啊，但是……它們獨一無二。」艾琳抗議。她沒有得到預期中的責怪。「而我燒了它們。」

韋爾和凱互看一眼。凱聳聳肩。「我能體會妳的心情。」他說。「即使我沒有受過圖書館員訓練，我也能體會。它們是書，它們很獨特。但我了解妳，艾琳。如果妳能想到別的辦法來阻止他，妳是不會這麼做的。這不是妳的錯。如果妳怪的人不是妖伯瑞奇，就一定是怪錯人了。」

艾琳在內心掙扎，她有股衝動想告訴他他弄錯了，她應該被責怪，但那兩個人全然沒有責備之意，讓她覺得很難著力。「你們是怎麼來的？」她問，決定換個話題。

凱往後靠，望著天花板。「我找到考琵莉雅女士，把妳的訊息傳達給她。」他說。「然後韋爾和我決定去找妳。」

「這說法含糊得很可疑，」艾琳說。「好像缺了很多細節。」

「但是字字屬實。再說，這樣一來妳就不能主張一切都是妳的錯，妳應該為了害我陷入麻煩而受處罰之類的。」凱得意洋洋地說。

「沒錯。」韋爾贊同。「石壯洛克可以爲所有事道歉，再加上他需要對他叔叔的僕人做出的補償。」

「天啊。」艾琳不確定她想知道李明出了什麼事。她好不容易才開始放鬆了。只要她不要去想妖伯瑞奇說過的某些話，就可以放鬆。「我有點難相信一切都結束了。有一部分的我害怕燈光又會開始變暗，或是我打開門之後……」她沒把話說完。

妖伯瑞奇真的死了嗎？艾琳的疑心病悄聲問。我看過他身上的皮被剝下來，我看過他被丟進混沌，現在我又看過他被困在煉獄裡，困在一個即將瓦解的世界裡。那應該足以殺死任何人——人類、妖精、龍或圖書館員。但我怎麼能確定？

有一會兒，大家都沉默著。然後她抖抖身子，爬了起來。「好了，」她堅定地說。「該動身了。」感覺時間好像又開始走了，這小小的靜止時光不能持續太久。她個人的時鐘在滴答響。還有事情要做，有人要見，有問題要問。有書要讀。

「我們不能再等一下嗎？」凱可憐兮兮地問。但他還是讓她和韋爾扶他站起來。

「胡說，還有好多事要做呢。」艾琳感覺自己心裡有種情緒在揚升，就像鼓滿風的風箏，現在她突然知道那是什麼感覺了。可能性。現在一切都充滿了可能。

她輪流看看他們兩個。她的兩個朋友，在她家裡，在大圖書館。這比起任何出身或家世都更能定義她是誰。也許妖伯瑞奇是對的，也許他在撒謊，也許他只是搞錯了。她晚點可以問她父母。不，她晚點會問他們的，這是確切的承諾。但是如果她讓妖伯瑞奇的惡意破壞了她此時此地所擁有的，那她就是天字第一號大笨蛋。

「我大概該回倫敦去了。」韋爾有點不情願地說。「還有很多事要處理。只要我一走，那裡就犯罪猖獗，而這次我走得比平常還遠。」他看看四周。「原來這就是妳的大圖書館啊，我實在不能說這條走廊讓人驚艷。」

凱輕笑，艾琳發現自己也勾起嘴角。「它比你想像中大。」她溫柔地說。「我不保證我們有任何犯罪紀錄，但我相信我們可以找到你有興趣的東西。我需要向考琵莉雅報告，並且確認妖伯瑞奇做的事有沒有對大圖書館造成任何損害。所以那是我們的優先事項，但在那之後……」她聳聳肩。

「我現在沒有被污染了嗎？」韋爾審視他的手指，好像能用肉眼看出某種隱形感染或未感染。

「我相信是的，否則你進不來大圖書館。」

「那麼妳說對了，溫特斯，我們還有工作要做。」韋爾開始沿著走廊大步前進，艾琳和凱連忙追上他。「我們要往哪裡走？」

「我們要找有電腦的房間，讓艾琳能參考地圖並聯絡考琵莉雅。」凱說。「你會喜歡電腦的，韋爾。」

韋爾皺眉。「你是說這裡沒有嚴謹的組織管理嗎？」

「它有極佳的組織管理，」艾琳防衛地說。「只是從我們的角度來看，它的組織管理模式並不十分樂於助人。別擔心，沒有人迷路過。唔，至少不是永久性的。」

「我聽了好安心。」韋爾挖苦地說。「最好由妳來帶路，溫特斯，我們跟著妳。」

艾琳在頭頂清晰的燈光下領先沿著走廊走，把灰燼和腐敗的氣味留在後頭。她眼前似乎展開許多新的地平線。大圖書館是否仍然堅持她處於緩刑期並不重要。她知道她做了什麼，她所在乎的人也都知道她做了什麼。即使前方還有新的高山要爬，她也有能量面對它們、征服它們。

而且她有朋友會幫她。

當然，這種充滿可能性的感覺也許不會持久，從來沒有什麼是一直持續不變的。但她不會想得太遠而破壞這種感覺。他們在大圖書館裡很安全，而大圖書館能挺過風風雨雨。

《看不見的圖書館3 燃燒的書頁》完

本書提及之作家、作品名中英文對照表

依照出現順序排列

大圖書館旅行建議正式公告

瑪麗・雪萊未出版的《科學怪人》續集手稿

Mary Shelley's handwritten and unpublished sequel to *Frankenstein*

第一章

大仲馬著作《波托斯的女兒》

The Daughter of Porthos by Dumas

第八章

楊・波托斯基的《薩拉戈薩的手稿》

The Manuscript Found in Saragossa by Jan Potocki

第二十五章

《披頭散髮的彼得》（德國童話，作者爲海因里希・奧夫曼）

Struwwelpeter

《馬比諾吉昂》故事集（中世紀威爾斯散文故事集）

Mabinogion

〈基爾烏克與奧爾溫〉（威爾斯傳說）

Tale of Culhwch and Olwen

雨果的《巴黎聖母院》續作《奇空霍涅城堡》

Hugo's *La Quiquengrogne*, sequel to *Notre-Dame de Paris*

The
Invisible
Library

看不見的圖書館

The Invisible Library

4

The Lost Plot

在某個一九二〇年代、禁酒時期的美國，軟呢帽、低腰直筒連衣裙及湯米衝鋒槍正流行。某個陰謀正在這個世界裡醞釀著。爲了取得目標書目而來到了這個世界，艾琳及凱發現自己陷入了一場龍與龍的角力中。如果無法化解眼前危機，可能對大圖書館產生嚴重的政治影響，甚至可能引發戰爭……

Coming soon.

看不見的圖書館 3 / 珍娜薇.考格曼(Genevieve Cogman)著；
聞若婷譯. -- 初版. -- 臺北市：蓋亞文化, 2019.07
面； 公分
譯自：*The Burning Page*
ISBN 978-986-319-432-3（第3冊：平裝）

873.57 108009349

Light 010

看不見的圖書館 ❸ 燃燒的書頁

作　　者 珍娜薇・考格曼（Genevieve Cogman）
譯　　者 聞若婷
封面設計 莊謹銘
總 編 輯 沈育如
發 行 人 陳常智
出 版 社 蓋亞文化有限公司
地址：台北市 103 承德路二段 75 巷 35 號 1 樓
電話：02-2558-5438　傳真：02-2558-5439
電子信箱：gaea@gaeabooks.com.tw
投稿信箱：editor@gaeabooks.com.tw
郵撥帳號 19769541　戶名：蓋亞文化有限公司
法律顧問 宇達經貿法律事務所
總 經 銷 聯合發行股份有限公司
地址：新北市新店區寶橋路二三五巷六弄六號二樓
電話：02-2917-8022　傳真：02-2915-6275
港澳地區 一代匯集
地址：九龍旺角塘尾道 64 號龍駒企業大廈 10 樓 B&D 室
電話：+852-2783-8102　傳真：+852-2396-0050
初版二刷 2023年01月
定　　價 新台幣 420 元

Published and Printed in Taiwan

ISBN 978-986-319-432-3